ダイイング・アイ

人偶游戏

[日] 东野圭吾 著

汤丽珍 译

ダイイング・アイ

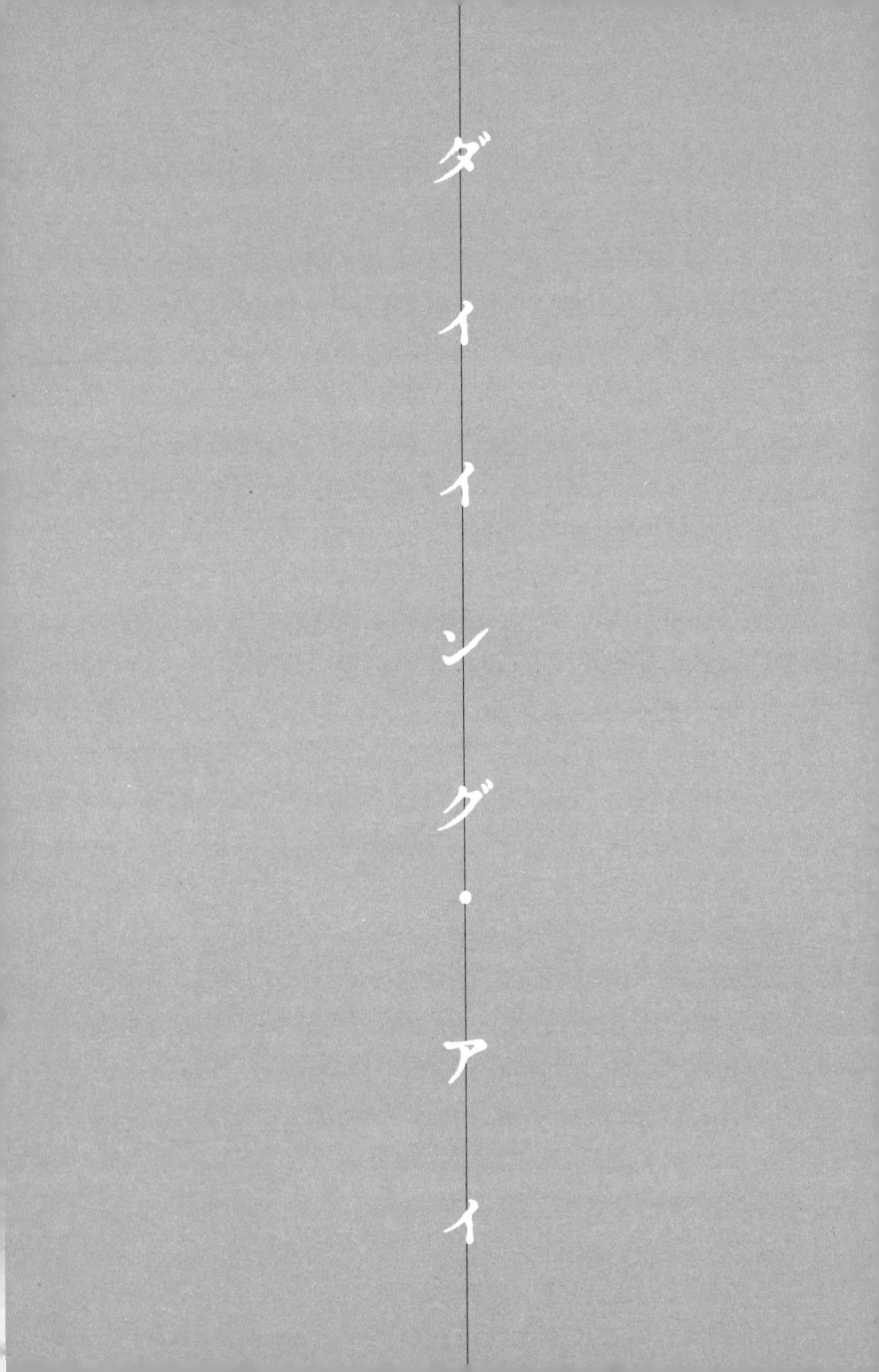

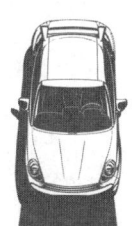

死去的人,真的会为了复仇而活过来吗?

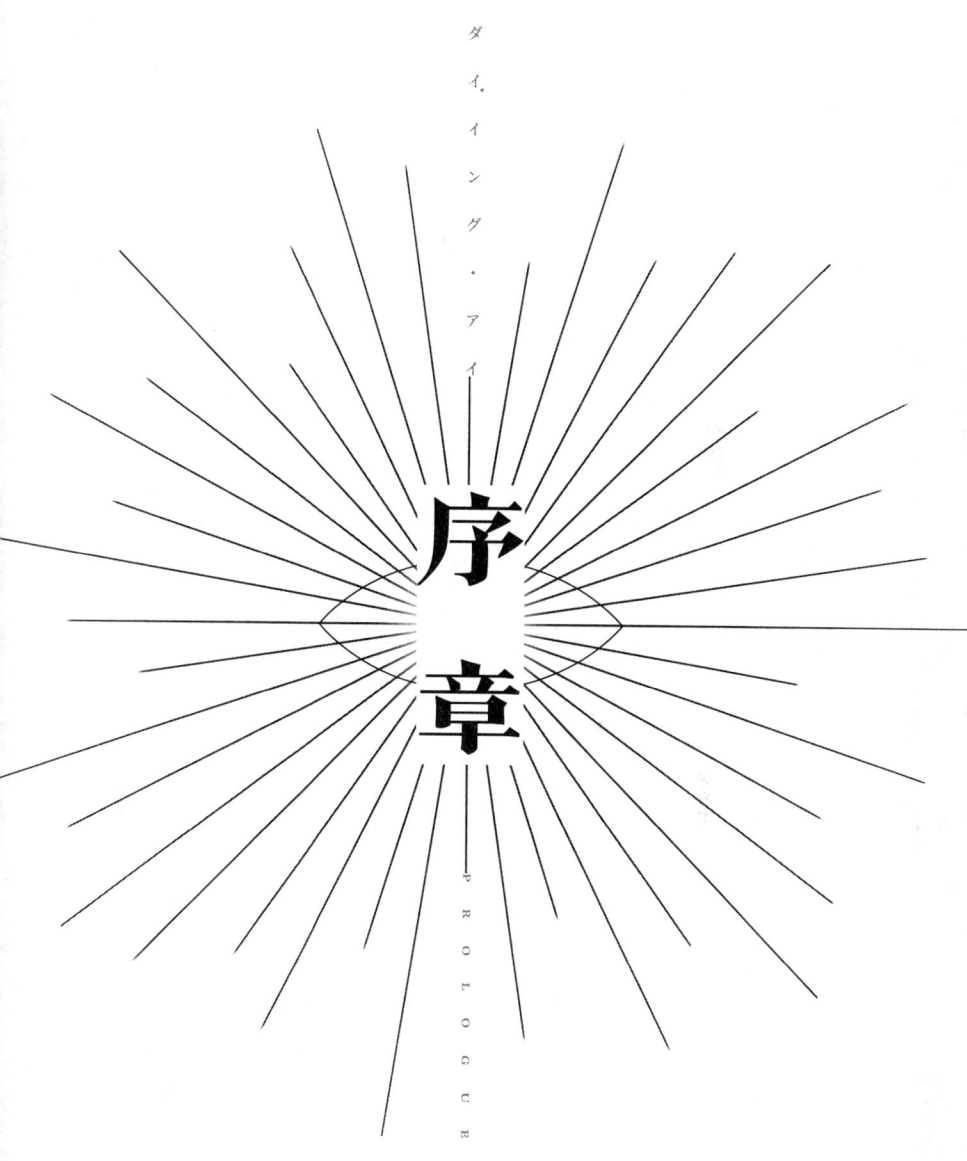

一切就要结束了——美菜绘清晰地意识到自己的处境。再过亿分之一秒，她的精神必将与肉体一同消逝。这是一场意外的死亡，一场不受欢迎的死亡，一场毫无意义的死亡。

刚察觉一滴水珠轻触脖颈，转瞬间，天地间已织起细密的雨帘。

岸中美菜绘奋力蹬踏着脚下的自行车踏板，车轮飞转。此刻离家还有一段距离，估摸着还得骑上一公里有余。

时针已悄然逼近凌晨三点。出门之际，美菜绘做梦也没想到，自己居然会忙碌至此，夜深人静仍未归家。

深见夫人家的钢琴课和往常一样，在十点准时结束。不过，之后在深见夫人的盛情邀请下，美菜绘不得不陪她品茶，在客厅的豪华沙发上坐到接近十一点。要是应酬到此为止也就罢了，美菜绘正打算告辞之际，她的学生，也就是夫人的独生女突然提出一个棘手的请求，希望更换下次发表会上演奏的曲目。理由很简单，竟然是她得知自己不喜欢的某个人选了同一首曲子。

美菜绘本以为做母亲的会严格管教女儿这任性无理的举动，可令她大跌眼镜的是，深见夫人非但没有制止，反而与女儿一同恳求她。无奈之下，美菜绘只得舍命陪君子，与她们一起重新挑选曲目，并额外上了一节课。等到一切尘埃落定，时针已赫然指向午夜两点。若非这栋房子的隔音设备好，恐怕早已惊扰四邻，引来投诉连连了。

拜那对母女所赐，美菜绘不得不独自一人在深夜时分骑着自行车飞驰。总爱操心的丈夫玲二此刻肯定正焦躁不安，怒冲冲地瞪着时钟吧。当然，她已经提前打电话解释过了。

"天气预报说可能会下雨，你还是尽量早点回来吧。"

电话那头，丈夫的声音中透着明显的不悦。一直以来，玲二似乎都对美菜绘在夜间外出有所不满。不过，理由倒也并非妻子外出会影响家务的打理。毕竟深见夫人家的钢琴课是从晚上八点开始的，对美菜绘而言，吃过晚饭，甚至把家务收拾妥当之后再出发，时间上也是绰绰有余。玲二只是单纯担心她一个女人在深夜独自骑自行车往返数公里的安全问题。美菜绘对此哭笑不得。她那位醋意十足的丈夫认为，全天下的男人都对自己二十九岁的妻子怀有不轨之心。而且他坚信，只要具备天时地利的条件，这世上大多数男人都会化身色狼。

尽管如此，玲二最终还是同意了妻子前往深见夫人家授课，接受了她希望减轻家庭经济负担的心意。

不过玲二也提出了一个条件：美菜绘去深见夫人家时，绝不能穿短裙。他的理由是：女性穿短裙骑自行车的画面落在一些男性眼中，是极具挑逗性和诱惑力的。

尽管觉得那不过是杞人忧天，美菜绘倒也不是不能理解丈夫的担忧。从他们住的公寓到深见夫人家，距离最短的路线人迹罕至。而且，途中要经过一个大型公园，时不时能看到把公园当作栖身地的流浪汉在路上游走，令美菜绘感到心里发毛。

今夜亦是如此。她骑行至公园旁时，加重了脚下蹬踏的力度。幸好，路上空无一人。

雨势渐猛。细密的雨丝化作倾盆大雨，拍打在脖颈上的水滴愈发密集。美菜绘平日里喜欢将长发披散在双肩上，但骑行时，总习惯将秀发束于脑后，用发卡固定。冷风掠过她湿漉漉的脖颈，激起她一身鸡皮疙瘩。毕竟,十二月已至,寒意逼人。

忽然,一束刺眼的灯光划破雨幕,身后传来汽车引擎的轰鸣声。美菜绘没有回头,只是轻轻地将身下的自行车稍微往道路左侧靠了靠。在她看来,这一带街道上路灯明亮,汽车驾驶员不至于看不见她的身影。

那辆汽车逼近她身后时,速度逐渐放慢,直至完全超过她的自行车后,才再次加速。那是一辆灰黑色的轿车。而此时,前方几十米外的交通信号灯由红转绿,驾驶员似乎打算抢在红灯亮起前快速穿过这个十字路口。

美菜绘目送那辆灰黑色的轿车在绿灯状态下顺利通过路口。紧接着,黄灯闪烁,很快又跳成了红灯。

前方道路渐渐延伸成一段平缓的下坡路,并带着些许向右的弧度。美菜绘停止了脚下频繁的蹬踏动作,仅靠手刹来调节自行车行进的速度,同时小心翼翼地控制着车把的角度。

接近路口时,她握紧了手刹。雨水渗入了刹车片,刹车的响应变得不太灵敏。

身后似乎又开来一辆汽车,车灯散射出来的光束渐渐逼近。美菜绘依旧没有回头,只是将身下的自行车稍微往道路左边挪了挪。

真是奇怪,她心里嘀咕着,前方路口还是红灯呢,这灯光接近的速度是不是太快了?

下一秒,美菜绘发觉她整个人已经完全笼罩在车灯的光束下。而这时,她正准备将自行车停稳。

刚要回头,美菜绘的身体便遭受了一记猛烈的冲撞,她感觉自己突然腾空而起。紧接着,又一记剧烈的撞击向她袭来。周遭的景象天旋地转，她完全失去了对时间和空间的感知，不知自己究竟处于何种状态。

物品的碎裂声、急促的刹车声……各种杂乱的声响毫无征兆地涌入她的耳膜。原本束在脑后的长发骤然散开，如瀑布般垂落，带来轻柔的触感。

美菜绘努力睁开眼睛，试图看清眼前的景象。

此刻，一件物品赫然横亘在她的视线之中。

那是汽车的前保险杠。保险杠正无情地挤压她的身躯——那是一辆鲜红色的低底盘轿车。

保险杠悄无声息地挤压着她的身体。咔嚓，咔嚓——她的肋骨一根接一根断裂，挤压着她的胃部和心脏。这场景宛如慢镜头电影，如此缓慢，又如此清晰。

美菜绘清楚地意识到了自己此刻的处境——她正在遭受汽车的挤压。她身后是一堵坚硬的墙壁，而她，被紧紧地挤压在墙壁与车辆之间，宛如夹心三明治中的柔软馅料。

她试图开口呼救，但喉咙仿佛被什么东西紧紧扼住，发不出一丝声音。她想要挣扎，却发现全身的力量已被剥夺，无法做出任何反抗。她的脊椎和腰椎相继断裂，发出令人心碎的脆响。

我要死了——她明白了，自己正在走向生命的终点。

美菜绘的脑海中浮现出一幅幅如走马灯般的画面。她回忆起了童年时光——她与母亲手牵着手，一同前往家附近的神社参拜。那时的母亲风华正茂，乌黑的秀发在阳光下闪着亮丽的光泽。美菜绘穿着漂亮的衣裳，走到半路便开始哭闹，抱怨草鞋磨得脚疼。于是，父亲给她买了一双皮凉鞋。那时父亲尚年富力强，是镇上一家小电器店的老板。虽说店铺规模不大，但凭借公道的价格和周到的售后服务，赢得了顾客的交口称赞。

小学时代的好友小娜，不知道如今过得如何？那时她们俩亲密无间，无论走到哪儿都形影不离。即便是上钢琴课，也是结伴同行的。参加学校的音乐发表会时，她们还挑战了四手联弹。不过，在那些美好时光中，最让人快乐的还是一起讨论追星的话题。小娜家里收藏了许多刊登着明星写真的杂志，遇到自己喜欢的明星的照片，美菜绘便会剪下来带回家收藏。她们还曾经给某位偶像写过联名信，表达自己的喜爱和支持。

汽车仍在无情地挤压着美菜绘的身体。她的内脏逐一破裂，混合了血液、体液和未消化物的液体沿着勉强还连接着的食道反流，最终从她的口中溢出。

美菜绘的脑回路几乎已经瘫痪，大脑唯一残留的功能，只够让她在临终前看到最后的影像。

那段影像切换至高中时代。从小，她便怀揣着成为钢琴家的梦想，但那时她已经开始意识到自己的钢琴天赋有限。不过，她找到了新的方向——演戏。在朋友的邀请下，她去参观了某剧团的排练，从中感受到了某种命中注定的缘分。而且，她还对剧团中的一位男青年芳心暗许。那男青年从国立大学辍学，一边打工一边追逐着成为演员的梦想。

圣诞节的夜晚，在男青年那间连像样的取暖设备都没有的公寓里，美菜绘完成了人生的初体验。虽没有快感可言，却充满了感动，因为那是她有生以来第一次听到一个男人对她说"我爱你"。

然而，这段感情只维持了几个月。那男青年突然放弃了演戏，却从未与美菜绘商量过。他留下一句"这个世界没有那么美好",便消失在美菜绘的世界中。

那时,美菜绘甚至发自内心地想过一死了之。她每天都在苦恼,要不要结束自己的生命,如果要死,该用什么方法去死。不过,在日复一日的煎熬中,她竟然挺了过来,慢慢恢复了精神。

自那以后,美菜绘再也没有认真思考过自己的死。她坚信,自己与死亡应该是暂时无缘的。

然而——

原来死亡并未离她远去。死神一直都虎视眈眈地站在她身后,随时准备向她飞扑过来。

她的内脏已经被彻底挤碎,腹部的肌肉几乎贴上了后背。她如同一只被压烂的番茄,肉块和破碎的内脏从破裂的皮肤中迸溅,血浆喷涌而出。

一切就要结束了——美菜绘清晰地意识到自己的处境。再过亿分之一秒,她的精神必将与肉体一同消逝。这是一场意外的死亡,一场不受欢迎的死亡,一场毫无意义的死亡。

从失恋的阴霾中重新振作起来的美菜绘,去了某家乐器厂开设的钢琴教室就职,成了一名钢琴教师。每个月,她都会被派去演出活动现场表演几次。当她穿着华丽的服饰,在众人面前弹奏时,她的心情也因此愉悦起来。

与岸中玲二的初次相遇,便是在这样的场合。岸中在一家制作人形模特的公司担任设计师。他出现在会场,是为下一场活动做准备,提前过来踩点。

几次见面后,两人渐渐有了共同话题。没多久,他们之间的相处变得越来越愉快。一天，玲二主动邀请美菜绘一起用餐。

玲二并不属于舌灿莲花的那类人，但他的言谈举止自带独特的魅力。也不知为何，即便是微不足道的日常小事，被他那少年般天真的语气娓娓道来，美菜绘竟然总能听出其中蕴含的满满深意，备受启发。

相识后的第三个春天，两人携手步入了婚姻的殿堂。那一年，美菜绘二十六岁，玲二三十岁。

时光荏苒，转眼间又过去了三年。

对于现在的生活，美菜绘并没有任何不满或不安。虽然因为没有生孩子而常被旁人说三道四，但她对此几乎从未在意过。在她看来，只要有玲二的爱，此生便无憾了。事实上，他和三年前一样，依然深爱着她。当然，美菜绘也同样深爱着玲二。

即便这世上天长地久有时尽，但只要两人相知相伴，幸福时光能一直持续到他们中的一方离开这个世界，她就心满意足了。除此之外，她并没有什么宏大大愿。

今夜，玲二应该也在望眼欲穿地等着美菜绘，他一定无比希望妻子能平安到家。

对啊，我必须回家——

即将熄灭的意识的余火忽然变成了强烈的恨意——幸福人生被突如其来地斩断而产生的恨意。

这份原本还能享受数十年的幸福，为什么要在此时此刻被夺走？是谁如此狠心？

美菜绘的目光直勾勾地盯着前方，盯着那个驾车撞碎了她躯体的人。

不可饶恕!哪怕我的肉身被毁灭,我也将恨你到永远!
美菜绘瞪视着对方,直至熊熊的恨意火焰燃烧殆尽。
啊!可是我还不想死!玲二,救我!
我不想死。
我不想——

这一次不要再忘记是你杀了我,

不要再忘记你杀死的女人的脸和她的眼睛!

1

那位客人在酒吧打烊前三十分钟，也就是深夜一点半时推门而入。此刻店里已经没有其他客人，两名女店员也已下班回家。今天妈妈桑千都子因感冒在家休息，店里只剩下雨村慎介一人。实际上，他正琢磨着是不是干脆提前打烊算了。

这位男客人走进店里后，便开始四处打量。他鼻梁上架着一副黑色圆框眼镜，镜片在天花板灯光的映照下微微反光。接着，他向慎介确认道："还没打烊吧？还能点单吗？"那语气平稳而单调，如同朗读课本一般，没有任何抑扬顿挫。

"没问题。"慎介回答道。虽说心里有些不耐烦，可慎介清楚，要是被妈妈桑知道自己在打烊前把客人赶走，肯定要吃不了兜着走。

客人不紧不慢地在高脚凳上落座，又将店内环视了一圈。

慎介一边递上热毛巾，一边快速打量着来客的衣着打扮。此人穿着一件深灰色的上衣，虽然不像是路边摊的便宜货，可怎么看都是两年前流行的款式了；里面搭配的衬衫没有精心熨烫过，也没系领带；手腕上戴着一块国产手表，算不上高档；头发没有打理定型，乱糟糟的胡须不像是为了彰显帅气而刻意蓄的。

"您喝点什么？"慎介问道。

客人先是瞅了瞅慎介身后摆满了酒瓶的酒柜，而后问道："都有什么酒？"

"只要不是那种特别稀有的，一般的酒我们这儿都有。"

"我对酒的名字不太了解。"

"这样啊，那啤酒怎么样？"

"不，那个，你们有那个吗？以前我在飞机上喝过。"

"飞机？"

"飞往夏威夷的飞机，不，应该是从夏威夷回来时坐的那趟飞机。那是一种奶油味的甜酒。"

"哦。"慎介点了点头，从身后酒柜的最下层拿出一瓶酒，"是不是爱尔兰奶油威士忌？"

客人的神情缓和了下来，说道："好像就是叫这名字。"

"那就来点试试吧。"

慎介往威士忌古典杯里倒了三厘米高的酒液，摆在客人面前。客人拿起酒杯，斜起杯身轻轻晃动，凝视着杯中象牙色的液体。过了一会儿，他仿佛下定决心一般，将酒杯凑近嘴边，啜了一小口。接着，像是要进一步确认味道，他在口中翻搅着舌头，细细品尝。

客人点了点头，脸上露出满意的微笑，对慎介说道："就是这种酒，没错。"

"真是太好了。"

"这酒叫什么名字来着？"

"爱尔兰奶油威士忌。"

"我会记住的。"说罢，客人又啜了一口。

慎介心里暗暗嘀咕：真是个奇怪的客人。看他的样子，不像是那种经常出入酒吧的人，可他为什么偏偏选择在这样的日子，一个人跑到这么一家店里来呢？

还有一点让慎介十分在意。他总觉得自己在什么地方见过这个男人，可到底是在哪里呢？

此人身材标准，不胖也不瘦，看起来像是快四十岁的年纪。慎介今年三十岁，身边有不少这个年龄段的朋友。但仔细想想，这个男人好像和他的任何一个朋友都对不上号。

慎介叼起一支烟，用印着店名的打火机点燃。

"先生，您是第一次光临本店吧？"

"嗯。"客人答道，视线依然落在酒杯上。

"那您是听谁说了我们店，所以才来的吗？"

"不，我是无意中走到这儿来的。我在路上逛着逛着，就走到这儿来了……"

"这样啊。"

话题持续不下去了。

真是让人讨厌，慎介心想，他怎么还不快点走？早知道一开始就赶他走了。慎介有点后悔了。

"唉，真令人怀念啊，就是这味道。"杯中的爱尔兰奶油威士忌已经喝掉一半，客人终于再次开口了。

"您是什么时候去夏威夷的？"慎介问道。倒也并不是对此感兴趣，他只是不太能忍受这样的冷场。

"大约四年前吧，"客人答道，"蜜月旅行时去的。"

"哦，原来如此。"

人偶游戏

蜜月旅行啊，这个词这辈子大概都和我无缘吧，慎介心想。

他瞥了一眼料理台旁的时钟，指针指向一点四十五分。他心里开始盘算，再过十五分钟，无论如何都要把这位客人打发走。

"结婚四年的话，和新婚的感觉应该也差不了多少吧？"慎介说道，试图用这个话术暗示客人，如果回家太晚的话，家中的太太独守空房，怪可怜的。

"你真的这么想吗？"没想到，客人一脸严肃地问道。

"难道不是吗？我还是单身，所以不了解婚后的心境。"

"四年的时间，可以发生很多事。"客人将酒杯举到眼前，露出若有所思的表情。随后，他轻轻放下酒杯，目光紧紧锁住慎介的面庞，一字一顿地说道："真的，生活中总是会发生一些意想不到的事情。"

"这样啊。"慎介决定转移话题。万一不小心触动了对方的伤心事，惹得对方对自己大倒苦水，可就得不偿失了。

两人相对无言，时间一分一秒地流逝。慎介心想，还不如再来一位客人，这时间也好熬一些。可惜，店外一片死寂，丝毫没有新客人会登门的迹象。

"你干这一行很久了吗？"最终，还是客人打破了沉默。

这时，慎介正打算开始收拾。

"我干酒吧这行很久了，算起来，差不多快十年了吧。"

"原来干十年就能拥有这样一家店啦！"

听了客人这番话，慎介不由得苦笑一声。

"这不是我的店，我只是在这里打工的。"

"啊，原来是这样。你一直在这里工作吗？"

"不，我去年才来的，之前都在银座那边。"

"哦，银座啊……"客人喝了一口爱尔兰奶油威士忌，微微颔首，"银座对我来说完全是另一个世界。"

我猜也是，慎介在心底默默附和。

"那里嘛，偶尔去体验一番，倒也不错哟。"

时钟的指针朝凌晨一点五十五分缓缓走去。慎介见状，开始动手清洗酒具，心里默默祈祷着，希望客人能敏锐地察觉到他的暗示，主动起身离开。

"做这份工作，你觉得快乐吗？"客人的声音再度响起。

"嗯，因为我打心底里热爱这份工作。"慎介回答道，"不过，烦心事自然也是不少的。"

"烦心事？比如说，会碰上难缠的客人？"

"嗯，差不多吧。还有些其他的。"

工资低得可怜，妈妈桑对员工很苛刻……

"遇到那种情况，你会怎么做？换句话说，你会怎样排解自己的负面情绪？"

"什么都不做，早点忘记就好了。仅此而已。"慎介一边刷着平底杯，一边回答。

"可要怎么样才能忘记呢？"客人打破砂锅问到底。

"其实并没有什么标准的法子。对我来说，就是尽力去想些令人愉悦的事，让自己始终保持积极乐观的心境。"

"比如说？"

"比如说……嗯，想象拥有一家属于自己的店之类的。"

"哦，原来如此。那就是你的梦想啊。"

"算是吧。"慎介应道，刷洗餐具的动作不自觉地加重了几分。

那确实是他的梦想。不过,那并非遥不可及的虚幻之梦。它就如同低垂的果实,近在咫尺,触手可及。

客人仰头将爱尔兰奶油威士忌一饮而尽,随后把空杯轻轻放在桌上。慎介暗自拿定主意,若是客人提出续杯,便要告知对方,打烊时间到了。

"其实,有一件事,我一直渴望能忘记。"客人说道。

因为对方的语气突然变得异常严肃,慎介瞬间停下手上的动作,注视着对方的脸。与此同时,客人也抬起头,直直地盯着慎介。两人的目光在空中交汇。

"不,那件事我怎么也忘不了,但我还是想让自己的内心稍微好受一些。我就这么想着,漫无目的地在马路上游荡,注意到这家店的招牌。店名是叫'茗荷',对吧?"

"因为妈妈桑最喜欢的就是茗荷了。"

"听说茗荷吃多了会让人变得健忘。因此,我才会被它吸引。"

"原来这看似奇怪的店名还有这般用处,还真是让我佩服。"慎介歪了歪头。

"总之,幸好我来了。"

客人站起身来,从上衣口袋里掏出钱包。慎介见状,悬着的心终于落回了原处。

时钟的指针悄然走过两点,客人终于离开了。慎介收拾好餐具,脱下调酒师的背心,关灯,出门,锁好门窗。

"茗荷"位于这座建筑的三层。慎介按下电梯按钮,等着电梯开门。

电梯到达时,他敏锐地感觉到身后似乎有人。就在轿厢门即将打开的那一瞬间,他猛地回头看去。

身后一道黑影,如鬼魅般迅速袭来。

慎介还没来得及做出更多反应,脑部便遭受了一记猛烈的重击。他的思维仿佛被瞬间抽空,没有丝毫余力去思考自己当下的感受。他只是隐约意识到,有什么可怕的事情正在自己身上发生,自己即将失去什么。紧接着,无边无际的黑暗如潮水般迅速将他的意识淹没。

在意识即将完全消散的最后一刻,他的脑海中仍在不断回放自己最后见到的场景。

那黑影,正是刚才那位客人。

2

耳鸣声阵阵，慎介耳畔仿佛有无数只苍蝇在疯狂振翅。模糊的视野里，一根泛着冷光的白色棒子悬浮在空中。过了一会儿，涣散的眼神终于慢慢聚焦，慎介才发现，原来那是天花板上的荧光灯。

他感觉到有人握住了自己的右手。接着，一张白皙的面孔闯入他的视线。那是个戴眼镜的女人。女人的脸随即消失在他的视野里。

这是哪里？我究竟在做什么？雨村慎介心里犯起了嘀咕。

这时，好几张脸同时出现在他眼前，每张脸都居高临下地俯视着他。他这才意识到，自己是躺着的。空气中弥漫着消毒水的刺鼻气味，直直地刺激着他的鼻腔。

耳鸣不止。他试图转动脖子，可一动弹，剧痛便立刻袭来。伴着脑部的血液循环，那疼痛如同打摆子一般，一阵又一阵地发作。

恍惚间，他觉得自己像是从无数个光怪陆离的噩梦中醒来，胸口充斥着糟糕透顶的情绪，可无论怎样努力，都回忆不起半点梦中的情景。

"你醒啦？"盯着慎介看的那堆面孔中，有一张面孔开口了。那是个细长脸的中年男人。

慎介微微点了点头。仅是这个简单的动作，便让他感到头痛欲裂。他眉头紧皱，强忍着疼痛，艰难地问道："这是哪儿？"

"这是医院啊。"

"医院？"

"你现在最好少说话。"男人说。

慎介这才注意到，这个男人穿着一身白大褂。其他几人也一样，女人则是护士打扮。

之后的很长一段时间里，慎介都在半睡半醒的状态中徘徊，仿佛游移在现实与虚幻的边缘。他隐约记得医生和护士们忙碌地在自己眼前穿梭，可他们究竟在做什么，他完全摸不着头脑。

他试图回忆起自己究竟是怎么来到这里的。可是，自己到底是什么时候被人送到医院来的，又接受了什么治疗，他完全没有印象。只是，从自己正在打点滴，以及头部裹着绷带来看，自己要么受了什么重伤，要么得了什么大病。

"雨村先生，雨村先生。"

耳边传来呼唤自己名字的声音，慎介睁开了眼皮。

"感觉怎么样？"医生俯视着他。

"头很痛。"慎介答道。

"还有别的地方不舒服吗？比如会不会想吐？"

"那倒没有。还有就是，呃，感觉反而不错。"

医生点点头，与身旁的护士耳语起来。

"那个……"慎介开口问道，"到底发生了什么？"

"你一点都记不起来了吗？"医生问道。

"是的，我完全记不起来了。"

医生又点了点头,那表情好似在说:"记不起来也是正常的。"

"听说发生了很多事。"医生以旁观者的口吻说道,"不过,具体情况你还是直接问家人比较好。"

"家人?"慎介问道。要说家人的话,只有住在石川县老家的父母和哥哥了。是他们来东京了吗?

接着,医生似乎也意识到自己误会了。

"也许应该说是你太太吧。"

"太太?"慎介可没有什么太太,不过,他心里明白医生指的是谁,"是成美来了吗?"

"一直在等着你醒来呢。"医生说着,朝护士使了个眼色,护士心领神会,随即转身出门去了。

不一会儿,病房的门被轻轻敲响。医生应了一句,门便开了。村上成美跟在刚才那位护士身后,走进病房。成美穿着一件蓝色T恤,外面披了一件白色连帽风衣。平时出门去附近买东西时,她经常这么穿。

慎介和成美是大约两年前开始同居的。那时慎介在银座的酒吧工作,酒吧里的客人总会带着形形色色的陪酒女前来消遣,成美便是其中之一。她曾经怀揣着成为设计师的梦想,去专科学校进修过。如今她也已经二十九岁了,不过据说在店里她一直谎称自己二十四岁。

"小慎,"成美快步走到病床前,"你没事吧?"

慎介微微摇了摇头。

"我完全不记得到底发生什么事了。"

"雨村先生好像对那次事件完全没有印象了。"护士说道。

"啊，这样啊……"成美看向慎介，蹙起了眉头。

也许是看出了两人有话要说，想给他们留出独处的空间，医生和护士离开了病房。关上房门前，护士不忘叮嘱一句："请不要突然起身哟。"

病房里只剩下他们两人。成美再次凝视着慎介，双眸如同微风拂过水面，泛起了湿润的光泽。

"太好了。"成美嘴唇微动，喃喃低语。也许是因为今天没有涂口红，她的脸色看起来很憔悴。

"我一直担心小慎会从此一睡不起了。"

"哎，"慎介凝视着几乎素颜的成美，问道，"到底发生什么事了？所谓事件是什么？我为什么会在这里？"

成美听了，眉头蹙得更紧了。不得不说，成美那对精心描绘过的眉毛，是她脸上唯一能看出化妆痕迹的地方。若是完全素颜，她几乎就没有眉毛了。

"你真的什么都记不得了吗？"

"嗯，完全不记得。"

"小慎，"成美咽了咽口水，舔了舔嘴唇，继续说道，"你差点被人杀害了。"

"呃……"

慎介闻言，下意识地屏住了呼吸。与此同时，他后脑勺处骤然传来一阵钻心的剧痛。

"两天前，你从店里回家的路上。"

"店里？"

"就是'茗荷'啊。那家店门外不是有一部电梯吗？其他店的工

作人员看到你倒在电梯旁边。"

"电梯……"

慎介努力回忆,脑海中浮现出一幅模糊的画面,可无论他如何集中精力,那画面始终无法清晰起来。那感觉就像是戴了一副度数不匹配的眼镜,令他难以忍受。

"听说如果再晚三十分钟发现的话,你就有生命危险了。真是不幸中的万幸。"

"我的脑袋……被人砸了吗?"

"听说是被非常坚硬的东西击打的。你不记得了吗?据发现你的人说,你流了好多血。那血都流到楼梯上了,跟番茄汁似的。"

慎介想象了一下画面,还是有些难以置信——那样的事情居然会发生在自己身上。

不过,自己的脑袋被硬物击打这件事,记忆中还是留存着一些模糊的片段。他隐约记得,有一道黑影从身后扑过来。对了,那场景确实发生在电梯前。可那黑影到底是谁呢……

"我有点累了。"慎介皱眉道。

"不要太勉强自己哟。"

成美为慎介整理好身上盖着的毯子。

第二天,慎介的病房里来了两位男性访客。他们来自警视厅西麻布警局,是负责案件调查的刑警。两人表明来意,希望能占用慎介十分钟时间,询问一些问题。恰在此时,成美手提水果前来探望,刑警们并未要求她回避。

"现在感觉怎么样?"发问的是一位叫小塚的刑警。此人面容清瘦,穿着合身的宽肩衬衫,举手投足间散发着中小企业里精明能干的课长的气质。而另一位年轻的刑警榎木，脸部线条粗犷，头发剃得极短，怎么看都和传统印象中严肃正经的警察形象不太一样。

"头还有些痛，不过已经比之前好多了。"慎介躺在病床上，回答道。

"还真是倒霉呢。"小塚蹙眉，微微摇了摇头。他似乎想表达自己的同情，然而这举动在慎介看来隐隐透着几分刻意作秀的意味。

"听说动了一场大手术？"小塚一边问，一边在慎介和成美脸上来回扫视。

"听说是的。"慎介说道。

"颅骨骨折了。"成美回答道。她将椅子放置在距离刑警们稍远的位置，缓缓坐下后，继续说道："医生说是血块压迫了脑神经。"

"那可真是太严重了。"刑警歪了歪嘴角，"好在性命保住了。"

"怎么说呢，我不太记得到底发生了什么，也没有捡回一条命的感觉。"

"你的意思是，你不太记得被袭击时的情形？"

"是的。"

"那也就是说，你没有看到凶手的脸？"

"嗯。怎么说呢，没有看清楚……"

慎介那含糊其词的表述，自然引起了刑警的兴趣。

"虽说没有看清楚，但你还是看到了什么吧？"

"也许是我看错了，说不定是我的错觉。"

"这一点我们自有判断，你只须说出自己的主观想法即可。一旦确定是你的错觉或者只是看错了，我们会立即纠正的。"小塚刑警的语气莫名温和。

"行吧。"慎介随即说起了那晚店里来了个怪客的事。比如，此人是头一回来店里，点的酒也很奇怪，是爱尔兰奶油威士忌。最后，慎介还补上了一句："我感觉袭击我的就是那位客人。"

这话一出，刑警的脸色瞬间凝重起来。

"你是说他是初次光顾的客人？你之前从没见过那人？"小塚确认道。

"嗯。"慎介点了点头。其实，他总觉得那人似曾相识，但又觉得那可能只是自己的错觉，便没有说出口。

"你能不能再详细描述一下那客人的特征？越细致越好。"

"要说到特征嘛……"

那个男人并没有什么特别惹眼之处，穿着一身普普通通的衣服，长相平平无奇，连说话的语气都平淡如水，没有任何起伏变化。要说唯一的特征，大概就是戴了一副圆框眼镜吧。

"圆框眼镜啊……"听完慎介的描述，小塚用小指挠了挠鼻翼，"如果再见到那个男人，你有把握认出他来吗？"

"我觉得应该可以吧。"

听了慎介的回答，刑警心满意足地点点头。

"事实上，我们接到报案时，为了确认你的身份，对你的随身物品进行了检查……嗯，都有什么呢？"

"钱包一个，钥匙一串，还有……"榎木一边翻看自己的笔记，一边说道，"格子花纹的手帕一条，刚开封的面巾纸一包，大致就这些。"

"钱包里面呢？"小塚问道。

"现金三万两千九百一十三日元。信用卡两张，借记卡一张，驾照，录像带出租店的会员卡，荞麦面店和便利店的收据，名片三张。就这些。"

小塚转向慎介，继续问道："除了刚才提到的这些，那晚你身上还带了别的东西吗？"

刑警的言下之意，是想确认是否有物品被盗。

"我觉得没有了。现金的具体数额记不太清了，但应该只带了那么多。"

小塚收了收下巴，交叠的双腿换了个姿势，仿佛在示意：这样就可以了。

"那么，如果不是偶然路过的抢劫犯，凶手为什么要袭击你呢？"

"会不会是盯上了店里的收入？"慎介说道，"用我身上的钥匙打开店门之类的……"

"我们也调查过店里的情况，但没有发现任何异常。而且，店里本来也没有存放多少现金。"

出入"茗荷"的客人大多是熟客，一般都是赊账消费。

"如果不是冲着店里的收入……"慎介摇了摇头，"那我就没有任何头绪了。那客人那天真的是头一次来。"

"最近你身边有没有发生过什么奇怪的事？比如接到奇怪的电话，或者收到不明包裹之类的？"

"应该没有。"慎介扭头看了看坐在一旁倾听的成美，"有发生什么怪事吗？"

成美默默摇头。

"那天晚上，雨村先生是独自一人留在店里的，对吧？这种情况经常发生吗？"

"偶尔吧。如果妈妈桑和客人一起出去喝酒了，就由我来收拾整理。那晚妈妈桑刚好感冒，在家休息。"

"从店外可以看出你是独自一人在店里吗？"

"这我就不清楚了。如果有人一直监视着店里，也许会知道。"

话说到这儿，慎介自己都不禁感到一阵寒意。难道那个男人一直躲在某个角落监视着他？

随后，小塚又问了两三个关于"茗荷"以往纠纷的问题，便从椅子上起身了。

"接下来我们会安排画像师过来，希望你能配合。"

"好的。"

"那么，请多保重。"

说罢，两位刑警便离开了。

"真希望能早日抓到凶手。"成美说道。

"是啊。不过，这种案子往往不容易抓到凶手。"

"你有没有做过什么招人记恨的事？"

"啊？没有啊。"

"应该没有吧？"慎介扪心自问。

3

慎介恢复意识后的第二天,朋友们和店里的女同事们前来探病。其中一个叫艾莉的女孩曾经和慎介有过一次露水情缘。当时,慎介将喝得酩酊大醉的艾莉送回家,她主动撩拨,慎介也就顺势回应了她的热情。在那之前,慎介对艾莉并没有什么特别的情愫,现在依然如此。对艾莉而言,她也无意因这段关系就要求慎介负责。她本就是个洒脱不羁的女子,只要感觉到位,便愿与任何人点燃激情。尽管如此,艾莉待在病房期间,慎介始终忐忑不安,担心成美会突然现身。成美拥有野兽般敏锐的直觉,可以精准地嗅出自己男人在外拈花惹草的蛛丝马迹。

除了艾莉,慎介还与好些女性有过亲密关系。他从未刻意统计过人数,甚至不少人的名字都已经在记忆中模糊。慎介也想过,会不会是其中某位女性与这次事件有关。可无论他如何绞尽脑汁,都毫无头绪。他自认和每个女人分手时,都处理得干净利落。不,确切地说,他根本不会去招惹那些一看就会死缠烂打的女性。自从和成美同居以来,他仅与艾莉有过一次亲密接触,而且那已经是将近半年前的事了。

女孩们离开后，大约过了三十分钟，"茗荷"的妈妈桑小野千都子露面了。她穿着一身黑色香奈儿套装，戴着一副香奈儿墨镜。跟在她身后的是江岛光一。江岛是慎介曾经工作过的酒吧——"天狼星"的店主。江岛和千都子似乎是相识多年的老友。江岛穿着一套泛着光泽的银灰色西装。

"真是大难不死必有后福啊，你身体已经没什么大碍了吧？"千都子弯下身子，两条描得轮廓分明的眉毛微微蹙起。

"好歹保住这条命了。"

"还好，幸亏没出什么大事。不过，听说案子还没破？真不知道那些警察都在干些什么。"

"我也不知道。对了，妈妈桑，你该不会背着我们在外面放高利贷了吧？我觉得我就是被牵连了，遭了这无妄之灾。"

"你瞎说什么呢！我怎么可能干那种事？"千都子夸张地摆了摆手。

"昨天也有刑警去我们店里问话了。"江岛开口道，"他们问我你在店里时的口碑如何。我郑重地对他们说，我不可能聘用品行不端的人。把你暂时托付给'茗荷'，主要是为了让你好好学手艺。"

"真是的，到底是谁干的？小慎，会不会是你对有夫之妇出手，遭人家丈夫怨恨了？"

"别开玩笑了，慎介的'慎'字可是'慎重'的'慎'呢。"

两人听了慎介的话，不禁莞尔。就在这时，病房的门被轻轻敲响。慎介以为是成美来了，便应了声"请进"。

没想到，推门而入的并不是成美，而是刑警小塚和榎木。看到千都子和江岛，小塚露出些许惊讶的神情，随即将视线转向慎介。

"现在方便吗？"小塚问慎介。

"没问题的。"慎介回答道，随后看向千都子和江岛，"是警察。"

"那我们还是先告辞吧。"江岛拿起千都子的手提包，递给她。

"好啊。那小慎，你多保重，店里的事别担心。"

"谢谢。"

二人离开了病房。直至二人的脚步声彻底消失，小塚才将手伸进上衣口袋，掏出一样东西。

"你看看这个吧。"刑警的语气比上次温和了几分。

那是一张照片。看样子是放大后的证件照，照片中的男人正对着镜头，直视前方。

"你对这个人有印象吗？"

慎介接过照片，凝视着照片上男人的面容，很快便有了答案。

"是那天晚上的客人。"

"没认错？"

"我想不会错的。不，肯定不会错。就是这个男人。"

慎介又仔细端详了一遍照片。虽然发型稍有不同，但从五官看，确实是那个男人。萎靡的神情和空洞的眼眸，都与那晚看到的毫无二致。更何况，照片上的男人和那晚一样，下巴上星星点点地长着杂乱的短髭。

那个蜷缩着身子，啜饮爱尔兰奶油威士忌的男人形象，清晰地浮现在慎介的脑海中。

"是吗？果然如此。"小塚一边叹气，一边从慎介手中接过照片，小心翼翼地放回口袋。

"你们已经知道凶手是谁了吧？那家伙是什么人？"慎介问道。

小塚看着慎介，微微蹙眉，又转头望向榎木。他的表情显得有些阴郁，明明已经锁定凶手，却丝毫不见兴奋之色，仿佛有什么沉重的心事困扰着他。

不一会儿，小塚翻开了自己的记事本。

"凶手名叫岸中玲二，住在江东区木场×-×-×阳光公寓202室……"念到这儿，小塚将记事本递到慎介眼前，上面赫然写着"岸中玲二"四个字。

"你对这个名字有印象吗？"

岸中玲二，慎介在口中反复念着这几个字。印象中，自己认识的人里没有叫这个名字的。但这个名字确实刺激着他的脑神经。他绞尽脑汁回想着，这个名字到底存放在记忆中的哪个角落。结果一无所获，仿佛这个名字已经被锁在了一个贴着"杂物"标签的记忆抽屉深处。

"感觉在哪儿听过这个名字，但我实在想不起来了。"他最终还是放弃了。

刑警表情严肃地点了点头。为什么两人表情如此凝重？慎介感到无比介意。

"大约两小时前，"小塚看了看手表，"我们发现了这个男人的尸体。"

"啊……"这出人意料的回答，让慎介一时间不知道该说什么好。

"他死在了木场的公寓里。经法医鉴定，死亡时间已经超过四十八小时。"

"他是怎么死的？是被人杀害的吗？"

"也不能完全排除这种可能性。"小塚摩挲着下巴,"就目前掌握的证据来看,自杀的可能性更大。岸中死在了自己家里的床上,手里握着一张照片。不过,让到场的搜查员惊讶的是死者的装扮。岸中穿着笔挺的西装,还系了领带。床头的桌子上,还留下了写给同事以及家属的遗书。"

"死因是什么?"

"具体死因要等法医的解剖结果出来才能确定,我们推测应该是服毒自杀。"

"毒?"

"什么毒来着?"小塚问榎木。

"对苯二胺。"

"没听说过。"慎介喃喃道。

"那是一种用于彩色照片显色的药水,听说染发剂里也含有这种成分。我们在岸中的房间里找到了装有对苯二胺的瓶子。听说由于工作关系,他可以轻易获取到这种物质。"

"工作关系指的是?"

"岸中在一家制作人形模特的工厂上班。听说生产过程需要用到毛发染色剂。"

"哦,人形模特啊……"

这世界上还有这种奇特的工作啊,慎介心想。确实,如果没有干这种工作的人,商品橱窗就不可能那么花哨。

"不过,你们居然能发现这个男人就是袭击我的凶手,是找到什么证据了吗?"

慎介话音刚落,小塚便死死地盯着他看。

"我们不是先发现尸体的。事实恰恰相反，有刑警怀疑岸中是袭击你的凶手，前去他的住处调查，才发现他已经死了。"

"啊？"慎介惊讶地望向刑警，"为什么会怀疑他？"

小塚低声嘟囔了一句什么，随后问道："你真的什么都不记得了吗？关于岸中玲二这个名字。"

"不记得……他是什么人？"

小塚双臂抱在胸前。

"那岸中美菜绘这个名字呢？你也毫无印象吗？"

"岸中美菜绘……"这几个字在舌尖打转，感觉有些熟悉，却始终无法清晰地勾勒出画面。

"一年半前，你不是因为一起交通事故造成人员伤亡了吗？"小塚的语气变得有些生硬。

"就在江东区清澄庭园附近。当时那起事故的死者，正是岸中美菜绘女士。"

"交通事故？一年半前？"

在这一刹那，慎介的记忆忽然苏醒，往事的碎片开始拼凑。

没错，我曾经夺走了一条生命。在清澄庭园附近的那条路上，我驾驶车辆撞飞了一位女性……

"怎么？你真的忘记了吗？"小塚的语气中带着一丝轻蔑。

忘记了——的确如此。直到此刻，慎介压根没有想起自己曾经出过交通事故。也是在这一瞬间，他才猛然觉醒，意识到自己仍处于缓刑期。

岸中美菜绘。"美菜绘"三个字怎么写来着？

慎介竭力回想那起事故的现场，试图唤起自己肇事的细节以及之后的处理过程的记忆。

然而，哪怕他翻遍记忆的每一个角落，关于那起事故的所有信息都无迹可寻。

此时，慎介才真切地意识到，那个标有"一年半前的事故"的记忆抽屉，已经彻底从他的脑海中被抹去，消失得无影无踪。

4

　　医生凝视着眼前的一份文件,良久不语,淡淡的双眉微微蹙起。看着医生蹙眉的模样,慎介心里没来由地一阵忐忑。他试图从医生的表情中读取一些有用的信息,但医生鼻梁上架着的那副金属框眼镜的镜片,在日光灯的映照下反射出刺眼的光芒,将医生的眼神遮得严严实实,让他无从窥探。

　　片刻之后,医生将手中的文件搁在桌上,伸手挠了挠夹杂着些许银丝的脑袋。

　　"你是说头痛的症状已经缓解了很多,对吧?"

　　"是的,现在完全不痛了。"

　　"从检查结果来看,各项指标都正常。我觉得没必要太担心。"

　　"那么,我的记忆……"

　　"嗯,"医生微微偏了偏头,"从生理层面判断,你的大脑并没有实质性损伤。依我看,有可能是遭受了精神上的强烈刺激,才导致了失忆的症状。实际上,大部分失忆患者都是这种情况。"

　　"那这种症状不会随着时间的推移而自行痊愈吗?"

　　"这个不好说。"医生双臂交叉抱在胸前,"我觉得吧,你也不要把情况想得太糟糕，按正常状态生活就好。虽说是失忆，但仔细想想，丧失的也不过是极小一部分记忆而已，对吧？"

"嗯，算是吧。"

慎介如今无论如何都找不回的记忆，只有大概发生在一年半前的那起交通事故。说不定除了那起事故，还有一些别的记忆也消失了，但对当下的慎介而言，重中之重无疑就是那起交通事故。

"既然如此，你不妨向身边的人打听打听，从他们那里获取一些与那件事相关的信息。这样一来，至少不会对日常生活造成太大影响。总之，最重要的是尽量放松心情，说不定哪天机缘巧合，失去的记忆突然就找回来了。"

"我明白了。"

从脑外科的诊室出来，慎介走回了病房。他已经在医院住了一周。虽说脑袋上依旧缠着厚厚的绷带，但这并不影响他正常活动。之前一直担心会出现的后遗症，到现在也未出现。

回到病房后，慎介发现成美正忙着收拾他的行李，将一件件物品往病床上的一个大包里塞。

"情况怎么样？"

"医生说没什么大问题，不过短期内最好不要剧烈运动。"

"那就是说，可以按计划出院吧？"

"嗯。"

"太好了。"成美停下的双手再次忙碌起来，"小慎，你也抓紧时间换衣服吧。"

"好。"

成美早已为慎介准备好了出院后要穿的衣物。折叠椅上，一件条纹衬衫与一条浅棕色休闲裤整齐地叠放着。

慎介一边解着睡衣纽扣，一边走向窗边。这间病房位于三楼，低头俯瞰，医院前方的马路一览无余。单侧双车道的马路上，一辆装满了沙石的卡车、一辆有些脏兮兮的白色面包车，还有一辆车顶装有灯笼形状顶灯的出租车正在等红灯。

汽车啊……

袭击慎介的凶手就是岸中玲二，这一点几乎是板上钉钉的了。前往岸中房间搜查的搜查员在岸中上衣内袋中发现了一把沾着血迹的活动扳手，上面的血迹与慎介的血液样本完全匹配。除此之外，扳手上还留有岸中的指纹。

至于岸中的自杀，同样证据确凿。警方已经确认，遗书上的笔迹正是出自岸中本人之手。他事先还特意打电话给报纸销售店，终止了报纸的配送服务。据接听电话的女店员描述，岸中给出的理由是他打算出门旅行一段时间。

这些信息都是慎介从西麻布警局的小塚刑警那儿得知的。小塚为了撰写报告，专程来过一趟，向慎介详细介绍了案情的最新进展。由于慎介遇袭案件已经侦破，岸中的自杀也没有任何疑点，两人交谈时，小塚脸上的神情明显放松了下来。

当慎介询问凶手的作案动机是否真的是复仇时，小塚连连点头。

"应该可以这么认为。就目前的调查结果来看，岸中一直深爱着自己的妻子。自从妻子去世后，他整个人就仿佛失了魂，如同一具行尸走肉。据他的同事说，他原本性格开朗，人缘不错，后来却变成了整日郁郁寡欢的男人，有时候连着好几天都不说一句话。有同事甚至毫不避讳地说，岸中给人的感觉阴森可怕。"

"想必他一直对我恨之入骨吧。"慎介喃喃道。

小塚并未否定他的话。

"据与岸中关系亲近的人透露,在刚失去妻子的那段时间,他曾经无意间透露出自己打算杀掉肇事者的想法,并表示无论如何都要报仇雪恨。"

"想要杀了我吗……"

这句话沉甸甸地坠入慎介心底。

"不过,"刑警紧接着补充道,"也有人说,近两三个月来,他看起来精神状态好了不少,有时候看上去还兴高采烈的。那人还以为,岸中终于从痛失爱妻的阴霾中走出来了。"

"可结果是他根本没有走出来啊。"

"是啊。人嘛,和把痛苦明晃晃地写在脸上时相比,往往是在人前表现得开朗活泼时,内心的悲哀更深沉。"刑警注视着慎介的眼睛,以一种与刑警身份不太相符的文学化口吻说道,"问题在于,为什么他在一年多之后才决定要复仇呢?这一点我还没想明白。虽说可能是因为一直压抑着自己的情绪,最终忍无可忍才彻底爆发,但肯定有什么契机。"

"会不会是因为他妻子的一周年忌日刚过之类的?"慎介试着说出自己的想法。

"也许是吧。"

"那他自杀是因为觉得已经复仇成功了吗?"

"应该是吧。法医解剖的结果显示,岸中是在袭击你的那个晚上自杀的。可能是看到你的脑袋在流血,确信自己心愿已了,就服毒自杀了。"

"如果他能等到第二天傍晚，也许就会改变主意吧。"慎介说道。

毕竟他遇袭的消息在第二天的晚报上占了小小的一块版面。

"如果知道我还活着，他在另一个世界或许会追悔莫及吧。"

"人死如灯灭，一切皆化为乌有，也就无所谓后悔不后悔了。"刑警哑着嗓子说道。

慎介正回想着自己和小塚的对话，身后响起成美的声音。

"小慎，快把衣服换了，不然该着凉啦。"

慎介回头望去，只见成美双手叉腰，站在那里。

"你发什么呆呢？"

"没，没什么。"慎介一边说着，一边解开了睡衣上所有的纽扣，开始脱衣服。

结算完住院费用后，两人便离开了医院。正巧遇到一辆空客出租车路过，成美伸手拦下。

"去门前仲町。"成美说。

"走永代大道可以吗？"上了年纪的司机一边发动车子，一边问道。

"可以。"成美回答。

车子没开出多远，司机又开口问道："是出了交通事故吗？"

他应该是透过车内的后视镜瞧见了慎介头上缠着的绷带。

"算是吧，"慎介说道，"骑自行车的时候被车撞了。"

"啊？那真是倒霉啊。缝针了吗？"

"缝了十针。"

"哎呀！"司机摇了摇头，"遇到交通事故是最可怕的。好好一个活蹦乱跳的人，说不定一下子就到另一个世界去了。如果是生病，不管是本人还是亲友，好歹还有些心理准备。可事故是完全无法预测的。特别是交通事故，哪怕自己再小心，要是对方撞过来，根本连躲都没处躲。话是这么说，但谁也不能一天到晚窝在家里不出门啊。这世道，还真是让人提心吊胆的。不过，我一个开出租车的说这种话，好像也有点奇怪吧。"

这司机可真是个话痨。因为话题太敏感，成美听得心里直打鼓，时不时瞟一眼慎介。没过多久，司机的话题又转到对国家政治的抱怨上了。至少这个话题不像交通事故那般让人揪心，成美便顺着司机的话，随便应付了几句。

慎介将目光投向窗外，看着擦肩而过的车流。司机刚才那番话，其实对他的神经并未造成多大的刺激。相反，他对自己的反应感到疑惑：为什么听到"交通事故"这几个字，自己毫无真实感呢？

慎介想起了自己遇袭前的情景。在打烊前进店的岸中，一边喝着爱尔兰奶油威士忌，一边低声嘀咕着："其实，有一件事，我一直渴望能忘记。不，那件事我怎么也忘不了，但我还是想让自己的内心稍微好受一些。"

慎介的脑海中浮现出岸中蜷缩着身子，喃喃低语的模样。在当时听来，慎介只当他是在抒发心中的郁闷，现在想来，那些话显然是冲着自己来的。岸中想忘记的，无疑是爱妻的离世，而为了尽量让自己的内心稍微好受一些，他决定为爱妻报仇。

出租车驶入永代大道，途经东京火车站，穿梭在两旁高楼林立的写字楼街区。不多时，一座大桥映入眼帘，那是横跨隅田川的永代桥。

"师傅，不好意思，我想去别的地方。知道清澄庭园在哪里吗？"

慎介问道。

一旁的成美闻言，惊得目瞪口呆。

"清澄庭园？呃，知道是知道……"司机欲言又止，似乎一下想不起准确的方位。

"没关系，我来指路。过了永代桥后马上左拐。对，就进左边那条小路。"

成美的目光紧紧盯着慎介的脸，慎介却故意装作没看见。

两人在清澄庭园边下了出租车。庭园里，有几个带着孩子的主妇。樱花已经含苞待放，再过两周，一到周末，这里就会挤满来赏花的游客。

然而，慎介并未走进庭园，只是沿着马路缓缓前行。

"等等，小慎。"成美赶忙追上来，"你要去哪儿？"

"没有什么特别的目的地，就想在这附近转转。"慎介一边说着，一边四下环顾。春日的明媚阳光洒在水泥路面上，反射出刺目的光芒，他不由得眯起了双眼。

"为什么？"成美问道。她的语气中带着一丝愠怒，而不是焦虑。

"我出事故的地方就是这一带吧？所以我打算在这里走走看看。"

"为什么？"成美的眼神变得凌厉，"你为什么非得这么干？"

慎介双手插兜，耸了耸肩。

"我是觉得在这里走走没准能想起什么。"

"想起事故的情形吗？"

"嗯。"

成美深深地叹了一口气，摇了摇头。

"想不起来不是更好吗？这种糟心事，没必要非得强迫自己去想起来。"

"不,因为有一段记忆完全消失了,这种感觉反而更难受。成美,如果你不想和我一起的话,就先回去吧。你差不多也该收拾收拾,准备去店里了吧?"

慎介看了看手表,四点刚过。成美得回去冲个澡,化个妆,然后去店里上班了。

"我怎么能把小慎你一个人丢在这儿呢?你看,稍不留神你就出事了,还受了重伤,差点丢了性命。"

"已经没事了。啊,对了,不好意思一直让你拿着行李,我来拿吧。"慎介向成美伸出一只手。

"没关系的,我拿着就行。"成美把装着换洗衣物的大包往身后藏了藏。

慎介将手插回兜里,转身背对着成美,继续向前走去。也许是死心了吧,成美默默地跟在他身后。

这是一条单行道,蜿蜒地向南北方向延伸。途中有一段路是跨河的,路面比别处略高。换言之,这条路呈上下左右弯曲起伏之势,天黑以后,视野自然会变差。慎介曾多次驾车经过这里,却从未意识到有什么危险隐患。现在想来,这应该就是所谓麻痹大意吧。

前方就是红绿灯。这条路径直通往高速公路出入口。

也许是看到绿灯,打算快点进入路口,便加大了油门——慎介的脑海中忽然冒出这句话。随后他马上反应过来,这句话出自自己之口。

那这句话究竟是什么时候,对谁说的呢?说话的对象应该是警察吧。那到底是在事故现场接受调查时说的,还是在警局做笔录时说的呢？

慎介摇了摇头，脑海里一片混沌，什么都想不起来。

继续往前走，左侧出现了一栋像仓库的建筑。看到那堵灰色的墙，他停下了脚步。

就是这里了，他想。前面就是事故现场吗？那个叫岸中美菜绘的女人，就是在这堵灰色的墙与汽车保险杠之间香消玉殒的吗？

慎介的脑海中依稀浮现出一位骑着自行车的女性的身影。自己驾驶着车辆，从后方急速逼近那位女性。紧接着，便是凄厉的惨叫声、猛烈的撞击声，以及飞溅的鲜血……

为什么？

慎介满心疑惑。虽然画面有些模糊，但记忆中确实存在一个骑自行车的女性身影。也就是说，当时他明明看到了自行车，却并未避让。为什么会这样呢？

难道是自己在赶时间？为什么那么着急忙慌的呢？

慎介按了按太阳穴。原本已康复的脑袋又开始隐隐作痛，他不由得皱起眉头，脸上满是痛苦之色。

"小慎！"

当慎介意识到成美正在呼唤自己时，他已经不自觉地靠在了成美身上。那个大包被丢在了马路上，想必是成美情急之下扔出去的。

"你还好吧？"成美仰起头，焦急地看着慎介的脸。

"没事。不过，感觉有点累。"

"别硬撑着哟。你在这里等我一下。"

说罢，成美便匆匆跑开了。她跑到路口，随即用力挥舞着手臂，应该是拦到出租车了。

沿着葛西桥大道往里走有条路，慎介和成美居住的公寓正对着这条路。从地铁站步行过去需要十几分钟，途中还会经过富冈八幡宫。他们住的是一间五十平方米的一室一厅的公寓，月租十三万日元。在这个地段，这样的价格简直便宜得离谱。不过，看到从公寓上方穿过的东京高速公路，也就不难明白租金低廉的原因了。

打开房门，慎介先走进屋内，立刻察觉到家里发生了翻天覆地的变化。首先，家具的摆放位置与之前截然不同；其次，原本杂乱得无处下脚的房间，如今里里外外都被收拾得干干净净、整整齐齐。

慎介迈步走进屋内，四下打量着。

"这是怎么回事？怎么变得这么整洁？"

"是不是感觉都不怎么像自己的房间了？"

"嗯，"慎介点了点头，"完全变了样。"

"因为你不在家，为了打发无聊的时间，我就把屋里重新整理收纳了一下，可把我累坏了。"

"想来也是。"

不仅是做卫生，成美本就不擅长干各种家务，对干家务也没什么兴趣。慎介实在难以想象，这样的她居然会为了打发时间而干这么多家务。慎介有个习惯，喜欢的杂志舍不得扔，都要收集起来。后来觉得一本本放进书架太麻烦了，便随手丢在地上。没过多久，地上的杂志就堆成了小山。以前，这样堆出来的杂志山有五六座。但此刻，除了书架上，地上看不到一本杂志。

这肯定是为了我才做的吧？慎介在心里解释道，也许她是担心我从医院回来，看到屋里乱糟糟的会心烦，才不辞辛劳地打扫整理吧。

这么一想，慎介发觉自己对成美的爱意又增添了几分。

慎介在落地窗边的双人沙发上坐了下来。铺在玻璃桌下的地毯虽是便宜货，却是崭新的。

桌上摆着一个圆形的白色陶瓷烟灰缸，烟灰缸上放着尚未开封的沙龙牌薄荷烟和一次性打火机。

"你真贴心。"慎介对成美说。

"你还真能忍呢，居然一周多都没吸烟。"成美笑道，"要不索性趁这个机会把烟戒了？很多人就是趁着住院，成功戒烟的。"

"这话还是等你自己戒烟成功了再说吧。"慎介伸手拿起烟盒，郑重其事地撕开封条，取出一支烟。当他把烟叼在嘴里准备点火时，手指不由得颤抖起来。

他对着焕然一新的屋内吐出一口白烟，感叹道："真舒服。"

"我去洗个澡。"成美开始脱衣服。

慎介吸着沙龙牌薄荷烟，目不转睛地看着成美一件件褪去身上的衣物。脱衣到一半时，成美察觉到慎介炽热的目光，随手将袜子朝他扔了过去，娇嗔道："讨厌，那么色眯眯地看着人家。"

慎介将香烟摁熄在烟灰缸里，站起身，一把抓住正迈向浴室的成美的手腕。成美似乎微微一怔，但并未抗拒，而是顺从地依偎在他身上。慎介抱住成美纤细的腰肢，手不自觉地探向她的胸前。成美嘻嘻笑了起来，慎介用嘴堵住了她的双唇。

突然，一幅画面如闪电般在慎介眼前闪过——一个身穿长睡袍的女人站在他面前。那人不是成美，成美从不穿长睡袍。那她到底是谁？

慎介猛地松开成美。或许是他的动作太过突兀，成美一脸诧异，转头看向他。

"啊，我想起来了。我送由佳小姐回家了。"

"嗯?"

"那天晚上的事。我送由佳小姐回家，在回来的路上出了事故。应该是这样的。"

由佳是"天狼星"的常客。那天晚上，由佳喝得烂醉，酒吧打烊时都叫不醒。于是，慎介向江岛借了车，送她回家。她住在森下，如果从银座出发的话，与慎介家是同一个方向。

"是啊。"成美点头说道，"当然，我虽然没亲眼看到，但你之前确实和我说过这事。"

"我也记得说过这事。"

"你是想起了和事故有关的事吗?"成美忧心忡忡地仰望着他。

"想起了一些。不过……"慎介用食指和拇指夹住鼻梁，揉着内眼角，重新坐回了沙发上。头又开始隐隐作痛。

"我已经不记得事故发生时的具体情况了。为什么我会在那条路上开得那么快?明明看到前面有个女人在骑自行车，还是撞了上去，说明当时我肯定有什么急事。我怎么也想不明白，我为什么会那么焦急呢?"

"你真的一点都想不起来了吗?"成美问道。

"嗯。"慎介抬起头，望向成美，"我有没有和你说过，我当时为什么那么急?"

"我记得你说过是赶着回家。"

"但就为了这么个理由，我会飙车，甚至引发严重的交通事故吗?"

"这个……我就不清楚了。我也没有仔细追问。当时我满脑子想的都是怎么与对方和解。"成美光着上半身，双手抱在胸前，手臂上起了满满的鸡皮疙瘩。

"小心着凉了，你赶紧去洗澡吧。"

"啊，好。"成美一边搓着胳膊，一边快步走向浴室。

慎介从烟盒中抽出一支新烟点燃。此时，他的身体已经完全恢复了平静。

5

出院后的第二天,慎介前往岸中玲二住的公寓。其实,他出门的时候,并没有要往那儿去的打算。他想去便利店买午餐便当,于是跨上了自行车。前一天夜里,成美被客人邀请去卡拉OK房,狂欢到凌晨三点才回家。慎介出门的时候,她还在床上熟睡。

慎介进了第一家便利店,找了一圈,没找到自己喜欢的便当。于是,他决定前往距离稍远一些的第二家便利店。阳光和煦,清风徐徐,在这样的午后骑自行车,感觉相当惬意。只要在江东区范围内活动,不管去哪儿,他大多偏爱骑自行车,毕竟他没有自己的汽车。

慎介在第二家便利店购买了便当和杂志。当他踩在自行车脚蹬上,正要骑车返回时,他的目光突然被一样东西吸引,动作也随之停了下来。

便利店旁边是一家房屋中介公司,玻璃窗上贴满了户型图,其中一张户型图瞬间攫住了慎介的注意力。

阳光公寓——这名字好像在哪儿听过。对了,是听小塚提起过。岸中玲二的住址中,就有这个公寓的名字。

好像是在木场……

慎介努力在记忆中搜寻。具体地址他记不清了,但当时听小塚说的时候,他感觉离自己家不远。而房屋中介公司窗户上贴着的房屋介绍,明确写着"江东区木场"。

广告上还印着公寓周边的简略地图。慎介盯着那张纸瞧,一个念头忽然冒了出来:要不亲自去看看?骑自行车的话,应该不用花太长时间。

去那儿做什么呢?这一点他倒没想过,只是单纯地想多了解一下那个恨不得杀了自己的男人。除了知道那人是人形模特公司的职员外,他对那人一无所知。

看到广告上"带厨卫两居室,月租十二万五千日元"几个字后,他用力踩下了脚蹬。

目的地公寓位于清洲桥大道边的加油站后方。那是一栋四层小楼,如今略显暗淡的土黄色墙壁,或许曾经是明亮的奶油色的。加油站那块"高速洗车打蜡"的招牌在墙上投下了一块四方形的阴影。

慎介将自行车停在公寓前,提着塑料袋从正门玄关走了进去。左边是公寓管理员办公室的窗户,但此刻办公室里空无一人。

右侧是一排信箱,慎介站在信箱前,观察着上面的姓名牌。绝大多数住户的姓名牌都是一张白纸,而202室的姓名牌上赫然写着"岸中"两个字。大概是管理员忘记把它取下来了吧。

虽然之前隐隐猜到会是这种规模的四层建筑,但没想到这栋公寓居然没有电梯。慎介沿着管理员办公室隔壁那条昏暗的楼梯拾级而上。

他心中不禁犯起嘀咕:为什么岸中会住在这样的地方呢?虽不记

得事故发生时的情况，但之后发生的事大多还留在记忆中。据他所知，当时岸中玲二从保险公司获得了一笔高额的意外险赔偿金。

上了二楼，慎介站在202室门口。

原来那个男人就住在这里啊……

慎介回想起岸中玲二来到店里时的模样——戴着黑色圆框眼镜，穿着款式陈旧的西装，满脸胡楂。那天晚上，他就是在这间屋子里穿戴整齐，怀着置慎介于死地的决绝之心出门的。岸中的上衣口袋里还装着一把活动扳手。

室内没有人在的迹象。看着那扇灰色的门，慎介不禁联想到火葬炉的门。一想到岸中是在这间屋子里自杀身亡的，他就不由得产生一种错觉，仿佛对方的恨意依然潜伏在这扇门背后。

够了，慎介想，来到这里，我已经放下了，以后再也不会来这里了。

他正打算离开，就看到对面走来一个男人。此人下巴蓄着胡须，看上去五十来岁，头上戴着一顶茶色贝雷帽，手上抱着一个纸袋。

不知道为什么，慎介心中涌出一股不祥的预感。于是，他小心翼翼地避免与这个男人有目光上的接触，侧身与其擦肩而过，随后加快脚步朝楼梯走去。

"啊，不好意思，请问……"男人开口打了声招呼。

慎介停下脚步，回头看去。只见男人正站在岸中家门口。

"您是岸中先生的朋友吗？"男人问道。

慎介本想装糊涂，但刚才自己站在岸中家门口的举动说不定已经被此人看到了。

"不，也算不上朋友……"

"那是熟人？"

"嗯，算是吧。"

还好今天戴了一顶针织帽，慎介暗自庆幸。如果没帽子遮掩，这人看到自己脑袋上的绷带，十有八九就会猜出自己的身份。

"我是岸中先生的学弟，我们是同一所学校的。"

"学弟？那您也是美大毕业的？"

"美大？不是的。"

"哦，那就是高中的学弟啊。"

"嗯。"

"这样啊。"

男人露出一抹讨好的笑容，朝慎介走近了些，问道："您有机会见到岸中先生的家人吗？"

"不，我想应该没有。"

"啊，这样啊。"男人脸上又浮现出困惑的表情，目光落在自己手中抱着的纸袋上。"那要怎么处理呢？真是棘手。"

男人那副模样，显然是希望慎介能主动询问"怎么了？"，好借此机会开启话题，商量些什么。所以，要是不想和这人扯上关系，最稳妥的办法就是一声不吭，直接转身离开。当然，慎介可没打算帮这个男人解决麻烦。然而，想要深入了解岸中玲二这个人的念头，比他自己原本意识到的还要强烈许多。

"怎么了？"他问道。

果然，男人脸上又恢复了讨好的笑容。

"其实我是岸中先生的同事。因为他在公司里还有一些遗物，我就送过来了。我本想把东西寄放在管理员那儿，但这栋公寓的管理员好像很少来这边。"

"原来是这样。"

"还真是伤脑筋,也不知道该怎么办才好。"男人挠了挠头,回头看了看岸中的屋子,又低头瞧了瞧自己手里的纸袋,"又不能就这么把东西放在门口。"

"您说的公司,就是那家做人形模特的公司吗?"慎介想起小塚说过的话,问道。

"对对,您听岸中先生说过?"男人脸上闪过一丝欣喜的神色,"我和他一起画了很多脸呢。"

"脸?"

"就是模特的脸啊。"男人说着,从纸袋里掏出一本画册,将封面朝着慎介的方向递了过去,"这就是我画的。"

画册的封面上只有模特的脸部特写。在雪白的肌肤上,用纤细的笔触描绘了眉毛、嘴唇以及眼瞳。从乌黑的头发和狭长的眼眸来看,这显然是以典型的日本人为原型绘制而成的。

"画得真美啊。"慎介由衷地赞叹道。这确实是他心底的真实想法。

"这可是我们的得意之作。"男人一边说着,一边将画册收起。

"这些画的呈现方式会因画者而异吗?比如表情。"

"那自然是大有不同的,毕竟每个人的喜好都不一样。哪怕是同一个画手,也会因为作画时的心境不同,画出截然不同的风格。"

"岸中先生一般会画什么样的脸呢?"

"他属于个性派。他不单单追求五官端正的脸,更喜欢融入一些个人的特色。所以,他画出来的东西,喜欢的人爱不释手,讨厌的人则极度厌恶。不过,这种风格其实并不怎么受客户喜欢。"

说着,男人便在纸袋中摸索起来。不一会儿,他掏出一本相册,说道:"这就是岸中先生的作品。"

慎介接过相册,翻了开来。里面是整理好的照片,全是女性模特的脸,原型有欧美人、黑人,也有亚洲人,涵盖了各个种族。每一张模特的脸上几乎都没有表情可言,但那一双双眼瞳中,都蕴藏着超乎人类理解的深意。凝视着这些眼瞳,仿佛能接收到她们传递的信息。

这简直是一门艺术,慎介想,心底甚至涌起一丝恍若感动的情绪。

"还真是伤脑筋,也不知道该怎么办才好。"男人重复着刚才的话,"好不容易创作出来的作品,就这么扔了也让人于心不忍,但又不能一直留在公司里。怎么说呢,毕竟他是以那样的方式离世的。"

"还有别的相册吗?"慎介问道。

"哦,相册另外还有两本。其中一本是儿童的脸,另一本是模特的全身像。再有就是他的画具、拖鞋之类的……"男人一边查看纸袋里的物品,一边回答道。

"要不就由我来帮他保管?"

"呃,这样合适吗?"

"没事的,只是不知道什么时候才能交给岸中先生的家人。"

"啊,那应该没什么问题,反正也不是什么着急的事。毕竟总不能就这么一直放在公司里。那就这么定了,您愿意接手,可真是帮了我一个大忙。"也许是生怕慎介改变主意,男人忙不迭地将纸袋递给慎介。

慎介接过纸袋，问了一句："不好意思，请问您贵姓？"

"啊，实在抱歉，忘记自我介绍了。"男人说着，从上衣口袋里掏出一张名片。

据名片上所写，男人名叫高桥祐二，头衔是MK人形模特株式会社创意设计部创意主任，公司地址在江东区东阳。慎介这才知道，原来自家附近就有一家专门制作人形模特的公司。

"啊，抱歉，我今天没带名片。"慎介迅速为自己编了个假名，脱口而出的竟是"茗荷"妈妈桑的姓，"我叫小野。"

高桥掏出一支自动铅笔，又询问了慎介的联络方式。慎介随口编造了一个连自己也不知道是否真实存在的住址和电话号码。高桥倒也没有起疑，在自己的名片背面记了下来。

"哎呀，您真是帮了我大忙，这下我肩头的重任总算卸下了。"高桥记好笔记后，便迈步往楼下走去。慎介也拎着纸袋，跟在他身后下了楼。

"公司里肯定闹得沸沸扬扬的吧？"慎介对着高桥的背影问道，"毕竟出了这种事情……"

"算是吧，大家都挺吃惊的。"

"您和岸中先生，平时关系很要好吗？"

"怎么说呢，算是吧。在一间狭小的工作室里，每天就我们两人一块儿工作。说起来，公司里我和他的关系应该是最亲近的了。"

"出那件事之前，岸中先生的表现有什么不同寻常的地方吗？"

慎介一问，高桥便停下脚步，转过身来，饶有兴致地盯着他的脸。

"您这话问得，跟警察似的，他们也问过我同样的问题。"

"啊，我并没有什么特别的意思……"

"不同寻常的地方嘛，还真不太好说，可以说有，也可以说没有。"高桥说道，"妻子去世后，他就像变了个人似的。打那时起，他的行为举止就变得很古怪。大多数时候，他都沉浸在郁郁寡欢之中，整个人散发着一种旁人勿近的阴沉气息。不过，要是把这种状态当作他的常态，自杀事件发生之前，倒也没什么特别不对劲的地方。您能听懂我的意思吗？"

"我明白。"慎介点了点头。

"我觉得他是个挺可怜的男人，他对妻子的爱，是发自肺腑、深入骨髓的。"说着，高桥走出了公寓楼。

对面马路上停着一辆轿车，看样子是高桥的。他从口袋里掏出车钥匙，走到车边，说道："还好遇见您了。我要是再磨蹭一会儿，可就违章停车了。"

"这些东西我会妥善保管的。"慎介举起手中的纸袋说道。

"那就拜托您了。啊，对了，"高桥刚拉开驾驶座旁的车门，手上的动作突然停住，"刚才那本相册，就是里面全是女人脸的那本……"

"嗯？"

"最后那一页上贴了一张披头纱的模特脸照片，您可以仔细看看那张脸。"

"有什么特别之处吗？"

"当然有。"高桥表情严肃地点了点头，"那是岸中先生照着他妻子的模样画的。"

"什么？"慎介不禁惊呼出声。

"画得特别像。做成模特之后的效果更是令人惊艳，值得一看。"

说罢，高桥轻轻挥了挥手，钻进了车子。

"你怎么把这玩意也给要回来了啊？"成美翻着桌上的相册，抱怨道。

慎介回到公寓时，她已经起床了，正在看电视。慎介简单讲述了事情的来龙去脉。

"不是说了嘛，我也不知道为什么就这样了。"

"不知道为什么，就忽然想要那个打算杀死自己的人的东西？"

"别的东西我也不想要，可是看到这个的时候，我忽然就来了兴趣。"

"真是莫名其妙！"

"你要是讨厌的话，不看就是了！"

"我没说我讨厌啊，我只是觉得，你把这种东西拿回家来的行为太奇怪了。欸，居然还有中国人模样的人形模特呢。真是让我大开眼界。"

慎介站在窗边，叼起一支烟，点燃。楼下的小路上，一辆汽车疾驰而过。这条路是通往某条主干道的近道，这在本地司机眼中早已不是什么秘密。

还是小心点吧，前面的路口没有信号灯，可是事故多发地段哟，慎介在心里嘀咕。

他凝神细听，却并没有听到急刹车和碰撞的声音。

真是个走运的家伙——慎介暗自咒骂道。

为什么会想要岸中的东西？这一点慎介自己都不太明白。说是被那些模特吸引吧，倒也确实有这方面的原因，但又不全然如此。思来想去，只能说是他想更深入地了解那个曾经想要他命的男人。确切地说，他想弄清楚岸中对他的恨意究竟有多深。

正当他准备将烟灰弹入烟灰缸时，一直翻阅着模特照片的成美突然倒吸一口凉气，几乎是下意识地迅速合上了那本厚重的相册。她双手不自觉地掩住因恐惧而微微颤抖的嘴唇，眼神中满是惊恐，直愣愣地看向慎介。

"发生什么事了？"慎介问道。

成美伸出纤细的手指，指向相册。

"我也说不上来，总觉得其中一张照片看得我毛骨悚然。"

"毛骨悚然？不就是些模特的照片吗？"

"是模特没错，但那张照片上的模特脸，不知为什么，看上去特别恐怖。"成美似乎感到一阵寒意，开始摩挲自己的双臂，"就是那最后一张，虽然是打扮成了新娘的模样……"

"最后一张？"

慎介的脑海中闪过高桥的话。然而，高桥告诉他的事情，他并未向成美透露。

他把相册拿在手中，那张据说是按照岸中玲二妻子的模样画出来的模特脸照片，他还没有看过。

"你可别给我看啊。"成美别过脸去，声音中带着一丝哀求，"不知怎么回事，看了以后我觉得情绪很低落，整个人都被负面情绪包围……"

这未免太夸张了吧，慎介心中嘀咕。他伸手将相册翻到最后一页。就在翻开的那一刹那，仿佛有一阵不祥的阴风，悄无声息地从他的心头掠过。

相册的页面缓缓展开，与此同时，一张女人的脸也跃入了慎介的眼帘。

他心头猛地一震。

画面呈现出的效果，绝不是普通人形模特所能比拟的。绝不仅仅是漂亮。照片上是一张女人的脸，洋溢着其他人形模特所没有的鲜活生机，同时又散发着一种死亡的气息。慎介的目光像是被钉住了一般，无法从那张脸上移开。象牙般洁白的肌肤、曲线柔美的柳眉、似在低语倾诉的红唇、透着坚毅的鼻梁，还有……

慎介察觉到了，这位模特的面容，有着非同寻常之处。其他模特的目光都凝视着某个虚无的点，唯独这位模特不同。

这个女人……她凝视的竟是……我……

这个念头刚一浮现，慎介便感到照片中的模特似乎微微动了动眼睛，他慌忙合上了相册。

"小慎？"成美轻声呼唤他，声音中透出一丝忧虑。

然而慎介根本无暇回应，他心跳如雷，甚至感到胸口隐隐作痛，全身热汗喷涌而出，后背却一阵阵地发寒，手脚更是冰凉冰凉的。

"够了！这种照片，赶紧扔了吧！"成美的语气中带着不耐烦。

慎介半晌说不出话来。

6

出院后的第五天是周一,慎介决定重返工作岗位。头一天回去工作,他不希望店里客人太多,但似乎越是这种时候,客人就越是络绎不绝,几乎没有给他留下片刻闲暇。妈妈桑千都子嘴上说着对慎介表示同情的话,可面对主动上门的生意,她自然不会拒之门外。

好不容易几拨客人相继离开,慎介终于能稍微松口气时,"天狼星"酒吧的江岛光一却出人意料地现身了——这可真是稀客。

"听说你今天回归工作岗位,我特地过来给你打气。"江岛在吧台前落座。他体格魁梧,穿着一套剪裁合身的米色西装。

"不好意思,让你担心了。"

"那倒没什么。"江岛身体微微前倾,压低声音问道,"听说你失忆了,是真的吗?"

应该是千都子告诉你的吧,慎介心中嘀咕。当然,关于自己丧失记忆的事,他并未向千都子透露过。估计她也是从成美那儿听说的。女人真是复杂的生物——慎介不禁在心里默默叹息。

"只是丢失了一小部分记忆。"

实际上,他本来就打算将这事告诉江岛。

"你忘记了什么？"

"就是之前的事故，那起交通事故。"

"哦？"江岛紧紧地盯着慎介的脸，"你一点都想不起来了？"

"只记得一些零碎的片段。事故发生之后，和保险公司协商处理方案，以及在警局录口供之类的我还记得。但是，最关键的事故细节却怎么都想不起来。每当我试图回忆时，脑子里就像蒙了一层浓雾，模模糊糊的。各种情景像是拼图的碎片一样，零零散散的，怎么也拼不成完整的画面。"

"那确实挺折磨人的。你心里肯定很烦躁吧？"

"我都恨不得把自己的脑子挖出来看看了。"

听到慎介这句俏皮话，江岛忍不住哈哈大笑，大笑时还不忘喝一口杯中的伏特加兑朗姆酒。

"那也没什么不好的啊。对你而言，那起事故本就是一段不堪回首的往事，一般人都巴不得能彻底忘掉那种记忆。和失恋不一样，那种记忆是永远不可能被美化的。既然那段记忆已经自行消散了，你何不把它当成一种幸运呢？"江岛说着，脸上的笑容渐渐收敛，变得严肃起来。

"我也是这么想的，但心里还是放不下，还有很多地方想不明白。"

"什么地方想不明白？"

"方方面面吧。比如，我为什么在那条路上把车开得那么急？为什么明明发现前方有自行车，却还是撞了上去？诸如此类。"

慎介的这番话让江岛露出意外的神情。"你的意思是，你看见前方有自行车了？"

"是的。"

"你还记得这个？也就是说，你有看到自行车的记忆？"

"是的，我还有印象。我在后面看到了一个女人在夜路上摇摇晃晃地骑着自行车的背影。"

"嗯……"江岛皱起眉，将目光投向慎介身后的酒柜，又喝了口酒。过了一会儿，他将视线转回慎介身上，说道："根据事发时的陈述，你只是说自己因为车速过快而发生事故。原来是这样，你确实看到了前方骑车的人啊。不过，在车速过快的情况下，意识到前方有人的那一瞬间，恐怕已经来不及做出避让反应了。事情应该是这样的，对吗？"

听了江岛这番话，慎介心里依旧无法释怀。很久以前，他曾目睹朋友遭遇交通事故。自那以后，他开车一直格外小心。可为什么偏偏在那一晚，自己会如此疏忽大意呢？

"其实，我想去警局一趟，找到当时负责这个案子的警官，了解事故现场的真实情况。"

听了慎介的话，江岛皱着眉头，摆了摆手。

"这种毫无意义的事，我劝你还是别做了吧！回忆起事故的每一个细节，对你没有任何好处。与其这样，不如将注意力转移到其他更重要的事情上，比如好好规划你的未来，不是吗？"

"未来？"

"你不是打算有朝一日自己创业吗？你一直都在说这个啊。"

"啊……我的意思是，要是能自己创业，那当然再好不过。"

"什么呀，看来你还挺沉得住气嘛！"江岛苦笑着，晃了晃手中的酒杯。

未来……

慎介感觉自己已经许久未曾深思过这个问题了。自从出了事故，他就再也没有构想过未来。换作以前，他总是会反复琢磨，甚至开始留意合适的店面，制定预算，计算日常营业额至少要达到什么标准……

预算？

心中似乎有什么难以释怀，可又说不清楚究竟是什么。关于预算的问题，他决定再仔细考虑一下。目前自己手头有多少存款，又需要从银行贷多少款……

此刻，他的思绪又变得杂乱无章。他突然记不清自己到底有多少存款了。银行账户里还剩下多少钱？好像有一笔钱是存了定期的吧？

"喂，你怎么了？不舒服吗？"江岛关切地问道。

"不，我没事。"慎介摇摇头，开始擦拭已经清洗干净的杯子。然而，一片难以言喻的阴霾却在他心底悄然扩散开来。

就在这时，店门无声地打开了。慎介下意识地将目光投了过去。此刻已近午夜十二点，他的脑海中浮现出几位可能会在这个时间点光顾的熟客的面孔。

然而，店门完全敞开后，进来的并非他们中的任何一人，而是一位慎介从未见过的陌生人。妈妈桑、店内陪酒的女孩们、江岛和其他顾客，都不约而同地将目光投向这位不速之客。一时间，店内安静得落针可闻。

这位陌生客人是一位女性，年纪看起来还不到三十岁。她留着短发，似乎刚参加完一场葬礼，身着一袭黑色天鹅绒连衣裙，手上戴着一副黑色蕾丝手套。

女人步入店内,并没有左顾右盼,似乎从一开始便已心有所属,径直走向吧台尽头最里侧的座位。直到坐上高脚凳,她都未曾开口说话。

"欢迎光临。"慎介招呼道,"喝点什么?"

女人抬起头,目光直直地与慎介对视。就在那一瞬间,慎介内心深处有某种情绪如沸水般翻腾起来。他产生了一种直觉——自己会迷恋上眼前这个女人。

7

　　黑衣女人在店内逗留了差不多一小时。在这段时间里，她一共喝了三杯白兰地。她饮酒的节奏惊人地准确——大约每二十分钟饮一杯，仿佛是用倒数计时器掐秒一般精准。从头至尾，她饮酒的姿态和动作几乎毫无变化——缓缓伸出手，轻轻拿起玻璃杯，凝视杯中的酒液数秒，接着将杯口送至唇边，缓缓将酒液倒入嘴中。只有在这个时刻，她才会闭上眼睛。片刻之后，她那纤细的喉管微微一动，接着她将杯子从唇边移开，轻轻发出一声喟叹——就这样优雅地重复着一系列动作。

　　在招呼其他客人的同时，慎介始终分出一丝注意力，留意着那女人的一举一动。似乎不止他一人如此。从女人走进店里的那一刻起，坐在吧台边的江岛便掏出他最钟爱的钢笔，在杯垫上匆匆写着些什么，然后默默推向慎介。慎介迅速接过。

　　"你认识的客人？"杯垫上这样写道。慎介紧紧捏着杯垫，冲江岛轻轻摇头。江岛露出惊讶的表情。确实，他以往从未这般明目张胆地带着好奇的目光打量过任何陌生女客。

　　千都子似乎也对这个神秘女人颇感兴趣，甚至特意走到吧台这边，低声询问："知道她是从哪里来的吗？"慎介同样只能摇头。如果是男客，妈妈桑或许能巧妙地套出对方的身份，但面对一位穿着丧服的女客，情况显然有所不同。

在最初的二十分钟里，那女人仅说了两句话——"来一杯轩尼诗"和"请再来一杯"。她的声线与她那纤细修长的身体曲线形成鲜明对比，略显低沉，宛如长笛的袅袅余音，萦绕在慎介耳畔。

当她喝完第二杯酒时，慎介渴望再次听到那如长笛般悦耳的声音。然而，她并未开口，只是轻轻地朝慎介举起空杯，冲他微微一笑。那微笑只能用"妖冶魅惑"来形容。她那对棕褐色的瞳仁，如同镶嵌在彩虹中心的宝石，精准无误地捕捉到慎介的目光。微启的双唇间，仿佛散发着花香般的气息。

"还是同样的酒吗？"慎介问道，声音中不自觉地带着些许颤抖。

女人沉默地点了点头。店内昏暗的灯光斜斜地映照在她那如陶瓷般洁白细腻的肌肤上。

慎介满心期待她能跟自己说些什么。通常，那些独自来到这种地方喝酒的人，大多是想寻找一个倾诉的对象。然而，慎介觉这个女人并非如此，她似乎只是单纯地想独自小酌几杯。尽管如此，她身上并没有流露出那种独自买醉之人常有的落寞感。她与身上的黑衣一同融入了昏暗灯光营造出的朦胧氛围中，似乎这里让她感到很自在。

喝完第三杯酒时，她瞥了一眼手表——一只缠绕在她纤细手腕上的黑色细带手表。慎介仿佛被某种魔力吸引，目光紧紧追随着那只手。即便在饮酒时，她手上依然戴着黑色蕾丝手套。

时间接近午夜一点，酒吧里的其他客人大多已离开，只剩下卡座区那边还有两位男客。他们看上去像是高级白领。这两人刚来时,也曾对吧台前的女人表现出浓厚的兴趣,但此刻,他们正与千都子热烈地讨论着赛马的话题。

"谢谢你的费心招待。"女人说出了今晚的第三句话。

"您是准备回去了吗?"慎介问道。

女人轻轻点头,目光直勾勾地注视着慎介。慎介试图坦然迎接那锐利的目光,却感觉自己的内心仿佛被看穿,一种难以言喻的压力让他下意识地移开了视线。

慎介递上账单,女人伸手从黑色手提包中取出一只褐色钱包,钱包表面磨损得很厉害。这只钱包与她的气质显得格格不入,让慎介颇感意外。

女人付完账,收好钱包,从高脚凳上起身,如同来时一样,目不斜视地朝正门走去。

"感谢您的光临。"慎介冲着她的背影说。

女人刚踏出店门,千都子便立刻凑到慎介身边。

"这人是谁呀?看着怪瘆人的。"她在慎介耳边小声问道。

"是不是以前哪个客人带她来过这儿?"

"不是。如果来过,我肯定记得。小慎,你跟她聊了些什么?"

"没有。不知怎么回事,感觉这人挺难搭上话的。"

"可不是,人家身上还穿着丧服呢。到底是什么人啊?"看着女人走出去的门口,千都子歪着脑袋,纳闷道。

到了午夜两点,慎介他们打发走最后两位客人,关了店门。店里的女员工要赶末班电车,所以剩下的清洁和整理工作都落在了慎介肩上。千都子也先行一步,因为今天车子停得有些远,她得过去把

人偶游戏

车子开过来。

完成所有清理工作后，慎介从店里出来，锁好门。走廊的空气中弥漫着淡淡的尘土味。夜晚的世界啊，慎介心想，我又回到了这个熟悉的地方。

慎介站在电梯前，按下按钮。独自站在这儿时，他的脑海中还是会不由自主地回放起那晚的事件——悄无声息地从背后逼近的黑色人影、朝头顶狠狠挥下的凶器、重击，以及在痛楚袭来前意识消散的感觉……

就在这时，不知从哪儿突然传来一阵声响。慎介一惊，迅速转身，却发现背后空无一人。过了一会儿，楼梯间传来了几个人的谈笑声，可能是从楼上某家店里出来的客人吧。慎介这才松了一口气，发觉自己全身起了鸡皮疙瘩，腋下也被汗水浸湿。

电梯到了，轿厢门缓缓开启。他心中默默祈祷，希望里面空无一人。然而，他的希望落空了。只见一个男人站在电梯里，是个三十岁左右、留着浓密胡须的小个子男人。

慎介极不愿意与陌生人在这个狭小而封闭的空间内共处，但又找不到合适的理由拒绝乘坐这趟电梯。他步入电梯，迅速按下了关门按钮。他不愿背对那个男人，便紧贴厢壁站立，眼睛死死地盯着头顶的指示灯。电梯下降至一楼只用了短短十几秒，他却觉得漫长得仿佛过了一个世纪，同时也察觉到自己的身体因为紧张而变得僵硬。

当然，那个蓄着胡须的男人什么也没做。大概是急着赶路，他一出电梯便快步超过慎介，径直向前走去。慎介目送着他的背影，无奈地叹了口气，轻轻摇了摇头。

慎介正独自站在楼前发愣，突然被一阵尖锐的汽车喇叭声拉回了神。他循声望去，一辆深蓝色的宝马车停在路边，驾驶座上是千都子那张熟悉的脸。

慎介留意着周围的车流，走到副驾驶座那边，打开车门，迅速坐了进去。车内弥漫着千都子身上的香水味。

"有一段时间没上班了，收拾起来确实费了些工夫。"

"辛苦了。你身体感觉怎么样？头还疼吗？"

"没事，已经没什么感觉了。"

"那真是太好了！今天真是忙得不可开交，我还有点担心你吃不消呢。"千都子发动引擎，驾驶着她的宝马车缓缓前行。

千都子独自住在月岛的一栋高级公寓里，和慎介的住处方向一致，所以她一般都会顺路送慎介到家门口。要是实在没办法送，她就得给慎介足够的钱打车。考虑到这些额外开销，千都子倒不介意稍微绕点路。

当宝马车开始加速时，原本漫不经心地望着窗外风景的慎介不禁发出了一声低呼："啊！"

"怎么了？"千都子问道。

"没，"慎介赶忙摇头，"没什么要紧事，我刚才好像看到了一个熟人。"

"要不停下来看看？"

"不，不用了。也许是我认错人了。"

"这样啊。"千都子又用力踩下了一时松开的油门。

慎介一边感受着背后传来的加速感，一边努力按捺着想要回头张望的冲动。刚才他眼角的余光捕捉到的是站在路旁的一个女人。尽管只是匆匆一瞥，但那修长的黑色裙摆和干练的短发都让他确信，那就是之前在"茗荷"出现过的女人。并且,那女人似乎面朝着他,仿佛早已知晓他会坐在副驾驶的位置,正目送他离去。

那个女人为什么会在那儿?她在那儿干什么?为什么一直盯着自己?她究竟是什么人?

一连串的疑问瞬间塞满了慎介的脑子。但没过多久,一阵空虚感便如潮水般袭来,冲淡了这些疑惑。或许真的是认错人了。那女人从店里离开已经有一阵子了,很难想象在这么长的时间里,她会一直静止不动地站在那儿。穿黑色衣服的女人随处可见,留短发的也不在少数。再说,站在那儿的女人说不定根本没看自己,也许她的目光落在了更远处,又或许她什么也没看,只是恰好将脸转向了这边而已……

"你好像有什么心事啊。还在想刚才看到的人吗?当时停车看看就好了呀!"经过几个红绿灯后,千都子说道。

"我没什么心事,就是有点困了。"

"哦,你已经好久没熬这么晚了吧?"千都子或许是出于好意,想快点送慎介回家休息,慎介感觉到她又加快了车速。

慎介轻轻闭上眼,思索着自己为什么不敢跟千都子坦白,自己看到了那个让人心里发毛的黑衣女人。然而,他怎么也想不出答案。

过了一会儿,千都子问道:"要不,你考虑休息一阵子?你真的觉得自己适合继续干这种夜间工作吗?"

"嗯,谁知道呢?我还没怎么认真考虑过这个问题。"

"没想过趁着这个机会转行,找个白天的工作吗?"千都子接着问。

"没想过。除了这个,我还能做什么呢?"

"那倒未必，你还这么年轻。"

"都已经三十岁啦！"

"才三十岁而已，人生还有很多可能性等着你去探索呢。不过，倒也不是说时间多得可以随意挥霍，想做的事情，还是得抓紧时间去做哟！"

"我什么也不想干。"

慎介还未向千都子透露过自己将来打算独立开店的梦想。他总觉得，应该等到自己准备周全时再说。

可到底怎样才算准备周全，慎介这会儿却怎么也想不起来。他甚至不确定自己是不是真有过详细的计划，还是仅仅停留在幻想阶段。

"小慎，你是不是想着差不多要回银座那边去啦？"千都子又问道，"你来这儿也快一年了。"

"我可没这么想过。妈妈桑能收留我在这里工作，我心里感激着呢。"

"客气的话就不必多说了。你在这里，也确实帮了我不少忙。"千都子的语气中透着几分强硬。

慎介是在刑事判决刚下达的时候开始在"茗荷"酒吧工作的。判决结果是有期徒刑两年，缓刑三年。所以实质上，他暂时还能维持和以往一样的生活。在江岛的安排下，他开始在千都子这里工作。江岛这么做有两个目的：一方面是照顾慎介的感受，让他不必过分在意周围人的目光和议论；另一方面是避免那些对事故有所耳闻的"天狼星"常客投来审视的目光。

千都子把车子停在慎介家的公寓楼前。慎介道了谢，下车后站在路旁，目送着宝马车的尾灯消失在夜色中。

成美还没有回家。慎介推开房门，迎接他的是一片寂静的黑暗。成美工作的那家店通常在十二点半打烊，但有时她会和同事们聚餐或去卡拉OK唱歌，比他还晚归也是常有的事。对从事夜生活行业的人来说，晚归几乎是生活的常态。因此，慎介也从不多问。

他打开灯，去卫生间漱了漱口，又用热水洗了把脸。当他用毛巾擦着脸，看到镜子里自己的模样时，他突然被一种奇妙的感觉包围，不禁皱起眉头。

那种奇妙的感觉，很像人们常说的"似曾相识"之感，仿佛在过去的某个时刻，他也曾置身于与此刻几乎一样的场景中。当然，站在卫生间洗脸这个动作，今晚绝不是第一次做。每天下班回家后，他做的第一件事总是洗脸，这已经成了他多年来雷打不动的习惯。从这个意义上来说，刚才的感觉算不上"似曾相识"。毕竟，"似曾相识"应该是指对那些从未经历过的情景产生熟悉感。

慎介站在镜子前，一会儿搓搓脸颊，一会儿摸摸头发，但始终没搞明白那挥之不去的熟悉感到底是什么。没过多久，这种奇妙的感觉便如同晨雾般渐渐散去，留下的只有他那迷茫的身影，静静地映照在镜子中。

他将这种感觉归咎于自己久违地回归工作岗位。而且，自己居然对那个穿丧服的女人那么在意，今晚确实有点不对劲。

从卫生间出来后，慎介换上了舒适的居家服，打开电视，又从冰箱里取出一罐啤酒。看到冰箱里还剩了一点土豆沙拉，他也顺手拿了出来。

然而，正当他准备拉开啤酒罐的拉环时，他脑海中突然闪过一个念头。他伸手拉开客厅矮柜的抽屉,他的银行存折应该放在那里。可他翻遍了三个抽屉的每一个角落,也没能找到存折。每个抽屉都比以往干净整洁多了,看来是成美在打扫房间的时候,把存折收到别的地方去了。

存折不在客厅矮柜的抽屉里,那会放在哪儿呢?慎介站在屋子中间琢磨着。环顾四周,这屋里实在找不出什么适合存放贵重物品的地方。这家里像样点的家具,除了这只矮柜和床,也就剩下碗柜、沙发,还有个用来放内衣的收纳架。大部分衣物都收纳在壁橱里。壁橱的下层并排摆着几只储物箱,上层用衣架挂满了几十件衣服,清一色邮购的便宜货。

正当他纠结该从哪儿找起时,玄关处传来了门锁弹开的声音。紧接着,门被推开,成美的声音随着她的身影传入屋内:"小慎,我回来啦。"

"哦,你回来啦。"慎介回应道。

"你站在那儿发什么呆呢?"成美一进屋就注意到慎介有些不对劲。她穿着一身草绿色套装,那是去年春天买的衣服。

"我在找存折。"

"存折……找它干吗?"

"有件事我挺在意的。存折放到哪儿啦?帮我找找吧。"

"什么啊?你在意的那事?"

"待会儿跟你细说。总之,现在我就想看存折。"

也许是慎介突然说出这种奇怪的话,成美脸上露出极其不安的神情。不过,她并未继续追问,而是转身走进内室,打开壁橱的拉门。那些悬挂着的各式衣裙中藏着一个急救箱,她轻轻揭开箱盖,里面赫然放着一本存折。

"给。"成美将存折递到慎介面前。

"为什么要把它藏在这里呢？"

"也没什么特别的原因……我想不到别的地方了。这么重要的东西，总不能随意放在显而易见的地方吧。"

"就算放到急救箱里，小偷也一样能找到的。"

慎介翻开自己的存折，目光落在显示存款余额的那一页，不由得露出一抹自嘲的微笑。

"怎么了？"成美关切地问道。

"我看没必要担心什么小偷了。"慎介说着，将存款余额那一页展示给成美看，"你瞧，这数字。这年头，就连中学生的存款估计都比这多呢！"

"这也是没办法的事，毕竟生活中处处都要花钱。"

"那你呢，成美？手头有没有一笔像样的存款？"

"我的情况跟你差不多，我们店里工资也不高。"

慎介耸耸肩，随手将存折扔回了急救箱中。

"突然提起存款的事，是不是出什么问题了？"成美的声音里带着一丝不悦。

慎介叹了口气，说："我也不太清楚自己在想什么。"

"啊？"成美皱起眉，"你这话是什么意思？"

"哎，成美，"慎介说，"我以前有过什么计划吗？"

"计划？"

"我在想，自己对未来有什么打算？明明连像样的存款都没有，却还幻想着独自创业，我到底在想些什么？"

"你确实跟我说过,将来想自己开一家店。"

"那我当时有没有说怎么解决资金问题?是不是已经有了点头绪才这么说的?"

听到慎介的问题,成美的眼中闪过一丝惊慌,或许是又想到慎介失忆的事,心情变得沉重起来。

"你当时信心满满地跟我说,钱很快就能攒够。"她轻声回答。

"攒?会说出这种话的人,存折里怎么会只有这点钱呢?"

"所以,我们之前讨论过,以后必须节省一些了,不是吗?"

"节省……"慎介摇摇头。"节省"这两个字,在他听来都觉得陌生。他心里直犯嘀咕,自己真的说过那种话吗?

不知何时,他已经蹲下身子,成美轻轻地把手放在他的肩上。

"哎,别太纠结过去的事了。如果忘记了未来的计划,那就从现在开始重新规划,不也挺好的吗?"

慎介轻轻握住成美的手,感觉她的手有些潮湿,有些冰凉……

8

慎介并非自幼就立志成为调酒师。实际上，他最初对酒吧行业还抱有些许成见。在他的印象中，许多从事这一行的人原本有着不同的人生规划，只是在遭遇挫折、走投无路之际，才无奈踏入这一行——这些都是他初到东京时的想法。

他出生于石川县金泽市，父亲任职于当地信用社，母亲听说曾是中学的兼职教师。但在慎介的记忆中，他并没有见过母亲身为教师的模样。

慎介家在犀川河畔一个名为寺町的地方，地如其名，此地寺庙众多。他们家那栋木质结构的房子，就在一家小小的土产店对面。

慎介有个大他五岁的哥哥，是纺织厂的普通职员。五年前，哥哥结了婚，如今育有一个四岁的孩子。照理，哥哥一家加上父母与慎介，一家六口应继续生活在那略显破旧的房子里。

慎介十八岁那年来到东京，因为他考上了东京的一所私立大学。确切地说，是他一心向往东京，所以特意报考了那所大学。他选择攻读社会学专业，倒也没有什么特别的缘由。他还报考了东京其他几所大学，选择的专业也是五花八门，涵盖文学、商学、信息学专业……总之，对他来说，只要能来到东京，上哪所大学都无所谓。

因此，慎介来到东京后，并没有明确的奋斗目标。他总觉得，只要踏进这座城市，自然会找到目标。对一个在小城镇长大的少年来说，东京宛如一片肥沃的田地，遍地都是机会的种子。他坚信，只要寻得其中一颗种子并精心培育，便能开辟出一条成功之路。然而，那时的他尚未意识到，只有具备非凡的能力，才能发现这些种子的萌芽。

对于慎介前往东京的决定，他的父母并没有反对。从他们的心境推测，或许他们认为长子已经从当地的大学毕业，并在家乡找到工作，他们的晚年生活也算有了保障。而且，他们似乎也在为不知如何与各方面都逊色于长子的小儿子相处而苦恼。他们清楚，慎介并没有哥哥那样的学习能力，考不上同一所大学。哪怕让他就读附近的二流大学，未来前景也未必乐观。

让慎介去东京，至少能保证他日后不会饿肚子——这大概就是父母送他去东京时的心态吧。慎介对此也是心里有数的。

一间不足六帖榻榻米大小的狭窄小屋，成了慎介初来乍到的庇护所。那时的他，坚信自己能从这个起点振翅高飞。他心中充满了对未来的无限期待，觉得自己必将无所不能，无往不胜。

然而，这般充满梦想的日子如昙花一现。大一即将结束时，他的雄心壮志已消磨殆尽。初到东京时，他曾将寻找明确的奋斗目标视为自己的首要任务。但随着时间的流逝，他不仅鲜少忆起曾给自己定下的这个任务，甚至开始试图忘记它。因为每念及此，他便会深切地体会到自己的无能。

如果非要找个理由，可以说是他忙于生计，精力有限。家里寄来的钱，在支付了房租和学费之后所剩无几，他不得不外出打工。如此一来，他不得不应对新的人际关系，这又衍生出额外的开销。为了维持社交与娱乐，他需要更多的钱；为了挣这些钱，他又不得不打更多的工。就这样，陷入了典型的恶性循环。

当然，这些不过是慎介自我安慰的借口罢了。他身边不乏条件不如他，却比他更为努力的同学。比如和他同住一栋公寓的S君。两人因为在附近卖盒饭的小店几次偶遇，渐渐熟络起来。S君找了份深夜修路的兼职工作，常常在黎明前才骑着自行车回家，疲惫得像一摊烂泥，只睡上四个小时，就爬起来赶去上下午的课。这样的生活，S君足足坚持了两年。而且，在每天去打工之前，他都会把自己关在房间里埋头苦读。总是满脸胡楂的S君有一句口头禅："这世上，最宝贵的就是时间。"

"你想想，虽说有了钱就可以为所欲为，却买不回失去的时间。再富有的人，也无法重返青春年少，对吧？从这一点看，只要拥有无限的时间，我们就能想干什么就干什么。人类创造文明，靠的不是金钱的力量，而是时间的力量！可惜的是，每个人拥有的时间都极为有限，并且，年轻时的一小时和年老之后的一小时，在价值上完全不可同日而语。我就是死，也不愿浪费自己的一分一秒！"

S君攻读的专业是建筑工学，毕业研究课题是"都市型三层道路网的开发"。这些都是慎介在和S君三年未见后，从别人那里听说的。据说S君做那份深夜修路的兼职工作，事实上也并非单纯为了挣钱。

然而，慎介不得不承认，自己学不来S君。这或许又是他的一个借口。与S君不同，慎介对大学里教的那些知识完全没有兴趣。

毕竟当初选择专业并非出于热爱，自然也没什么求知欲。

到了大二下学期末，慎介已经很少踏足校园了。那时，他打工的六本木酒吧成了他每天逗留时间最长的地方。这家酒吧装饰成二十世纪六十年代的风格，收藏了披头士和猫王的所有唱片。在客人稀少的日子里，慎介会一张接一张地将这些唱片放到老唱片机里播放，消磨一天的时光。

他并非没有意识到自己正在虚度光阴，也时常感到一种迫切需要找到目标的焦虑。然而，他不知道该如何采取行动，甚至不明白怎样才算"找到目标"。他始终有一种错觉，仿佛他所期待的那个目标会突然从天而降，会在未来的某一天，由邮递员直接送到他手上。

慎介并没有打算中途放弃学业，尽管身边有不少同学已经陆续离开了学校，但他们每个人都经过深思熟虑，是为了实现某个具体的目标才做出这样的选择。当然，慎介并没有深思熟虑过，所谓思想准备与决心，都是在明确目标后才会形成的。

然而，事与愿违，慎介最终还是退了学。虽然他并没有主动退学的想法，但由于频繁旷课，连考试也不参加，他最终无法升级。无法升级就意味着无法毕业，这种情况持续到他被开除学籍——这就是他的所谓"退学"。

对远在金泽的父母，慎介隐瞒了很长时间。等到同学们都毕业并开始工作时，他顺势宣称"我要先当一段时间飞特族①"，索性连家都没有回。

秘密最终在他二十三岁那年被戳穿。大学方面有事联系了他的

---

① 飞特族，freeter，选择自由职业或不定期工作的年轻人。——译注

家人，愤怒的父母赶到了东京。父亲气得满脸通红，认为一切还来得及，要求他立刻重返校园完成学业，母亲则在一旁痛哭流涕。

慎介从家里夺门而出，两天未归。到了第三天，他回去一看，发现桌上有张便条，上面潦草地写着一句话："有事要跟家里联络，注意身体。"

没过多久，慎介遇到了江岛光一。那时，他此前兼职的六本木酒吧倒闭了，他只得手忙脚乱地四处寻觅新的工作机会。在翻阅招聘广告时，"天狼星"这个店名映入他的眼帘，尤其是"银座"两个字，瞬间抓住了他的注意力。他寻思着，反正都要继续在酒吧工作，何不去日本顶级的地方呢？

店主江岛光一亲自面试了慎介。慎介被江岛的风度和气质深深吸引。江岛的每一个动作、每一句话都散发着从容和专业的气场。慎介心想，这大概就是成熟男人的魅力所在。

江岛让慎介试穿了"天狼星"的制服，并以"挺有型的"为由，决定聘用他。当时，江岛还说了一句话，让慎介印象深刻："无论多么灵活会变通的人，都会在三种情况下坚持自己的方式：一是洗澡，二是上完厕所擦屁股，三是喝酒。"

慎介佩服地连连点头，莫名紧张得厉害，赶忙说道："我会记住的。"

自那之后的六年，他一直在"天狼星"酒吧工作。如果没有那起交通事故，他现在应该还在那里。

这期间，他学到了很多东西。确切地说，他体会到了经营酒吧这一行的乐趣。而且，学生时代从未有过的野心，也在他心底悄然生根发芽——有朝一日，他要拥有一家属于自己的酒吧。

不过，这个梦想只是模糊的雏形。他也有自知之明，当下还远未到能切实考虑这个问题的阶段。他清楚自己还有很多需要学习之处。而重中之重，便是资金。

　　这本是事故发生之前，慎介一直在考虑的问题。

　　但如今，有什么东西不一样了。

　　慎介开始反思过去一年的生活。他记得自己做过的每一件事，可每当他试图回想当时的想法和感受时，记忆便仿佛蒙上了一层厚厚的灰纱，变得模糊不清。这层灰纱似乎比他想象的要厚得多。

9

那个穿丧服的女人再次来到"茗荷"酒吧,恰好是一周后。时间刚过午夜一点。这天晚上,酒吧里客人寥寥无几。最里面的卡座上坐着一位男客,正对着千都子喋喋不休地说着什么。

女人悄然走进酒吧——不,确切来说,开门声是有的,只是被慎介的耳朵自动过滤了。当时慎介正好面朝摆满酒瓶的酒柜,竟然没有察觉到一丝动静,还真有些不可思议。按理说,就算没听到开门声,门的开合和客人走进来的身影也会映照在酒瓶或酒柜的玻璃上。可刚才,他并没有发现任何异样的反光。

因此,当慎介转过身,看到上次那个女人正静静地站在吧台对面时,他差点惊呼出声,心跳也陡然加速。

女人挺直脊背,以一种端庄的姿态站着,凝视着慎介的双眼。那姿态,犹如前来传递重要信息的使者。实际上,在那一瞬间,慎介陷入了一种微不可察的错觉,满心期待她开口说些什么。这期间也许仅仅过了短短几秒,慎介却感觉仿佛度过了漫长的时光。

沉默数秒后,慎介才意识到,该由自己先开口。

"欢迎光临。"他说,声音沙哑得如同感冒之人。

女人微微垂下眼眸，如同上次一般，坐上了吧台前的高脚凳。

"能给我一杯上次那种酒吗？"她的声音依旧让人联想到长笛悠扬的音色。

"轩尼诗吗？"慎介问道。

女人轻轻点点头。

慎介背对着女人，伸手取过酒瓶。他一边将琥珀色的液体倒入玻璃杯中，一边快速转动脑筋。她要求给她"上次那种酒"，说明她相信眼前这位调酒师会记得她一周前曾来过这家店。

对服务业从业者来说，能记住客人并不稀奇。比如成美她们，从来不会忘记任何光顾过一次的客人的面孔和名字。万一真的忘记了客人的名字，只要没有特别的必要，也不会再次询问。她们要么偷偷向其他人打听，要么在与客人交谈时努力回想。如果实在想不起来，就会使上最后的绝招——"话说，您上次还没给过我名片呢"。毕竟，要是客人知道自己的名字被忘记了，可能就再也不会光顾了。

然而，一位只来过一次的客人如此确信自己会被调酒师记住，这让慎介觉得有些难以置信。

难不成这是某种试探？慎介心中升起一丝疑惑，旋即又觉得这个想法有些荒谬。试探一个素不相识的调酒师，似乎没有什么意义。

他将斟满酒的白兰地酒杯放在女人面前。

"谢谢。"她轻声说道。声音虽轻，却清晰地传进慎介耳中。女人的脸上再次浮现出上次那种妖冶魅惑的笑容，慎介也受其感染，回以一个微笑。

慎介不经意间瞥向一旁，发现千都子正注视着他们。更准确地说，是注视着这位女客。尽管她嘴上还在回应着自己的客人，但她明显心不在焉。千都子将脸转向慎介,脸上的表情仿佛在说:"好好探探这个客人的底细。"

慎介明白千都子的用意,她对这个女人心存戒备,怀疑她是商业间谍。毕竟,打算开新店的人跑到本地长期经营的老店摸底,这种事情在任何行业都可能发生。

慎介端出盛有巧克力的小碟,趁机又仔细打量了一番这个女人。今天她没穿丧服,虽然还是和上次一样,穿了一条长摆连衣裙,但颜色从黑色换成了深紫色。而且,今晚她没戴手套。

另外,慎介还注意到,与上次相比,女人有一个明显的变化——头发长度。上次她的头发很短,耳朵完全露在外面,可今晚头发至少遮住了半个耳朵。短短一周,头发不可能长这么快,想必是巧妙地调整了发型。或许因为换了个发型,她的表情看起来比上周柔和了几分。

想要弄清女人的身份,交谈无疑是快捷高效的方式,可慎介绞尽脑汁,也想不出合适的开场白。事实上,他有种预感,无论自己说什么、怎么说,都会被对方轻描淡写地敷衍过去。女人脸上挂着堪称神秘的微笑,在简单说完必要的话后,浑身散发着拒人于千里之外的气息,屏蔽了所有能更深入交流的话题。

在接待客人方面,慎介并不笨拙。事实上,可以说,从在"天狼星"酒吧工作开始,他就在这方面展现出了出色的才能。然而此时此刻,面对眼前这个女人,他却感到束手无策,她看上去与他以往接触过的任何女性都不一样。

最终,慎介什么话都没有搭上,两人就这样沉默了大约二十分钟。接下来的情况和上周一样,她用差不多的时间喝完了第一杯白兰地，然后握住空酒杯，用意味深长的眼神看着慎介。

"还是一样的可以吗？"慎介问道，手已经伸向轩尼诗酒瓶。

可是，她并没有点头，而是把玩着手中的酒杯。"还是换一种吧。"

慎介心里蓦地一紧，仿佛遭受了当头棒喝。

"喜欢什么样的酒？"他故作平静地问道。

她一手把玩着白兰地酒杯，一手托着腮。

"我对酒的名字不太了解，你看着调一杯吧。"

慎介立刻意识到，她想要的是一杯鸡尾酒。不知为何，他忽然紧张起来，似乎这位女士打算通过他调酒的技艺来评判他。她自称不了解酒名，但慎介对此暗存疑虑。

"那么，我调一杯口味稍甜的鸡尾酒如何？"

"可以，听起来不错。"

"基酒就用白兰地，您觉得如何？"

"你决定就好。"

慎介略做思索，打开冰箱。他的目光落在一盒鲜奶油上，心中已有了主意。

银座的"天狼星"是一家因鸡尾酒而远近闻名的酒吧，店主江岛光一本人曾是赫赫有名的调酒师，只在真正信任的人面前展示调酒技艺。慎介有幸成为其中之一。

然而，来到"茗荷"的这一年间，慎介正儿八经调酒的机会大幅减少，甚至几乎没有了。大多数时候，他只是在兼职女店员们的央求下，调些简单的鸡尾酒来应付一下。对光顾"茗荷"的大部分客人来说，这里不过是个哄自己带来的陪酒女孩的场所。

因此，"茗荷"能提供的酒品有限，也无法常备调酒所需的全部材料。

不过，好歹还有可可香甜酒和新鲜奶油，慎介决定用这些和白兰地一起调制鸡尾酒。尽管慎介为了避免技艺生疏，时常会进行调酒练习，但他也能感觉到，自己摇调酒器的手势已经不如以前那般灵活自如了。

慎介将调酒器中调好的鸡尾酒倒入高脚杯中，撒上肉豆蔻粉。这时，他才察觉到，女人一直注视着自己的手。她的目光并非对调酒师精湛技艺的欣赏，而是如同学者在显微镜下观察细菌一般，带着冰冷的审视。

他将高脚杯轻轻放在女人面前，说了声："请。"

女人并未立刻伸手去拿，而是俯视着鸡尾酒。慎介已经想好了说辞，如果再过几秒她还是这个姿势，他就开口提醒："鸡尾酒最好尽快喝哟。"毕竟，这款鸡尾酒只有在特定温度下才能呈现最佳口感。

不过很快，女人便伸手握住酒杯，举到与眼睛平齐的高度，仿佛在检查酒液的挂壁性一般轻轻摇晃着，而后送到嘴边。

高脚杯的边缘轻触女人那泛着莹润光泽的红唇，淡茶色的黏稠液体缓缓流入她的口中。她的眼帘微合，店内柔和的光线在她脸上投下淡淡的阴影。这一幕，让慎介脑海中瞬间闪过"淫靡"二字。他不禁在脑海中想象着酒液在她舌尖流转，再滑入喉咙深处的画面，这种想象给他带来了一种难以言喻的兴奋感。他感到自己的身体有了反应。在女人咽下酒液，纤细的喉部轻轻颤动的瞬间，慎介的心跳也随之加速。

"呼……"女人发出一声长长的叹息。那叹息似乎带着温度，仿佛伸手就能触摸到一抹炽热。她的眼睛虽然睁开了，眼神却依旧有些空洞。

她的目光徐徐聚焦，最终与慎介的视线交汇。

"味道如何？"慎介的声音中带着一丝期待。

"很好喝，这是什么酒？"

"亚历山大，"慎介回答道，"是一款非常有名的鸡尾酒。"

"亚历山大？就是统治希腊的那位大帝吗？"

"不，"慎介苦笑着摇摇头，"听说此名源自嫁给英国国王爱德华七世的亚历山德拉王妃，传说这是两人婚礼上的贡酒。"

女人听后，满意地点了点头，或许是因为慎介清晰地介绍了这款鸡尾酒的由来，又或许是她喜欢这段历史逸事。

她再次端起酒杯，这次猛地喝了一大口。在酒精的作用下，她原本苍白的双颊上迅速泛起两抹红晕，就像是被喷雾器喷上了粉色颜料，为她的面容增添了几分生动。

"真的很好喝。"她又一次称赞道。

"是吗？能合您的口味真是太好了。"

"亚历山大吗？我得记住这个名字。"她压低了嗓音，仿佛在喃喃自语。

"可别贪杯哟。"慎介突然想起什么，提醒道，"知道《醉乡情断》这部电影吗？"

"只是听说过名字。"她答道，声音依旧低沉。

"那部电影里，男主角给不擅长饮酒的妻子喝的，就是这种鸡尾酒。您猜结果怎么样？"慎介故意卖了个关子。

女人轻轻地摇了摇头。

"妻子喝上瘾，后来酒精中毒了。"

女人的双唇微微张开，形成一个漂亮的弧度，随后凝滞。接着，只见她用力地点了点头，直接将高脚杯送到嘴边，将剩余的鸡尾酒一饮而尽。

之后，她向慎介呼出一股炽热的气息。当然，也许她并非有意为之，但甜蜜的气息隐隐刺激着慎介的鼻腔，让他的感官瞬间麻痹，体验到一种酥麻的快感。

"麻烦再来一杯。"女人说。

"好的。"慎介答道。

最终，这第二杯亚历山大成了女人当晚在"茗荷"酒吧喝的最后一杯酒。高脚杯见了底，她突然说了句"我走了"，便站起身来。尽管双颊仍泛着粉晕，但她看上去并无醉意。

慎介收下酒钱，走出吧台，为她开门。她挺直脊背，从他面前走过。

"您接下来还要去别的地方吗？"慎介看着她纤细的背影，问道。

她停下走向电梯的脚步，转过身来，微微歪了歪脑袋，说："为什么问我这个问题呢？"

慎介一时语塞。其实他问对方接下来的去处，并没有什么深意。不，也不能说完全没有，只是此时此地，实情难以启齿。如果告诉她，因为我也不知道为什么，就是对你的事情很上心，对方会有什么反应呢？

"呃，那个……我是想您会不会还要再去别家喝上一杯。"他知道自己其实答非所问。

女人微微一笑，似乎在欣赏他的窘迫。

"是啊,也许去,也许不去。"

慎介想不到该如何回应,想说点俏皮话,脑子里却一片空白。他心里涌起一丝焦虑——自己什么时候变得这么迟钝了?

为了掩饰内心的慌乱,他快步走到女人前面,按下电梯按钮。正好电梯就停在这层,轿厢门立刻打开。

"谢谢。"女人边说边走了进去。

"欢迎下次再来。"

听了慎介的话,女人似乎忽然有所触动,睁大了眼睛看着他,随后将手伸向按键。电梯门并没有关上,她按着的应该是"开门"键吧。

"刚才的鸡尾酒味道真不错,多谢款待。"她悄声道。

"谢谢。"慎介低头致谢。

"下次来的时候,能否为我调制些不一样的酒?"

女人的话让慎介心口的石头落了地。听这语气,她还会再来。

"我会提前做好准备的。"

"晚安。"女人的手离开控制板,电梯门缓缓关闭。慎介的目光紧随着她,直到两人的视线在空中交汇。

慎介的胸口猛地一紧,一阵钝痛袭来,仿佛有什么东西从他的心脏中穿过,留下绵长的余痛。这种感觉一直持续到电梯门完全关闭,女人的身影消失在他的视线中。

回到店里,慎介看到千都子正站在吧台旁边,剩下的那位客人应该去洗手间了。

"知道那是什么人了吗?"千都子小声问道,显然她一直在关注着慎介和那女人的举动。

慎介撇撇嘴，耸了耸肩，摇了摇头，故意装出一副严肃的表情。

"我看你们不是聊了蛮多的嘛。"

"就是稍微聊了几句关于鸡尾酒的话题。"

"鸡尾酒？"千都子眼睛一亮，"她很懂酒？"

"谁知道……"慎介双手插兜，歪着头说，"看起来不像，不过，也有可能是她演技精湛。"

"是吗……"千都子满脸写着不高兴，看来她对那个女人确实没什么好感，"小慎，下次那人再来的话，你再多打探一下她的底细吧。"

"对客人刨根问底，好像不符合咱们店的礼节吧。"

"凡事总有例外嘛，谁让那人看起来太可疑了呢！"

"嗯，好吧，我想想办法。"

洗手间传来冲水声，不一会儿，最后那位客人擦着手走了出来。千都子立刻递上一块湿毛巾，脸上已经恢复了标准的待客笑容。

慎介回到吧台内，开始冲洗女人用过的酒杯。他脑海中已经开始构思几种下次要调给她品尝的酒水配方。

10

"天狼星"酒吧位于一座旧建筑的九楼，并未在建筑外部悬挂醒目的广告牌。只有步入电梯间后，才能看见一块小巧的牌子，上面写着"天狼星在九楼"。至于店名为何用中文而非日文假名书写，连店主江岛本人也坦言："原因已经记不清了。"但慎介推测，江岛可能是有意为之，以此来筛选前来光顾的客人。事实上，"天狼星"也是一直靠那些老顾客维持生意的。

慎介乘坐那部速度一如既往地缓慢的电梯抵达九楼，走在昏暗的走廊上。许久未来，两种截然不同的情感在他心中交织。一方面，这里的一切都让他感到熟悉和亲切；另一方面，无法完全回想起在此工作时的记忆，又令他焦虑不已。

走廊尽头有一扇木门，门上贴着用英文书写的店牌——SIRIUS。门内传来客人们的交谈声。慎介伸手握住门把手时，心里不禁泛起一丝紧张。

门一开，吧台内的冈部义幸便发现了慎介。冈部脸上用于迎客的笑容瞬间转为微微吃惊的表情，但很快，另一抹微笑又浮现在他的嘴角。冈部轻轻点了点头，那笑容和点头的动作，让慎介稍感安心。

店内可以容纳十五人的长吧台边，八位客人零零散散地坐着。慎介发现了一个并排的两人座，便选择其中一边坐下。

冈部的目光径直投向慎介，仿佛在无声地询问："想喝点什么？"或许是瘦了的缘故，他的下巴看起来比以往更尖，增添了几分锐利的气质。

"毒刺。"慎介说道。

冈部微微点头，露出充满干劲的神情。

慎介不动声色，以不被其他客人察觉的程度悄悄环顾店内。这家店依旧主打舒适的沙发卡座，每张桌子都搭配了皮质扶手椅和沙发，足够容纳四五人舒适就座。餐桌宽敞，即便摆满了各式小菜，也丝毫不显局促。这样的座位共有八组。墙上的酒柜中陈列着从世界各地搜罗来的美酒，角落里摆着一架三角钢琴，江岛的钢琴家老朋友偶尔会在此演奏一些充满怀旧风情的爵士乐曲。曾有位常客如此形容："坐在这家店里，会让人想起二十世纪五六十年代日活电影公司的老电影。"慎介虽然未曾看过小林旭、宍户锭等老牌影星的作品，但多少能理解那种怀旧的心境。

已有三分之一的沙发席满座。一桌是四位年纪稍长的男士，另一桌是两位中年男士带着陪酒小姐，还有一桌则是一对看起来关系有些微妙的情侣。四人那桌谈话声稍显喧闹，但还不至于破坏店内的和谐氛围。

时钟已指向深夜两点，店内依旧保持着不错的上座率，慎介不禁暗自赞叹。冈部开始熟练地摇晃调酒器，动作轻松且十分灵巧，将调酒器中的液体倒入玻璃杯的动作也相当干净利落。

一杯酒被轻轻放在慎介面前，杯中的液体呈琥珀色。

慎介向冈部举杯示意，随后轻抿一口，让酒液在口中稍做停留。白薄荷刺激着舌尖，带来轻微的刺痛感，这正是这款鸡尾酒被称作"毒刺"的原因。

慎介向冈部轻轻点头致意，冈部则以一耸肩作为回应。

"今天不用去那边的店吗？"冈部问道。

"感觉不会有客人了，所以提前下班了。"

"哦。不过有时候确实会这样，所以你就想回到久违的老东家这里来看看？"

"差不多是这样吧。"慎介一边回答，一边将酒杯送到唇边，心里却在琢磨：这杯酒，她会不会喜欢呢？

"茗荷"今晚的生意确实算不上好，但也没到提前打烊的程度。慎介只是借口有约会，请假提前离开了。

实际上，他并没有什么约会，他真正的意图是来"天狼星"，品尝几杯地道的鸡尾酒。近来，他鲜有机会喝到像样的酒，以至于他感觉自己的味觉都变迟钝了。此外，他还有一个目的，就是研究下次该为那个女人调制哪种酒。

尽管只见过两次面，慎介却无法抑制自己的情感，对那个女人念念不忘。无论是在店里清洗酒杯时，还是听醉酒客人抱怨时，他的目光总会不由自主地飘向门口。他有一种预感，或许在某个夜晚，那个女人会再次悄无声息地走进店里。

"下次来的时候，能否为我调制些不一样的酒？"她曾这样对慎介说。下次会是什么时候呢？他必须提前准备好所有的材料，味觉也必须重新唤醒。

"江岛先生呢？"慎介问冈部。

"他去赤坂讨论竞赛的事了，应该很快就会回来。"

冈部话音刚落，门被推开的声音便传来。冈部立刻望向那边，微笑着说："欢迎光临。"

慎介也条件反射地转头望去。

进来的是个眼熟的女人，那微微下垂的眼角和丰满性感的嘴唇令人过目难忘。慎介只记得她叫由佳。她脱下白色的薄外套递给服务生，露出里面那件蓝色连衣裙，完美地勾勒出她的身材曲线。

"干马天尼。"她在吧台最里面的座位上坐下，对冈部说道。她的目光并未在其他客人身上停留，显然也没有注意到慎介的存在。尽管如此，她那跷起腿的优雅动作，分明是在意识到周围目光的情况下做出的。

慎介并不清楚由佳工作的地点，但从她的发型可以推测，她工作的地方档次不低。若非有专业美发师的巧手每天精心打理，她那种发型是很难维持效果的。

慎介还在这家酒吧工作时，由佳就是这里的常客。她偶尔会和客人一起来，但大多数时候独来独往。她喜欢独自点上两杯鸡尾酒，和调酒师聊聊股票和音乐，然后离开。

"虽然陪酒小姐也有各种各样的烦恼，但没想到还有用这种方式来排解压力的！"江岛曾如此感慨道。

慎介的脑海中浮现出一幅画面。一年半前的某个夜晚——在几小时后他就遭遇交通事故的那一晚。

那晚，由佳也是独自一人在这里喝酒。她点的同样是干马天尼——当时的鸡尾酒正是慎介调的。

但由佳那晚不只喝了马天尼，还点了其他鸡尾酒，一杯接一杯地喝个精光。那豪爽的喝法简直像是在和人拼酒。慎介还记得她当时对自己说："给我来点更烈的！"当然，慎介不断减少酒精量，到最后递给她的鸡尾酒几乎和果汁无异。

然而，由佳仍旧醉得不省人事。也许她本就打算喝个酩酊大醉吧。想必是遇到了什么特别不顺心的事情，即便在醉酒的状态下，她也绝口不提。慎介给自己的解释是，这或许就是她的职业素养。

由佳趴在吧台上一动不动的场景，至今还清晰地留在慎介的记忆中。

问题出在那之后。慎介将由佳送回家，在返程途中出了交通事故。但关于事故的细节，他的记忆非常模糊。比如，如果是他送由佳回家，那么车里应该只有他们两个人，可他却完全想不起任何画面。他完全无法想象由佳坐在副驾驶座上的样子。他不认为自己只是忘记了，因为与之前的记忆相比，两者的清晰程度相差太大。

慎介对冈部说："再给我调一杯金比特吧。"

冈部默默点头。没准在他眼里，慎介这是在装模作样。实际上，慎介是打算借琴酒的苦味刺激自己的脑细胞。

冈部手法娴熟地旋转着细长的利口酒杯，在杯壁内侧涂上一层薄薄的苦艾酒，接着倒掉杯底多余的苦艾酒，再倒入冰冷的琴酒。从酒液略带黏稠的质感可以判断，琴酒的冷藏效果恰到好处。

慎介接过酒杯，调整呼吸后一饮而尽。适度的苦味在口中扩散，仿佛唤醒了他全身的细胞。

"不错啊。"慎介说。冈部扯起一边嘴角笑了笑。

慎介将酒杯放回吧台，从高脚凳上下来，走向由佳。

由佳不可能没有感觉到有人接近，但她仍然目视前方，抽着烟。

她的侧脸，顽强地劝退了那些因好奇而随意过来搭讪的男人。

"好久不见了。"慎介说。

由佳指尖夹着香烟，带着几分不耐烦转过头来，用一副她在工作中绝不会展现的、如同能乐面具般冷漠的表情面对慎介。

然而，当她的目光落在慎介脸上时，那能乐面具上突然出现了表情，她瞪圆了双眼，嘴唇微张。

"你……"

"我是雨村。之前承蒙关照。"慎介礼貌地点了点头。

"你不是已经辞了这家店的工作吗？"

"暂时是的。今天我只是来这儿放松一下。"

"哦……"

"请问，这里方便吗？"慎介指着由佳身边的空位问道。

"没什么不方便的……"由佳淡淡地说。

"那我就不客气了。"慎介将自己原来座位上的酒杯端过来，在由佳身边落了座，"实际上，我有件事想请教由佳小姐。"

由佳的表情立刻警惕起来。"什么事？"

"关于那天晚上的事。"慎介环顾四周，确保没有人在偷听，"就是我发生交通事故那晚的事情。"

"我可什么也不知道哟。"由佳回答道。

"但那天晚上，是我送由佳小姐回家的，对吧？之后我就出事了。是这样吧？"慎介追问道。

然而，由佳沉默不语，只是用一种厌恶的表情瞪着慎介。

"对不起，我也知道由佳小姐可能不了解情况，但我……之前出了点事，感觉有些失忆，所以才会这样，去向各种人打听。"慎介解释道。

由佳皱起了眉头。

"大致的情况，我从江岛先生那里听说过……交通事故的情况你已经完全记不起来了吗？"

"倒也没全忘，怎么说呢，只是有些细节变得很模糊。江岛先生倒是说过，这种不愉快的记忆没必要非得想起来，但我心里总有点不舒服。"

由佳避开慎介的目光，语气中透出一丝冷淡："这种事，你问我也没什么意义，不是吗？就像你刚才说的，我只是被你送过一回而已。"

"我明白。所以，我是想请由佳小姐跟我说说，我把你送到公寓之前的事。"慎介继续追问。

"要我说什么？"

"什么都行。比如，我开车时都说了些什么，或者坐在车上时，哪些地方让你觉得印象深刻之类的……"

由佳喝光了杯中的干马天尼，转过身来面对慎介。

"那时候我醉得不省人事了，对吧？所以你才送我回家的，对吧？醉成那样的人，怎么可能记得路上发生的事？"

"话是这么说没错，不过，我是觉得，只要你还记得，哪怕是微不足道的地方也可以。"

"没有，什么也没有！"由佳坚决地摇了摇头，将身体重新转向吧台。

"那……之后的事情也可以。比如说，因为跟我的事故有关，警察肯定也找由佳小姐问过话吧。还记得当时都说了什么吗？"慎介继续追问。

"不记得。我能记得的只有第二天头疼得要命,还有自己妆没卸,衣服也没换,就倒在床上睡着了。你是因为送我才出了那种事,我觉得非常抱歉,但也仅此而已,其他的我实在无能为力。"

"那么……"

"对不起,我跟客人还有约会。"由佳突然打断慎介,伸手拿过皮包,从高脚凳上下来,对着吧台里的冈部简短地说了句:"谢谢招待。"

慎介甚至来不及出口阻拦,由佳便迅速结完账,叫服务生取来她的外套披上,扬长而去。

慎介只能哑然看着她离去的背影。冈部在一旁问道:"你怎么把她惹恼的?"

"不知道啊,我就是请她讲讲交通事故那晚的事。"

"交通事故那晚?"

"啊,不……没什么。"慎介摆摆手。他不想过多地谈论自己失忆的事情,尤其是对不太相干的人透露。

此时,他手中的金比特已经回温。他一口气将酒液灌进喉咙。与之前相比,酒的苦味似乎更加浓烈了,刺激着他的味蕾。

11

慎介回到位于门前仲町的公寓时,时钟的指针正好指向两点三十分。成美还没有回家,大概被客人邀请去唱卡拉 OK 了吧。

他感觉肚子唱起了空城计,胃部一阵阵地抽痛,显然是因为晚上没有好好吃饭,只灌了不少鸡尾酒。

尽管如此,慎介还是挺满意的,毕竟今晚有收获。他想到了几款适合她——那个神秘女人的酒。他决定趁记忆还新鲜,赶紧把想法记下来,于是开始四处寻找纸笔。

可找了半天,愣是找不到一张纸和一支笔。他住院期间,成美重新布置了房间,物品的摆放位置对他来说已经完全陌生了。成美平时那么不喜欢做家务,竟然彻底改变了房间的布局,慎介在佩服之余,更感到无比惊愕。

他翻遍了所有带抽屉的地方,总算找出一本笔记本和一支黑色圆珠笔。这两样东西看起来要么是购物时的赠品,要么是打折时买的便宜货。意识到这一点,慎介不禁苦笑。两个成年人共同生活,家里只有这么一点文具,真是丢脸。不只是文具,一般家庭必备的物品,在他们的住处却找不到,也不是什么稀罕事。

写完笔记，慎介烧了壶开水，开始泡方便面。三更半夜煮夜宵这件事，让他的思绪飘回了在那间不满六帖榻榻米的小屋里生活的日子。那是他刚上大学时租住的小公寓，和成美同居之前，他一直住在那里。

他们现在住的这套房子原本是成美一个人居住的。两年前，慎介搬了进来，所以空间显得有些局促，倒也正常。

慎介和成美关系变得亲昵，是从某个傍晚成美独自来到"天狼星"酒吧开始的。头一天晚上，成美和客人一起来喝酒，把手套遗忘在了店里。慎介在店里找了个遍，也没有找到。

成美只好死心回家了。然而，就在当天晚上十二点左右，有个客人在沙发的缝隙中发现了手套，并将之交给了慎介。慎介往成美提过的自己上班的店里打了个电话，告诉她手套找到了。成美表示请慎介先保管着，她下班后顺道来取。

"天狼星"打烊后，慎介独自留下来等成美。可左等右等，成美都没有出现，给她工作的店里打电话也无人接听。

直到午夜三点过后，成美才姗姗来迟，那时慎介已经准备离开了。

"啊，太好啦！我还以为你已经走了呢！"成美看着慎介的脸，露出安心的笑容。

"我正打算回去呢。"慎介答道，声音中带着一丝自己也能感觉到的怒意。

"真抱歉，遇到个难缠的客人，怎么都不让我走，我好不容易才脱身。我心里一直惦记着这事……你生气啦？"

"嗯，反正心情说不上好。"

"哎呀，那可怎么办呀？"

"开玩笑的。喏，给你。"慎介递过手套。

成美一见，双手在胸前合十。

"太好了！虽说不是什么贵重的东西，可我一直很喜欢。我手小，很难买到戴上合适的手套。"

"就是这副没错吧？"

"嗯，没错。谢谢你！"成美把手套放到上衣口袋里，抬头看着慎介。

"哎，请你吃点东西吧，我得好好谢谢你。"

"不用了，别那么客气。"

"让你等了这么久，我过意不去。对了，你喜欢吃鱼翅面吗？"

"鱼翅面？嗯，喜欢啊。"

"那就去吃这个好了！有家店味道很好。"说着，成美热情地拉了拉慎介的衣袖。

于是，慎介和成美坐在一家营业到凌晨五点的中华料理店里，面对面吃着鱼翅面。成美如数家珍地谈论着银座一带的拉面店，哪家价格昂贵但味道不佳，哪家汤好喝但配菜少……她似乎有说不完的话题。同时，她也没忘记享受面前的美食，说话间隙，不时吸溜着碗里的拉面。

看着成美充满活力的样子，慎介心想，和这样一个精力充沛的女人在一起，或许是个不错的选择。他以前和不少女性交往过，但除了肉体关系，他并不想和她们有更多的相处。

那时成美似乎也已经对慎介产生了好感。当慎介在聊天中暗示希望在休息日再见面时，她毫不犹豫地答应了。慎介心里清楚，如果成美对他没有特别的感觉,哪怕只是一碗简单的拉面,她也不会想邀请他吃。

接下来的周六,两人约会了。当晚慎介便进了成美的家门。在床上,成美一再向慎介解释:"你别误会哟,我不是那种随随便便就和人同床共枕的人。"

慎介应和道:"我也不是啊。"当然,这话并非出自真心。他心想,成美的话是真是假也不好说。在他看来,怎样都无所谓,这才是他内心真实的想法。那时,他压根没打算与成美发展长期稳定的关系。

然而,随着日子一天天过去,两人的关系逐渐升温,最终两人决定同居。虽说并未感觉到两人之间有那种命中注定的瞬间,也没有爱到不能自拔,可不知不觉间,成美成了慎介生活中不可或缺的一部分。频繁地在两个住处间来回奔波太麻烦了,要不我们一起住吧——最初提出同居建议的正是慎介。

慎介一边吃着刚泡好的方便面,一边看电视。由于每天夜里外出工作,他无法实时观看节目,必须将电视剧和新闻录下来。观看这些录好的节目,也是他睡前的放松方式。

NHK的新闻节目报道了一起白天发生在高速公路上的重大交通事故。一辆拖车在强行超车时撞上了旁边车道的车辆,并且由于来不及转向,直接冲进隔离带,殃及对向车道的车辆,最终造成了五人死亡的惨剧。拖车司机本人却奇迹般安然无恙。

看着电视画面,慎介心中涌起了复杂的情绪。他想,那个肇事司机也许真的不如死了的好,毕竟五条鲜活的生命因他而逝,这个罪孽恐怕他一辈子都无法偿还。

话说回来，哪怕只是一条人命，也是无论如何都无法补偿的。慎介不由得反思起自己曾经犯下的过错。

自己为什么会肇事呢？

他试图清晰地回忆起那晚的事故经过，但记忆中的画面依旧一片模糊。他记得自己去送由佳，以及之后匆忙赶回家的情景，但只是零星的记忆碎片。自己为何会丢下身穿睡袍的由佳，匆忙赶回家呢？

睡袍？

感觉有什么东西在脑海中一闪而过。他马上想起刚才从由佳本人那里听到的话。

"我能记得的只有第二天头疼得要命，还有自己妆没卸，衣服也没换，就倒在床上睡着了。"——她确实是这么说的。

如果由佳真的没有换衣服，那么当晚慎介根本不可能看到她身穿睡袍的样子。明明是没有发生的事，为什么还会有记忆？是不是自己的错觉，把其他时间看到的情景错当成那晚的事了？

慎介摇了摇头。

他仔细琢磨了一会儿，意识到自己看到由佳身穿睡袍的情景本身就不合逻辑。即便自己把由佳送回了家，即便由佳已经烂醉如泥，无法自行走到床边，他都没有理由帮她脱了衣服，换上睡袍。如果由佳并没有醉到丧失自理能力，那么慎介在把她送到家之后，应该会立刻离开，没必要留下来等她换上睡袍。更何况，由佳不可能在慎介面前展示自己那样的状态。

刹那间，慎介脑海中闪过一个大胆的猜测，他怀疑那晚自己与由佳发生了关系，这似乎是对他记忆中由佳穿着睡袍的唯一合理解释。

但记忆中，由佳穿着睡袍站在玄关处，与他面对面，脸上的表情极其严肃。那并不是与刚缠绵过的人分别时该有的神色。

慎介感到有些头痛。为了摆脱这些纷扰的思绪，他按下快进键，看起了事先录制好的综艺节目。

12

把录下来的节目都看了一遍以后，时间已接近凌晨五点，成美仍未回家。

今天还真有点晚了啊，慎介心想。

他并没有埋怨成美的意思，但她迟迟未归，还是让他不免有些担心。他拿起自己的手机，拨打了成美的号码。

然而，电话转到了语音信箱。他认为成美不可能关机，猜测手机可能不在服务区。

"听到留言后给我回个电话。"慎介留言完毕，挂断了电话。他心里有数，既然选择了一个夜间工作的女人作为伴侣，就不能总对她的晚归耿耿于怀。毕竟如果连这个都操心，自己的身体也吃不消。于是，他决定暂且放下此事。

慎介正准备将手机插回充电座，目光便被成美的梳妆台吸引——上面放着个奇怪的物件。他走上前，拿起那件物品。

那是一把十字螺丝刀，显然是用来拧紧大螺丝的工具，拿在手里沉甸甸的，看起来像是崭新的。

怎么会有这样的东西呢？慎介满心疑惑。这个家连文具都没有备齐，按理说不可能会有螺丝刀这样的工具。他完全不记得自己见过这东西，估摸着是成美从什么地方拿回来的。这把螺丝刀实在太新了，他不禁冒出"会不会是买来的"念头，但怎么都想象不出成美去购买这玩意的情景。

慎介就这样拿着螺丝刀在屋里转悠，试图找到某个可能需要用到它的地方。不管是买来的还是借来的，既然这东西出现在家里，就说明必然在什么地方用过，或者说准备使用。他寻思着，会不会是哪个地方的螺丝松动了？

可他看遍了整间屋子，也没找到能用上它的地方。莫非是汤锅或平底锅的锅把松了？他甚至检查了厨房所有的厨具，也没有发现一处螺丝与这把螺丝刀的尺寸匹配。

最终，慎介放弃了寻找，将螺丝刀放回原处。虽然心里疑惑，但他还是决定等成美回来后再问个明白。

过了凌晨五点，慎介还是没能敌过困意的侵扰，他伸了个懒腰，向卫生间走去。

中午过后，慎介被闹钟的电子音吵醒。他照平时的习惯，坐在床沿，用指尖揉了一会儿眉心。意识算是清醒了，但大脑的大部分区域和躯体仍然处于睡眠状态。他需要一点点地想起今天是几月几号、周几，有什么计划安排。是二十号，还是二十一号？是否要去邮局办事？便利店呢？银行呢？有没有快递会送达？

确认自己没什么安排之后，他的手自眉间放了下来，准备开始新的一天。

"成美，今天午饭吃什么？"他一边回过身，一边问道。若是平时，他马上就会看到身边成美那张卸妆后素颜的脸。

但是今天没见她的身影。她那件用来替代睡衣的T恤被随意揉成一团，扔在枕边。

慎介站起身，环顾四周，然后走到玄关检查鞋子，没有发现成美回来过的迹象。

检查手机留言和短信，也都没有成美发来的消息。

慎介再次拨打成美的手机，结果和昨夜一样，电话无人接听。

仿佛有一阵风呼啦呼啦地吹过，摇撼着枝叶，慎介的内心突然开始躁动。

他试图寻找和成美在同一家店上班的小姐妹的电话号码，但翻遍了名片夹、通讯录，却一无所获。仔细一想，成美不可能会用这些传统方式整理熟人的联系方式。这些信息，她一律保存在手机里。

他又看了一眼闹钟，已是中午十二点二十三分。成美到了这个点还没回家，这在以前从未发生过。

慎介不禁怀疑，成美是不是和店里的某个客人发展出了超越工作关系的感情，甚至去酒店开房了。但他很快打消了这个念头，即使真的发生了什么，成美也应该会先打电话回来，随便编个理由解释。他还是比较信任成美的，觉得她并不是那种水性杨花的女人。

他再次拨打成美的手机，然而电话那头依旧是那段冷冰冰的语音提示：现在为您接通到语音信箱……他开始认真思考，究竟有谁能知道成美现在的位置。尽管他曾从成美那里听说过一些熟人的名字，但他并没有那些人的联系方式。

经过一番思考，慎介得出结论：唯一的办法就是给成美工作的那家店打电话确认。他决定先去洗个澡,又担心错过成美可能打来的电话,于是将手机放在浴室门边。遗憾的是,直到他洗完澡,也没听到手机的来电铃声响起。

下午五点,慎介走出家门。在此之前,他曾尝试给成美工作的"可莉"酒吧打电话,但似乎还没有人上班,电话那头只有空洞的拨号音在响。

在"茗荷"做开店准备时,慎介始终心神不宁。他不认为成美会无缘无故地在外面过夜,他满心担忧,猜测她是不是遭遇了什么不测。他太渴望得到消息了,哪怕只是只言片语也好。

晚上七点过后,慎介终于获得了第一个消息。他再次拨通"可莉"的电话,询问成美是否在店里。成美在店里向来用的是真名。

"嗯……好像还没来呢。平常这个时候,差不多也该到了。"

成美果然没有出现在店里。

"那……友美小姐在吗?"

"在的,请稍等一下。"接电话的男子态度殷勤地说。

慎介见过友美几次,她以前常和成美一起被客人带去"天狼星"酒吧喝酒。听成美说,友美是她最要好的闺密,她也经常和友美说起自己和慎介的事。

"让您久等了。"电话那头传来友美爽朗明快的声音,让人联想到她那有些像狸猫的表情。

"友美小姐,是我,雨村。"

慎介话音刚落,对方明显顿了一下,接着依旧用刚才爽朗明快的语调说:"哎呀呀,好久不见。你还好吗?"可能是为了让周围的人以为这是客人打来的电话吧。接着,她又压低声音说道:"你找成美啊,她还没来呢。"

"我知道。她昨晚没回家。"

"啊?不会吧?"

"真的。我打她手机,打了好多遍都没打通,一直联系不上她,我很担心,就想着你会不会知道点什么。"

"等等,这很奇怪啊。"

"奇怪?"

"嗯,因为……"友美的声音骤然中断,隐隐约约能听见她跟人寒暄,估计是有客人路过。

"刚刚不好意思啊。"过了一小会儿,慎介再次听到友美的声音,"雨村,这事太蹊跷了,成美昨天就没来上班!"

"什么?"这次轮到慎介意外了,"真的吗?"

"嗯。昨天傍晚她打电话给妈妈桑,说是感冒了,想请假一天。"

"感冒?"

不可能啊!昨天慎介出门的时候,成美还生龙活虎的,正坐在梳妆台前准备化妆呢。实际上,在那之后,她就给店里打电话请假了。

"真是怪事啊。"慎介忍不住嘟囔。

"对不起哟,我不能跟你聊太长时间,客人已经到了。"友美似乎有些为难。

"啊,抱歉……能告诉我你的手机号码吗?我想晚点再向你详细了解一下情况。"

"可以的,我说了啊,080……"

慎介把友美的手机号码记在手边的便笺纸上。

"几点打电话给你方便？"

"三点左右应该没问题。"

"好，那我到时候再打。"说完，慎介挂了电话。

这究竟是怎么回事？他实在想不明白。如果友美说的话是真的，那成美昨晚到底去哪里了呢？她说自己感冒了，当然是谎话。

让慎介在意的是，成美连他都骗。偷懒不去上班倒也没什么大不了，可她为什么要瞒着自己呢？

思来想去，慎介得出结论：肯定是为了男人。能让成美瞒着自己，连班都不上跑出去的，除了男人，也不可能有别的了。

这么一想，慎介心里的担忧顿时减去了一半——不，甚至可能是一大半。回想起从昨晚开始自己为她担惊受怕的样子，他此刻竟觉得有点傻。说不定自己拼了命地四处找她的下落的时候，她正和别的男人亲昵呢。

不过，成美到现在都没有联系他，也没有出现在"可莉"，这又让慎介感到困惑。他不确定那个男人是成美的旧爱还是新欢，但他知道，成美并不是那种一谈恋爱就失去理智的幼稚女人。

可感情这事，谁说得准呢……慎介一边擦着杯子，一边不被周围察觉地冷笑。——恋爱的本质不就是让人变得盲目吗？也许成美和她的男友在一起的时光太美妙，让她忘记了一切，包括工作，包括我……

入口处的门开了，进来一位男性熟客。

"您来啦，大桥先生，好久不见啊！"慎介用比平时更加高亢的语调招呼道。

半夜两点半左右，慎介跟平时一样，被千都子送到了楼下。他幻想着，也许成美已经回家了。可他打开家门，面对的依旧是一片漆黑。开灯后，屋内依旧空无一人，完全不见成美回来过的迹象。

慎介心底的不安感又膨胀起来。不管怎么说，成美就这样杳无音信，太不正常了。

他在沙发上坐下来，试着拨了友美告诉他的号码。拨号音响了三声后，电话接通了。

"喂。"电话里传来友美的声音。

"喂，我是雨村。"

"啊，我正等你电话呢。成美还没回家吗？"

"嗯。也没在店里露面吗？"

"是啊，妈妈桑都快气疯了。不过成美失踪这事我还没跟妈妈桑说，因为你们俩在一起的事，她还瞒着妈妈桑呢。"

"嗯，店里就麻烦你帮忙掩饰一下了。现在最重要的是，你那里有没有什么线索？比如成美有可能会去哪些地方。"

"这个……我想了半天也想不到什么。如果是住在哪个闺密家的话，那就只有我这儿了。她该不是回千叶老家了吧？"

"我认为回老家的可能性不大。"

慎介听成美说过，她的老家在君津市，但父母早已亡故，房子如今是亲戚在住。在她十八岁来到东京后，她的父母就相继去世了。父亲的葬礼结束之后，她就几乎和亲戚们断了来往。

"那男人呢？"慎介说。

"男人？"

"我是说，除了我，她是不是还有别的男人……"

"啊！"友美似乎恍然大悟，"我觉得不太可能。"

"真的吗？你不必顾虑我的感受。我早就看开了，男女之间嘛，也就是那么回事。"

"我没瞒你。你又不是我们店的客人，我也没理由为了维持关系而对你说假话。我感觉，成美真的就只有你一个男友。我们整天在一起，如果有其他男人，我多少会察觉到的。"

"但如果不是为了男人，成美为什么要瞒着我离开呢？"

"这我就不清楚了……"友美沉吟了片刻，轻声提议，"哎，要不你还是去报警吧。"

"报警寻人啊？"

"嗯。"

"我也正在考虑这个选项。"

"绝对还是报警的好，这太不正常了……"说完，友美压低了声音，继续说道："有件事，我其实很想问问你……"

"什么事？"

"成美最近是不是有辞职的打算？"

"啊？没有啊，我根本没听她提起过。"

"是吗？果然……"

"她说过要辞职吗？成美这家伙……"

"听她话里话外都在抱怨，老被人使唤来使唤去的，感觉有点累，接下来想拼一把。"

"拼一把是什么意思？是打算自己开店吗？"

"我也不太清楚，可能吧。"

"可是……"慎介本想质疑成美从哪儿弄那么多钱开店，话到嘴边又咽了回去。他意识到,明明没钱还张口闭口谈梦想,这种事自己最近不也常做吗?

"哎,"友美建议道,"你还是去报警吧。"

"是啊……"慎介喃喃道。

13

直到第二天中午,成美依旧没有回家。慎介随便填了填肚子,便打车前往深川警局。

在警局一楼的接待处,他报备了同居者失踪一事。等待片刻后,一位身穿制服的中年警官前来带路。

慎介与警官面对面坐在一张小桌旁,尽可能详细地叙述了成美失踪的情况。警官仔细询问了成美的体貌特征等信息。在回答这些问题的过程中,慎介意识到,警方记录这些信息并不是为了帮他找人,而是为了在发现意外死亡的尸体时,用作确认死者身份的参考材料。也就是说,当警方找到成美时,也许她已经离开这个世界了。

"明白了。如果发现任何线索,我们会立即与你联系。辛苦了。"警官礼貌地说。

慎介心中默默祈祷,但愿成美不要被这群家伙找到。

当他走出警局大门时,一位警官正好从路边的一辆警用巡逻车上下来。此人看上去三十五六岁,身材健壮。看到对方摘下头盔后露出的脸,慎介不由得停下了脚步——他见过此人。

对方似乎也感觉到了慎介的目光,转过头来看向他。一开始对方似乎没有认出来,便挪开了视线,但下一秒,他猛地停下了脚步。

"啊,是你……"警官说,"你是在清澄庭园附近出交通事故的那个人吧?"

"您还记得我?"慎介有些惊讶。

"嗯,因为那个案子比较特殊。不说那个,你今天来是又犯了什么事吗?"警官问道。

"不,是我认识的人失踪了,我来报案……"慎介解释道。

"哦……那确实很麻烦。是女性吗?"警官问道。

"是的。"慎介回答。

"多大年纪?"警官继续询问。

"二十九。"

"哦……二十九啊……"警官的表情变得严肃,点了点头。

失踪的年轻女性很少能够活着被找到,这也许是从众多不幸案例中总结出来的规律吧,慎介心想。

"你现在干什么工作呢?那个时候好像说是调酒师,对吧?"

警官似乎对慎介的事记忆深刻。

"现在还干老本行。"

"是吗?今天没开车吧。"

"没。"

"嗯,很好嘛。现在充分认识到事故的可怕了吧。"

"是……"

"那……回头见吧。"警官说完,拍拍慎介的肩膀,向大门走去。

慎介抬步欲走,却又马上折了回来。

"不好意思……"慎介冲着警官的背影喊道。警官停下脚步,转过身来。

看着对方脸上满是诧异的表情,慎介问道:"您刚才说案子比较特殊,是什么意思?"

慎介被引导到交通科旁边一个逼仄的小房间,这里仅能勉强容纳一张小桌。自从前年那起事故之后,他就没再来过这里。那段记忆虽已模糊,却仍在脑海中残留了些许痕迹。

"我这样说或许不太好听,但这世上居然还真有这种奇怪的失忆啊,只把交通事故忘得一干二净……"秋山警官露出一副不可思议的表情。

"我自己也这么觉得。"

"从某种意义上来说,这既是一种幸运,也是一种罪过。能忘却事故,或许算得上幸福,可死者的家属难以接受。"

"这个……我明白。"

慎介想起了岸中玲二那阴郁的面容。岸中曾经问他,有烦心事时他会怎样排解自己的负面情绪。慎介当时回答说:"什么都不做,早点忘记就好了。仅此而已。"

也许正是这句话,坚定了岸中的杀意,慎介想。

"看,这就是那起交通事故。"秋山说着,在慎介面前翻开了文件册,上面有一张事故现场示意图。一条东西走向、单向三车道的宽阔马路与另一条单向单车道的窄路相交。事故发生地就在那条窄路上,交叉路口往前一点的位置。

"受害者当时沿着这条窄路,往南骑行。穿过这个交叉路口,再往前一点的地方就是她家了。而你呢,紧跟在她后面开车过来。"秋山的指尖顺着图上的道路比画,"你开的是银色奔驰车。到这一段为止的情况，你不记得了？"

"听您这么一说，感觉模模糊糊有点印象。"

"模模糊糊啊……"秋山瞅了慎介好几眼，表情似乎在说："你造成如此严重的事故，怎么可能只有模糊的印象？"

"对不起。"慎介连忙道歉。

"唉，这也没办法。况且造成你失忆的元凶，正是死者的家属。现在都不好界定到底是谁的责任了。"秋山的目光落回图上，"这条窄路限速三十公里，你呢，一直坚称自己没有超速。"

"实际上，我超速了吗？"

"不知道。"秋山坦言，"路面上确实留有轮胎的滑痕，可车速究竟是多少却无从知晓。以前还能比较准确地计算出来，近来滑痕这个参考依据也越来越靠不住了。"

"为什么？"

"这是技术创新带来的福音啊。凡是配备防抱死制动系统的车辆，速度和滑痕之间的关系数据已经和以前完全不同了。"

"啊……"

原来如此，慎介明白了。即使行驶在结冰路面，防抱死制动系统也能最大限度地控制轮胎打滑。这样一来，与使用普通刹车相比，诸多数据自然有所差异。

"总之，当时你是驾车跟在自行车后面的。即使严格遵守了三十公里的限速标准，也迟早会追上自行车。所以你打算超车。"秋山的手指在纸面上挪移着，"也不知道怎么回事，在你超车之前，自行车好像往路中央稍微歪了歪。我们不确定受害者是否注意到正从后方接近的奔驰车。当时奔驰车应该开了前大灯，所以我推测，她应该是注意到了。通常在这种情况下,她应该往道路左侧避让,但也许过于警惕后方来车,一时慌乱,导致自行车失控,反而朝危险的方向偏了过去,这种情况在现实中并不罕见。"

"所以我撞上了她,是吗?"

"没错。"秋山点点头,"自行车向左侧飞了出去,而你的车则冲进了右侧车道,看起来是为了紧急避让而猛打了方向盘。"

"那……受害者呢?撞到头部了吗?"慎介问道。至少从刚才听到的描述来看,他并不觉得会造成死亡事故。在他看来,受害者丧生,想必是撞到了要害部位。

然而,秋山摇了摇头。

"不,我们判断在那一瞬间,受害者并没有受到致命伤……当然,这一切只是基于现场情况的推测。"

"致命伤……但她最终还是死了,不是吗?"

慎介这么一说,秋山皱了皱眉,重重地叹了口气。

"你真的什么都不记得了啊?"

"是的。"慎介答道。

秋山指着图纸说:"受害者其实是在第一起事故之后死亡的。"

"之后?"

"对。有第二辆车,朝这里冲了过来。"

14

慎介推开"天狼星"的门,首先映入眼帘的是个穿着白色夹克的背影。听到门响,夹克的主人转过身来,脸上先是闪过一丝惊讶,随即挂上微笑。

"哟,看看这是谁来了!"江岛轻轻摊开双手,语气中带着几分调侃,"该不会是想念本店的美酒,特意大驾光临的吧?"

慎介也露出微笑,朝江岛走去。经过吧台时,他冲冈部义幸轻轻抬手打了个招呼,冈部则点头回应。

慎介走到江岛身边,环顾了一下店内的客人。时间刚过六点,店里还颇为冷清,吧台边坐着两位客人,沙发席那边也仅有两人。

"江岛先生,有件事想请教您。现在方便吗?"慎介压低声音询问道。

"关于什么?"江岛同样低声问道。

"关于那起事故,"慎介说,"我之前发生的那起交通事故。"

江岛眉头微微一蹙,脸上浮现出为难之色,显然对这个话题并不感兴趣。

"是站在这儿三言两语能聊完的事吗?"他问道。

"不是。"

"这样啊,"江岛轻叹一声,点点头,手搭在慎介的肩膀上,"那咱们坐下来慢慢谈吧。"

在江岛的引导下,慎介坐到了店内最里面的桌子旁。沙发座非常舒适,慎介恍然发觉,自己好像有好些年没在这沙发上落座过了。以前在这儿工作时,他压根没机会坐下来。

"其实是这样的,昨天我去了一趟警局。虽然去办的事和这个完全无关,但我偶然遇到了交通科一位姓秋山的警官。我出事故那会儿,就是他负责处理的。"

"嗯,然后呢?"江岛从烟盒中抽出一支烟,叼在嘴上,用卡地亚打火机点燃。

"我把自己有点失忆的事情告诉他,请他给我详细讲讲事故的情况。秋山听后,露出难以置信的表情。"慎介继续说道。

听了慎介的话,江岛轻轻摇了摇头。

"我觉得你现在再去打听那些事,也没什么意义吧。"

"但就这样不明不白的,我心里总是有个疙瘩。"

"我能理解你的感受。不过,听完他的话后,你有什么新的想法吗?"

"我很震惊。"慎介坦率地表达了自己的感受,"我没想到居然是那种事故。"

"那种事故?"

"我一直以为人是我撞死的,是那种单方责任事故。听完秋山的话后,我才知道事实并非如此。给那个叫岸中的女人致命一击的,是另一辆车。也就是说,这起事故的涉事车辆其实是两辆。"

"据我所知，情况确实如此。不过详细情况我不清楚。"江岛悠然自得地吐出一口烟圈，仿佛在说慎介此刻的激动有些小题大做。

"毕竟我完全不记得了嘛。"

根据秋山巡查部长的描述，事故的大致情况如下：

首先，在事故发生的那条路上，岸中美菜绘正骑着自行车往南前行。一辆奔驰车紧随其后——奔驰车的驾驶员是慎介。

无法确定奔驰车当时的确切车速。不过，慎介曾经表示：由于前方路口的信号灯即将变红，所以开得很快。

由此可以推测，车速可能超过了每小时三十公里的限速标准。只是事后，慎介坚称自己没有超速，由于真伪难辨，加之如今他已经失去了与此相关的记忆，所以无法得出确切的结论。

最终，奔驰车从后方撞击了岸中美菜绘的自行车，撞击点是奔驰车前保险杠的左角。

受到撞击的自行车失去平衡，飞出后倒地。骑车人岸中美菜绘被抛向与前进方向相对的左侧一栋建筑的墙上，当时她的姿势是背部抵着墙壁。

而奔驰车在撞击自行车后，突然改变了行车方向，冲向对向车道。大概是驾驶员慎介出于本能反应，急打方向盘所致。

与此同时，第二辆车从对面驶来。那是一辆红色法拉利。

该车当时速度也极快，对眼前的突发事故无法及时做出反应，只能避让奔驰车。驾驶员猛踩刹车，但车速并未显著降低。

最终，法拉利径直冲向右侧建筑，而挡在建筑前方的，正是岸中美菜绘的身体。法拉利的驾驶员虽然竭力避免最坏的情况发生，但遗憾的是，时间不够。

全身撞伤加内脏破裂，是岸中美菜绘的直接死因。

"我知道这么说可能不厚道，但老实说，听完这些我确实感觉稍微轻松了一些。"慎介坦言道，"我觉得我撞到那个叫岸中的女人时，她并没有受到致命重伤，另一辆车也不能说完全没有责任。当然，我也非常清楚，如果我当时能安全驾驶，她就不会丧命。"

"交通事故这事，关键看运气。"江岛吐出一口白烟，接着说道，"你知道日本每年有多少人死于交通事故吗？一万人！而捡回一条命但受了重伤的人数，至少是这个数字的好几倍。那些差一点就出事的，更是数不胜数。这种情况属于结果比较幸运的，当事人根本没有意识到危险。如今还活着的人，恐怕大多是靠运气一次次化险为夷的。反言之，那些开车从未出过事故的人，从某种意义上讲，不过是一直靠运气才走到今天罢了，比如我。慎介，你只是运气不好而已，所以别胡思乱想了！"

慎介低下头。他明白江岛在开导他，也因此心里好受了些，但做不到完全不去想这件事。

他抬起头。

"其实，我有件事想麻烦江岛先生……"

"什么事？"

"那时我有个辩护律师，叫什么来着……汤口律师？"慎介问道。

"对，是汤口律师。这你还记得？"

"本来忘了，听警察提起后想起来了。"

汤口律师是江岛的好友。慎介还记得，他曾多次到"天狼星"喝酒。慎介能以较轻的罪名结案，汤口律师的辩护功不可没。

"我有件事想请教汤口律师。"

"什么事？"

"我想知道驾驶另一辆车的人的身份。"

江岛的右眉微微一挑，嘴角也不易察觉地抽动了一下。

"为什么？"

"只是想了解一下情况。警察不肯告诉我，但汤口律师一定知道。"

"这……谁知道呢……"

"不方便的话，我自己去问也可以，只要告诉我汤口律师的联系方式就行。"

江岛将已经变短的烟头摁熄在烟灰缸里。

"慎介，我看就到此为止吧。事到如今，再去深究事故的细节，也改变不了什么，不如多想想未来。"

"我有在考虑未来，"慎介说着，微微一笑，"这两件事并不冲突。"

"我的意思是，你如果永远纠结于过去的事，就会看不清前方的路。"

"我没有纠结，只是想弄清楚事情的真相。能告诉我汤口先生的联络方式吗？"

"真拿你没辙啊。"江岛叹了口气，"行吧，我稍后打个电话问问他。"

"谢谢。"慎介低头致谢。

"但是，"江岛快速扫了一眼四周，压低声音说，"除了我，你不要再跟其他人提交通事故的事了。并不是每个人都像你一样，还愿意去回想一年多前发生的事。"

慎介没领会江岛的意思，他盯着江岛的脸眨了眨眼。于是，江岛继续说："你追着由佳小姐刨根问底了吧？"

慎介恍然大悟，他指的是自己前两天来这儿时发生的事。江岛是怎么知道的？也许是由佳向他抱怨了，也许是冈部义幸打的小报告。

"你能保证吗？"江岛盯着慎介的眼睛问道。

"嗯……"慎介点了点头。在这种情况下，他也只能如此回答。

慎介瞥了一眼手表，站起身来，说："很抱歉占用您的时间，我该告辞了。"

"至少喝杯东西再走吧，让冈部给你调一杯。"

"不了，我已经迟到很久了。"慎介指着手表说。

"好吧，那下次再好好喝一杯。"江岛也站起身来。

江岛陪着慎介走到电梯前。

"对了，成美最近怎么样？自从上次在医院见过后，就没再见到她了。"

"嗯……那个，她挺好的。"慎介含糊其词地答道。这是他试图回避的话题。

江岛立刻从慎介的表情中看出了端倪。

"怎么了？发生什么事了吗？"

"没有，没什么。那个……江岛先生请回吧，送到这里就可以了。"

电梯门打开，慎介迅速走进去，按下了"1"键。

"那好，我会联系汤口律师的。"江岛说。

"给您添麻烦了，非常感谢。"慎介低头致谢，同时伸出左手按住"关门"键，电梯门缓缓合上。

15

"茗荷"今天难得早早就客满了,迟到的慎介也因此被千都子毫不留情地数落了一番。

"可千万别相信女人啊。"离慎介最近的那一桌的客人高声嚷嚷着。那是个上班族模样的男人,跟那张圆脸相比,他戴着的那副眼镜显得略小,还歪歪斜斜地架在鼻梁上。

"为什么呀?你不是挺相信你太太的吗?"兼职店员艾莉略带讽刺地问道。

"我可从没信过她。我就是觉得,那娘儿们再怎么折腾,也搞不出外遇这种事!"

"'娘儿们'这词可真难听,为什么你们男人总爱这么说自己的妻子呢?"艾莉责备道。

"得了吧!娘儿们就是娘儿们!要是有哪个男人想要那娘儿们,我乐得双手奉上。"上班族模样的男人对着同行的男人说,"哎,你想不想要?免费送哟。"

"我才不要呢。我回家,还有张凶巴巴的老脸在那儿等着呢。左拥右抱两个黄脸婆,有啥意思?"同行的男人说着,哈哈大笑起来。

慎介一边涮着杯子，一边听他们的对话，不禁又想起了成美。

成美依旧毫无音讯。电话不回，好像店里也没去，看来是真的失踪了。

慎介努力让自己不要总纠结这事，因为他相信成美隐瞒行踪肯定有她自己的理由。

理由有二：第一，成美向"可莉"请假，但面对慎介，却装作平常去上班的样子从家里离开。第二，慎介发现家中少了些行李。这一点，是他从深川警局回到家之后注意到的。

他仔细检查了成美的常用物品，发现旅行用的化妆包、随身携带的电吹风、洗脸套装都被带走了。而且，成美短途旅行时常带的路易威登旅行包也消失了。或许她的一些外衣、内衣和鞋子也少了，但这一点慎介无法确定。

更重要的是，以成美名义开户的存折和印章也不翼而飞了。就在前两天，慎介还确认过它们的存在，当时它们和慎介的存折一起，收纳在壁橱的急救箱里。

带上足够外宿多日的行李和全部财产去向不明——根据这种行为联想到的原因，其实没什么新鲜的：要么是躲债，要么是逃避警察追捕，要么就是跟男人私奔了。说不定最后一种情况才是真相。如果是债主或是警察在追她，应该早就找到慎介这儿了。

问题在于，就算成美跟别的男人好上了，为什么非得逃走呢？她和慎介又没有结婚，如果她对别人动了情，直接说出来不就好了？慎介可不是那种对女人死缠烂打的人，这一点成美最清楚。

难道不得不逃走的是那个男人？慎介忽然灵光一闪。虽然不知道对方为什么要逃，但如果成美跟的是那种男人，那她的行为也就不难理解了。

慎介尽量不去回想成美过去所表现出来的那种坚强和死心塌地的态度。慎介深知，不能仅凭以往的外在表现去推断人的本性。这一点，他从自己的经历中已深有体会。真不敢相信那人竟会做出那种事情——这句案件发生时反复被提及的话，便是对他这一理论的有力支持。

一想到以后可能再也见不到成美了，慎介心里多少有些失落，但这种失落感并不强烈。他更担心的是，她的失踪会不会给自己招来乱七八糟的麻烦事。眼下最紧迫的是解决住处问题，那套房子一直是以成美的名义租的，如果她不在了，自己以后要怎么办？

慎介洗完杯子，正擦着手，吧台上的电话响了。他迅速抓起话筒，说道："您好，这里是'茗荷'。"

"喂，是我。"电话那头传来江岛低沉的声音。

"啊，刚才多谢了。"

"你走后，我马上就给汤口律师打了电话。我已经问到另一辆车的驾驶员名字和身份了。不过这些信息你可不能滥用，他可是破例告诉我的。"

"啊，谢谢。"慎介慌忙扯过便笺和圆珠笔，没想到江岛那儿居然这么快就有了消息。

"那人叫木内春彦。木头的木，内外的内，春夏的春。"

"木内春彦……好的。"

"是个普通白领，住在中央区日本桥滨町……"

慎介一边记录，一边在心里感慨，难怪那人的车子会在那一带出现。沿着发生事故的那条路北上，就能到达清洲桥大道，再向西不远，便是日本桥滨町。

"目前汤口律师就告诉了我这些，他也不太赞成你去接触木内。"江岛说道，"也是因为事故本身错综复杂，听说在责任认定上，你与对方有过激烈的争执，你可能已经不记得了。站在对方的立场去想，如果不是你先引发了事故，人家也不会被卷进来……"

"也是。"慎介心想，换作自己处于对方的立场，恐怕也会这么想。

"所以，我也不说什么难听的话了，你就此打住吧，老是纠结于过往之事并无益处。"

"好，我明白了。提了这么多无理要求，实在不好意思。"

"那我们下次再聊吧。"

"再见。"

挂了电话后，慎介决定以后不再跟江岛商量这事了。江岛也是受害者，自己店里的老员工闹出伤亡事故，他必然为此背负了不少烦琐的调解事务，聘请辩护律师就是其中之一。他不仅要为慎介寻找新的工作机会，还要为"天狼星"寻找替代慎介的人选。更何况，慎介当时驾驶的车是江岛的，这无疑也让他多次被警方传唤。想来，江岛本人更希望将这起交通事故忘得一干二净。

慎介小心翼翼地撕下那页便笺纸，收入衬衫口袋。

就在此时，他听到门开启的动静。他转过头，正准备说出"欢迎光临"，话到嘴边却突然哽住，一时之间竟发不出声音。

那个女人就站在那里。今晚她身着一袭蓝色连衣裙。难道是自己的眼睛出现幻觉了？她的头发似乎比前几天更长，发梢几乎触及肩膀。慎介还记得第一次见她时，她的头发极短，可从那时到现在，还不到一个月的时间，按理说人的头发不可能长得这么快。

但他可以确定，这就是那个女人。她的面容似乎也有些许变化，但那双勾人心魄的眼眸依旧如故。

她的嘴唇轻启："……呢。"

"啊？"慎介望着她，"您说什么？"

"脸色，"她说，"你的脸色可不怎么好呢。"

"啊，是吗？"慎介伸手摸了摸自己的脸颊。

"你看起来好像有什么烦恼哟。"她坐到高脚凳上，动作一如既往地优雅从容。当她挪动身体的时候，慎介什么也干不了，因为他的目光总是不由自主地追随着她。

"有什么好酒吗？真想尝尝。今天最好来点不甜的。"她轻轻地说。

"用琴酒做基酒怎么样？"慎介试探道。

"你来决定吧。"

"好的。"

慎介打开冰箱，取出一瓶琴酒，开始挑选合适的鸡尾酒杯。

他突然意识到一个问题：自己不怎么担心成美，或许是因为生活中出现了这个女人……

16

女人对"吉普森"这款鸡尾酒显得颇为满意,她时不时凝视着沉在细长高脚杯底部的珍珠洋葱,然后用她那美丽的双唇轻轻抿上一口酒液。每抿一口,她便微微闭上双眼,仿佛要将那独特的风味永远留在记忆中。

"您是办事途中顺道来这儿的吗?"慎介问道。

女人握着酒杯,抬头看向慎介。"看起来是这样的吗?"

"哦,不……我只是好奇您为什么会选择光临本店。"

"那你猜猜看。"

"这太难猜了。"慎介对她笑了笑,"每次您离开后,大家都会讨论您到底是怎样的人。"

"那你们觉得我像是什么人?"

"这个嘛……"慎介注视着她。

她没有丝毫羞涩,坦然地迎上他的目光。

慎介说:"可能是……演艺圈人士吧。"

她淡淡一笑,放下了酒杯。

"你在电视上或者其他地方见到过我吗?"

"没有。"

"对嘛。"

"不过,"慎介重新打量着她的脸,"我觉得好像在什么地方见过……"

"是吗?"

"对。"慎介点点头。

他今晚第一次产生这样的感觉。更准确地说,并不是觉得在哪里见过她,而是觉得她和什么人长得有几分相像。前两次她来的时候,他并没有这种感觉,为何偏偏今晚才有?慎介自己也感到困惑。或许是因为她的发型和妆容与以往有所不同。可她到底像谁呢?从刚才起,他就在脑海中竭力搜寻,但未找到答案。

"真遗憾,我和演艺圈没有任何关系。"

"是吗?那我实在猜不出来了,请告诉我吧。"

"哎,这可怎么办呢?"女人用魅惑的眼神望着慎介,微微侧过脸庞,"再给我来一杯刚才那种酒吧。"

"遵命。"慎介伸手拿起女人面前的空杯。

结果,女人在喝完第二杯"吉普森"后便起身准备离开。直到那时,慎介也没能成功打探出她的真实身份。

和上次一样,慎介将她送到店外。想到不知何时才能再次相见,他心中不禁感到焦虑,却又无计可施。

"谢谢你调的酒,味道很棒。"

"多谢夸奖。"

"这家店好像是……"她盯着慎介的眼睛,"营业到半夜两点,没错吧?"

"是的。"

"哦……"女人的嘴角泛起一抹意味深长的微笑。

"怎么了?"

"这个时间之后,还有什么地方能喝酒吗?"

"那可就多了。"

"最好是安静一些的店。"

"哦,安静的店也有不少。"

"是吗?"女人似乎想起了什么,打开手提包,取出口红,旋开盖子,一把抓住慎介的右手,在他还没反应过来的时候,在他的掌心写下了一串数字——十一个红字,排列在他的掌心里。

女人将口红收回包里,转身朝电梯走去。

"哎……"慎介冲着她的背影喊道。

女人只微微侧过头来。慎介对着她的侧脸说了一句:"路上小心。"

正在这时,电梯门开了。女人走进去,面对慎介站立,直勾勾地盯着他,脸上又露出了一抹微笑。

电梯门关上了。女人的身影消失前,慎介还是觉得在哪里见过她,她长得好像什么人……

回到吧台后,慎介迅速洗了手,以免被千都子他们发现。当然,在那之前,他早已将掌心的数字抄写在便笺上。

他瞥了一眼手表,还不到十二点。接下来的两小时,恐怕会比平时感觉更难熬。此刻的他,就像一个等待第一次约会的中学生,难以抑制心中的激动。已经有多年未曾体会过这种感觉了。想到这里,他差点忍不住苦笑。

什么交通事故，什么成美，此时都被他抛到了脑后。

尽管慎介心急如焚，可最后一位客人离开时，已经过了凌晨两点二十分。因为是熟客，千都子也不好意思催促人家离开。客人前脚刚走，慎介后脚就脱下了调酒师的工作马甲。

"辛苦啦，今天结束得有点晚啦。"千都子一边做着下班准备，一边说道。

"妈妈桑，今天我自己回去。"

"哎呀，真难得啊，跟成美有约会吗？"

"啊，差不多吧。"慎介敷衍地笑了笑。

"偶尔也得有个约会什么的嘛。"说完，千都子放低声音，又说道："那人今天又来了啊。"

"那人是？"

"哎呀，就是老一个人来的那个嘛！今天她穿的好像是条蓝色连衣裙。"

"哦——"慎介装出恍然大悟的表情，"是的。"

"好像你跟她聊上了，她到底是什么人啊？"

"不知道。"慎介摇摇头。

"哦。"千都子似乎有点不满，但很快又装作不介意的样子，"那……剩下的活就拜托你啦。"

"好的，您辛苦了。"

"晚安。"

确认千都子已经出了店门并走进电梯后，慎介拿起店里座机的听筒，拨了刚才女人写在他手心里的十一个数字，那是一个手机号码。

随着拨号音响起，慎介感到自己的心跳得越来越快。这个号码真的能联系到她吗？会不会是她随便编造的呢？如果接电话的是一个和她声音完全不像的男人怎么办？各种念头纷纷涌进他的脑子。

在第三声拨号音响过之后，电话接通了。慎介咽了口唾沫。

然而，对方沉默不语，似乎在等他先开口。于是，慎介压低声音，试探性地"喂"了两声。

片刻的沉默之后，电话那头传来了女人的声音："好晚。"

慎介终于放下心来，悄悄松了口气。那声音如同长笛般悦耳动听，没错，正是她本人。

"对不起，客人一直不走……"

"你还在店里吗？"

"嗯。你在哪儿？"

然而，女人不愿透露自己的位置。"在一个好地方。"说完，她轻笑起来。

她这是在吊我的胃口吗？慎介有些焦急。

"我去接你，你把地点告诉我。"

"我待会儿再联系你。你在那儿等着。"

"可是……"

女人干脆利落地挂断了电话。慎介看着手中的听筒，轻轻摇了摇头，把它放回座机上。他摸不透女人的真实意图。

总之，现在只能在这里等待了。慎介关掉店内的照明，只留下吧台上的一盏灯，坐在客用的高脚凳上，等她的电话。他从上衣内袋中掏出一盒沙龙牌薄荷烟，取出一支，点燃。刚洗过的烟灰缸又要脏了，不过，反正也是他来洗。

吧台角落里有一本客人遗落在这里的周刊，慎介一边吞云吐雾，一边随意地翻阅着。这类杂志说是为了提供信息，实际上充斥着博人眼球、刺激感官的内容。杂志一页页展示着女性裸体照片，紧跟着便是各种色情风俗店的介绍。

当慎介看到一篇名为《艺人们令人震惊的性技巧》的文章时，他抬头看了看时钟，发现已经过了凌晨三点。

他拉过电话，拿起听筒，按了重拨键。电子音连续响了十一下。

然而，听筒里传来的内容令他大失所望。听筒里传来一段语音提示，意思是对方要么已经关机，要么不在服务区。他无奈地将听筒放了回去。

或许自己只是被人戏弄了，慎介开始思索这种可能性。仔细一琢磨，他突然觉得那个女人主动给自己电话号码这事本身也有些蹊跷。这个调酒师似乎对我有意思，不如逗逗他？——谁也不能保证她没有这样的念头。

但转念一想，如果真是如此，她就不会给他真实的手机号码。一般来说，给了电话号码，万一这个调酒师变成跟踪狂纠缠自己，岂不是自找麻烦？还是说，她已经看穿了慎介不会是那种男人？

慎介重新读起那篇未看完的文章，但内容却怎么也进不了脑子，他只是机械地扫视着文字。

合上杂志，他从椅子上起身，心想电话应该不会再响了。既然如此，再这样干等下去也太傻了。

他走进洗手间，解决了生理需要。或许是一直待在昏暗处的缘故，慎介觉得洗手间亮得晃眼，仿佛有种从梦境中突然醒来的错觉笼罩着他。没错，这才是现实——深夜的城市中，自己孑然一身。家中无人等候，等待的人也不会出现，而自己过去的记忆，依旧模糊不清。

　　洗手时，他顺便洗了把脸。盥洗台正上方有一面镜子。他看着镜子映出他那无精打采的脸，心想，恐怕是没希望了……

　　忽然，他想起了公寓的盥洗台。紧接着，那种奇怪的、似曾相识的感觉再度袭来。曾几何时，他在自家卫生间镜子前体会过同样的感觉。怎么回事？这种感觉到底是什么？没多久，和上次一样，如同气球逐渐泄气，那种感觉慢慢消散。当那感觉完全消散后，眼前只剩下乏味的现实。他冲着镜子甩了甩头，走出洗手间。

　　回到吧台，慎介没有再坐回高脚凳上，而是开始清洗烟灰缸。他飞快地瞥了一眼座机，却没有伸手去拿听筒。反正也打不通，他心里想着。

　　喝杯什么然后回家吧——慎介忽然起了兴致。

　　于是，慎介将白兰地、白朗姆酒、柑桂酒和柠檬汁混合摇匀，倒入鸡尾酒杯中。喝之前，他举起杯子，凝视着酒液那琥珀色的光泽，想要细细品味。

　　就在这时，他眼角的余光突然捕捉到了什么。

　　他的心跳骤然加速，一边感受那股强烈的悸动，一边缓缓转过身去。

　　在店堂最深处的卡座上，坐着那个女人。

17

店内光线昏暗,慎介却清晰地看到女人嘴角噙着一丝笑意,正注视着自己。

想必她是在慎介去洗手间那会儿,悄无声息地进来的。而且,在他给自己调制鸡尾酒时,她一直在暗处远远地观察着他的一举一动。

两人互相凝望了片刻,慎介一时不知该说些什么。

女人先打破了沉默。

"那酒叫什么名字?"

"Between the Sheets."。慎介回答道。

"Between the Sheets,直译过来就是……床笫之间吧。"

"也许是吧。"

"请给我也来一杯。"

慎介端起鸡尾酒杯,缓缓走向女人,将酒放在她面前的桌上。

"请。"

"可以吗?"

"当然。"

女人的手伸向酒杯，纤细的手指轻轻钩着杯身。她凝视着慎介的脸，将杯子举到唇边。双唇微启，带着一丝似有若无的浅笑，轻触杯沿。

喝酒时，女人微闭双眸，下颌轻扬，眉心微蹙，露出恍惚沉醉的神情。这一幕映入慎介眼中，他全身顿时涌起一阵酥麻感。

女人睁开眼睛，说："真好喝。"

慎介后退两步，寻找墙上的开关，打算把灯打开。

"灯光就这样挺好的。"女人说。

慎介的手停在半空，他看向女人，此时她正将第二口酒含在嘴里。

"你喜欢站着吗？"她问道。

慎介在她对面坐下。

"我记得你说要给我打电话的。"

"打电话比我来要好？"女人反问道。

慎介下意识地舔了舔嘴唇。

"不是说要去别的店吗？"

"你想去别家吗？"女人微微侧着头。

看到男人的表情因她的每一句话而变化，女人似乎无比享受这种掌控的乐趣。慎介想挫挫她的锐气，又觉得被她这般戏弄，竟也有一种难以言喻的快感。

"我也想喝，可以吗？"

"请便。"

慎介探身，做出要站起来的样子。然而，就在下一秒，他突然一把抓住女人的手和酒杯。女人的脸上掠过一抹惊讶的神色。

他将女人的手拉向自己，顺势将酒杯凑到唇边，一口气喝光了剩下的几乎大半杯酒。喝完后，他并没有松开女人的手。

但女人脸上那一闪而过的尴尬神色早已消失得无影无踪。她仰起下巴，挺直腰杆，胸脯微微挺起，带着笑容凝视着慎介。此刻她右手持杯的姿态，宛如一位高高在上的高贵女士，正允许仆人亲吻她的指尖。

"告诉我你的名字吧。"

"为什么要知道我的名字？"

"因为我想了解你，想知道关于你的一切。除了名字，我还想知道你住在哪里、做什么工作、结没结婚、有没有男友，还有……"慎介加重了手上的力度，"为什么来这里？"

"你了解这些，有什么意义吗？"

"知道名字的话，"慎介顿了顿，接着说道，"至少在心里，我可以不用再叫你'那个奇怪的女人'了。"

女人扑哧一笑，仰起头，带着挑衅的眼神看着慎介。

"琉璃子。"她回答道。

"啊……"

"琉璃色的琉璃，蓝宝石的那个琉璃。"

"琉璃子。"慎介低声念着这个名字。或许是那一瞬间，他手指的力度放松了，她趁机抽回了手。

"请再给我调一杯鸡尾酒。"她说。

"想要什么口味的？"

"和刚才一样的'床笫之间'就行。"说着，她轻轻晃了晃手中的杯子。

"好的。"慎介站起身来。

慎介调酒时，女人依旧坐在店堂深处的卡座上。慎介摇着调酒器，时不时用眼角的余光偷瞄她。她似乎察觉到了他的目光，跷起脚，裙子的前摆开了一条大大的缝隙，露出羊脂玉般白皙的大腿。这一幕让慎介险些失手将调酒器掉在地上。

慎介并不确定"琉璃子"这个名字是真是假。他不认为这个以逗弄他为乐的女人会轻易透露自己的真名。不过，"琉璃子"这几个字与她身上散发出来的独特气质倒是颇为契合。

慎介将两杯鸡尾酒放在托盘上，端到女人面前。这个自称琉璃子的女人，始终目不转睛地盯着他的一举一动。

"久等了。"他把其中一杯酒摆在她面前。

琉璃子拿起酒杯，目光依旧紧锁着慎介的脸，轻轻啜了一口。

"味道如何？"

"完美。"

"谢谢。"

慎介在对面的椅子上坐下来，伸手去拿自己那杯酒。

突然，琉璃子把自己手中的那杯酒递到他面前。

"你不是该喝这杯吗？"

慎介凝视着琉璃子的眼睛。那双眼睛闪烁着妖艳的光芒，紧紧盯着他，目光中还闪动着让人联想到猫科肉食动物的危险气息。

慎介明白了她的意图，这酒得像刚才那样喝——看来这女人并不反感他表现得稍微强势一些。

慎介像刚才那样，抓住琉璃子握着酒杯的右手，并将其往自己身边拉。

没想到，琉璃子这次却进行了反抗。慎介感到一股出乎意料的强大力量反过来将他拉了过去。

慎介正欲松手，对方却似乎看穿了他的意图，突然用左手用力按住他的右手，仿佛在说："不许走。"

琉璃子就这样握着他的手，将高脚杯凑近自己唇边。与刚才相比，两人的姿势完全颠倒了过来。

杯中的鸡尾酒几乎被喝光，她将酒杯放回桌上，却丝毫没有松开慎介的意思。

她抓着慎介的手站起身来，裙摆摩擦发出沙沙的响声。接着，她低头凝视着慎介，露出一抹意味深长的微笑。

慎介想说些俏皮话缓和气氛，正要开口，琉璃子突然坐到他的身上，双手钩住他的脖子。

还没来得及出声，慎介的唇便被琉璃子的唇瓣堵上，他感到全身僵硬，心跳如雷。

琉璃子的舌头撬开了他的唇，紧接着，冰冷的液体注入他的口中——是刚才的鸡尾酒。咽下时，鸡尾酒的甘甜仿佛化作一股电流，从他的口腔直冲脑门，再流向全身，让他感到一阵眩晕。

由唇边溢出的酒液淌至下颌，沿着脖颈蜿蜒流下。慎介将自己的舌头与琉璃子的纠缠在一起，双手环着她的腰肢，并缓缓向下探去，感受她肌肤的柔软和细腻。

琉璃子的唇瓣终于离开，唇间扯出几缕透明的唾液丝线。她舔了舔唇，俯视着慎介，眼中闪烁着令人畏惧的光芒。

她蜷起身子，臀部缓缓地向后移动，仿佛在进行一场无声的舞蹈。她的手指如同四处探索的触角，轻巧地搭在慎介的皮带上，像一位熟练的魔术师，精准而熟练地解开了皮带的扣环。

慎介理解了琉璃子的意图，回应她的每一个动作，全身泛起了细小的鸡皮疙瘩。

琉璃子抬起头，从喉咙深处发出一声奇怪的轻笑。慎介感到一股强烈的电流从脊髓深处涌出，他心跳加速，呼吸变得紊乱，仿佛一条缺氧的鱼，仰望着天花板……

也不知过了多久，琉璃子突然离开了他。慎介长长舒了一口气，感到一丝凉意。

琉璃子起身俯视着他，手伸向自己的裙底，轻轻摆动腰肢，衣物随之滑落。慎介试图开口，却发现嘴巴居然不听使唤了。她穿着高跟鞋，和方才一样跨坐在慎介身上，探索着彼此的节奏和极限。

琉璃子的动作越来越激烈，炽热的呼吸喷在慎介脸上。周围的空气中弥漫着甜美的香气，刺激着慎介的欲望……

忽然，琉璃子身体往后仰去，抬起手臂，将双手插入发丝，同时用目光捕捉着慎介的表情。

几秒过后，一幕令慎介难以置信的景象呈现在他眼前。琉璃子的双手从头部移开的瞬间，一束如黑色瀑布般的长发陡然倾泻而下，柔顺地披在她的肩头。而慎介清楚地记得，之前她的头发还只能勉强触及肩膀。

不过，慎介马上明白了原因。琉璃子的右手握着一团疑似头发的黑色东西。原来，她戴了一顶女用装饰假发。

她为什么要特意把自己的长发藏起来呢？这个疑问在慎介脑中一闪而过。那是名副其实的一闪而过，因为紧接着，他便感到置身于汹涌的快感浪潮之中，无暇再去深究这个问题。

没过多久，慎介便感受到一股无法抑制的欢愉，他不由自主地发出呻吟，全身不受控制地颤抖起来，压抑在心底的欲望如决堤的洪水喷涌而出。

他的意识瞬间变得模糊，全身被一种混沌的感觉笼罩。琉璃子双目紧闭，身体向后仰去。

等慎介平息下来后，琉璃子直起身，低头凝视着他的脸。这一瞬间，那种似曾相识的感觉再次袭向慎介。她像谁呢？这个问题在他脑海中盘旋，但他却始终找不到答案。

琉璃子迅速起身，动作优雅而从容。慎介却感到全身乏力，还沉浸在刚才那舒适的倦怠之中，不愿动弹。

她一离开慎介，便拿起手提包，将之前摘下的假发随意塞了进去。

原来那也是假发啊——慎介回想起她初次来店里时的模样，那时她的短发完全没有遮到耳朵。第二次来时，发型似乎比最初长了一些。

这女人真奇怪，一点一点地增加头发的长度。

慎介还在思索这个问题时，琉璃子已经捡起自己的衣物，穿了起来。看到这一幕，慎介也急忙整理好自己的衣物。

穿戴整齐后，琉璃子将自己的真发高高梳起。慎介这才惊讶地发现，她真正的头发竟然长及腰部。

"再见。"她轻声说道，朝着门口缓缓走去。

"啊，等等！"慎介叫住她，"再待一会儿吧。"

她转过身，脸上带着疑惑，问道："为什么？"

"为什么……"慎介一时语塞。

"啊，对了，我还没付酒钱呢。"

说着，她打开手提包，从钱包里取出一张一万日元的钞票放在吧台上。"那么，晚安。"

慎介见状，急忙从椅子上起身欲追，却见她抬起右手，制止了他。

"晚安。"重复了一遍这话之后，她便消失在了门后。

慎介站在原地，双腿仿佛被无形的锁链束缚，无法迈出一步去追她。直到确信她已经彻底离去，他才重新坐回椅子上。

刚才的一切，宛如一场虚幻的梦。慎介甚至怀疑自己是否在不知不觉中睡着了，而那个叫琉璃子的女人，或许从未真实出现过。然而，身体上残留的欢愉过后的丝丝余韵，却无声地诉说着这场邂逅并非梦境。况且，桌上还静静地摆放着两只高脚杯，其中一杯酒还没有喝过。

慎介将酒杯放在托盘上，端回吧台。此刻，他的身体依然火热，大脑还沉浸在混沌中。

收拾完后，慎介走出店门，正要伸手去锁门，却突然大吃一惊——门把手上竟然挂着一部手机。

慎介颤抖着将手机握在手中，心中涌起无数疑问。

为什么这东西会在这里？

他下意识地将手机凑到脸边，屏住了呼吸。

那手机散发着她独特的气息。

18

门铃突兀地响起时,慎介还蜷缩在被窝里。即使在平日里,他通常也会睡到午后才起床,更何况今天是周六,酒吧休息的日子。昨晚店里有客人磨磨蹭蹭地不肯离去,他一直等到将近凌晨四点才关门。往常碰到这种情况,他会顺手把闹钟也设成休眠模式,只要无人打扰,便能一觉酣睡到傍晚。

门铃执着地响个不停。他本想置之不理,但最后还是掀开被子起了床。因为他了解自己的性格,如果不开门,过后他必定会对此耿耿于怀,反复琢磨:刚才那到底是怎么回事?

他一把抓过通话器听筒,没好气地大声问道:"哪位?"

"啊……雨村先生,好久不见,我是西麻布警局的小塚。"

低沉而富有穿透力的声音传入慎介耳中,那声音似曾相识。他的脑海中顿时浮现出小塚瘦削的脸庞和锐利的目光。

"小塚先生,这时候来,有什么事吗?"

"有些事情想跟你聊聊,可以开下门吗?"小塚的语气似乎因为慎介还记得他而变得随意起来。

"哦,好的。"

慎介心中不禁犯起嘀咕，猜不透小塚此番前来所为何事。他首先想到的是成美。难道她出什么事了？但这个想法很快就被他自己否定了，毕竟成美失踪，他是向深川警局报的案，按理说与西麻布警局并无直接关系。

在开门之前，慎介透过猫眼往外瞧了瞧。映入眼帘的是肩膀宽阔的小塚，没见到之前和他一起的那个年轻刑警的身影。

慎介解开锁，打开家门，小塚立刻露出一个略显突兀的热情笑容。

"你好啊。休息时间还来打搅你，真是不好意思。"

"出什么事了吗？"

"不，也算不上出事。就是之前那个案子，又冒出几个让我百思不得其解的地方，所以想来问问你。"

"之前的案子是……"

"就是岸中那个案子。"刑警说完，伸手指了指慎介的脑袋，"你头上的伤痊愈了吧？我看绷带都拆了。"

"哦，差不多好了。"慎介应道，"那人的什么事？"

慎介一直不知道该如何称呼岸中玲二，称一个曾袭击过自己的人为"岸中先生"似乎有些别扭。但就事实而言，岸中又确实是那起由他引发的交通事故的死者家属。

"嗯……如果方便的话，我想进屋详谈。"刑警摸了摸下巴。

"啊，好的。那么，请进吧。"

"你太太，不，你女朋友不在家吗？"刑警一边脱鞋，一边向屋内张望。

"嗯。"慎介稍做迟疑，回答道，"这会儿刚好不在。"

"啊,这样啊。"大概是不感兴趣吧,刑警并没有询问成美不在家的原因。

慎介请刑警在餐厅的椅子上就座,随后将水倒进咖啡机,又从冰箱中取出巴西咖啡粉。

"喝咖啡可以吗?"慎介边往咖啡机上装滤纸,边问道。

"不用那么费心。"刑警回应道。

"是我自己想来一杯。刚起床,脑子还不清醒。"

慎介本想借机暗讽一下刑警,毕竟是对方按门铃打扰了他的清梦,可对方似乎没有反应过来。

"那我就不客气了。"

"到底是什么事?关于那件案子,我一直以为早就结案了。"慎介问道。

"我们原本也是这么认为的。坦白说,在工作这么繁忙的情况下,大家都希望能尽快摆脱那些棘手的案件。"

"所以是出现了什么新情况,让你们无法脱身吗?"

"确实如此。"小塚说着,伸手探向上衣口袋。慎介以为他会拿出记事本,没想到他掏出的竟是一盒香烟。

"可以抽支烟吗?"

"请便。"慎介从料理台上拿过一只烟灰缸,放在刑警面前。

"听说那次事件之后,你好像有过轻微的失忆症状,后来怎么样了?事情都想起来了吗?"刑警叼着烟,一边点火一边问。

"不,还不能说全部想起来了,忘掉的事还是挺多的。"

"嗯,头部受到重击,恢复起来确实得花些时间。"刑警吐出一口烟圈,"那关于岸中的记忆呢?你之前说被他袭击的那晚是第一次见到他，在那之前，你确定从没见过他吗？"

"在我的印象中……没有。"

"是吗？那就是说，这方面没有任何变化啊。"刑警点点头，又吸了口烟，"你提到那晚你和岸中聊了一会儿，聊的是跟酒有关的话题，没错吧？"

"聊的是爱尔兰奶油威士忌。"

"还聊了什么别的吗？"

"这个……我已经说过好几次了，他问了我一些工作上的问题，比如有没有什么烦心事，碰到那种情况该如何排解负面情绪之类的。"

"那家伙没有提到自己的事吗？比如他住的地方，或者平时常去的场所。"

"他几乎没怎么提自己的事情。我只记得他提过一句，蜜月旅行时去夏威夷，在回来的飞机上喝了爱尔兰奶油威士忌。"

慎介从橱柜中取出两只马克杯，摆在咖啡机旁。咖啡机里冒出腾腾热气，茶褐色的液体开始缓缓滴入下方的容器中。

"到底是什么事？怎么到现在还来问我这种问题？"慎介的声音中透出一丝不耐烦。

刑警叹了口气，呼出一口白烟，再次把手伸进上衣口袋，但这次掏出来的不是香烟，而是一只小小的塑料袋，里面装着一把钥匙。

"我正为这个发愁呢。"

"这是什么？一把钥匙？"慎介伸手想要接过那只塑料袋，可就在他的手指即将碰触到袋子时，刑警迅速将袋子收了回去。

"是岸中的东西。发现他尸体的时候，这把钥匙就放在他的裤子口袋里。"

"应该是家门钥匙吧。"

"确切地说,里面有两把钥匙。一把如你所说,是家门钥匙。但另一把,我们完全不清楚是哪里的。你见过这把钥匙吗?"

"给我看看。"

慎介伸出手,小塚将钥匙连同塑料袋一起放在他的手心里。

这把钥匙呈暗淡的黄铜色,经过打磨后也许能露出金色的光泽。钥匙前端的插入部分是扁平的长方形,表面分布着若干凸起。

"看起来不像是仓库钥匙或汽车钥匙。"

"我们去他公司试过了,没有与之匹配的锁。可以肯定,这是某间房子的钥匙,而且只有那种相当高档的公寓大厦或独栋住宅才会用这种钥匙。"

"这跟我家的钥匙可不一样啊。"慎介把钥匙还给刑警。

"这我知道。"小塚微微一笑,将它收进口袋,"刚才按门铃之前,我已经确认过了。"

慎介撇了撇嘴。"你来这里的真正目的就是这个吧。"

"啊,算是吧。"

"不管他拿的是什么钥匙,应该都没问题吧?法律又没规定不能持有自家以外的房门钥匙。"

"一般来说确实如此,但这次的情况不一样。"

"就因为他自杀了?"

小塚并未作答,脸上露出一抹意味深长的微笑,微微摇了摇头。

慎介立刻明白了刑警的想法。

"你认为他不是自杀的?"慎介有些吃惊地问道。

小塚往烟灰缸里轻轻弹了弹烟灰,另一只手挠了挠脸,不紧不慢地说:"从案发现场的情况来看,明显是自杀。可以说,几乎没有任何证据能否定这一点。所以,总局的搜查员都没来过问,甚至连调查小组都没成立。我们局长对这个案子似乎也不太上心。"

"但小塚先生并不这么认为,你觉得他不是自杀。"慎介指着刑警的鼻子说。

"我直说了吧,我认为这不是单纯的自杀案件。"

"啊?自杀还有单纯和复杂之分吗?我还是头一次听说。"

慎介站起身,往两只马克杯里倒入咖啡。

"要加奶和糖吗?"

"不,不用了。"

慎介端着两只杯子回到桌边,将其中一只放在刑警面前。

"谢谢。"小塚将烟头摁熄在烟灰缸里,端起马克杯,啜了一口咖啡,"味道不错,到底是干这行的!"

"我是调酒师,跟煮咖啡搭不上边。只要有咖啡机,任何人都能做出一样的东西来。"

"我的意思是,用心去做就能做好。嗯,这香味真不错。"刑警像个专业品酒师一样,将马克杯放在鼻子下轻轻摇晃。

"小塚先生,能不能详细说说到底发生了什么事?如果我知道什么,肯定会全力配合的。"

刑警耸了耸肩,说:"就算我想告诉你,手上没有关键材料,也无从说起啊。"

说完,他又惬意地啜了一口咖啡。接着,他像是松了一口气,看着慎介说:"我还没告诉你,发现岸中尸体的房子在哪里吧?"

"江东区木场。"慎介答道,"是叫阳光公寓吧。"

"你记得还挺清楚的嘛。"

"记得一点点……"

慎介暂时不打算告诉小塚自己去过那间屋子。

"岸中最近三个月好像基本没住在那栋公寓。"

"是吗？那他住在哪里？"

"这我们就不清楚了。但可以确定的是，他一直留宿在别的地方，信件和报纸已经多到塞不进信箱了。据说管理员好几次都把它们堆到他家门口了。亲戚朋友给他打电话，也多半没人接。水电、煤气的使用量在他死前三个月大幅减少。冰箱几乎是空的，里面仅有的几样东西也都过了保质期。不过，他倒也不是完全不见踪影，管理员偶尔还能看到他。"

"这么说来，刚才那把钥匙……"

"我们有理由怀疑，那是岸中另一个住处的钥匙。但问题也来了，那个住处到底在哪里？如果不弄清楚这一点，我就没法把这个案子做结案处理。不过，我找遍了所有和岸中有关系的人，没人能想到这个住处可能在哪里。于是，我只好来找你这家伙了。也算是病急乱投医吧。"

不知什么时候，小塚对慎介的称呼由"你"变成了"你这家伙"，但慎介对此并不介意。

"一个年轻力壮的男人，如果在自家之外，还有其他留宿的地方……"

"女人那里，对吧？这个你不说我也明白。"小塚点上第二支烟，"可是你想想看，如果他在外面有这么个女人，还会想着为一年多前死于车祸的妻子报仇吗？"

这话确实有道理,慎介陷入了沉默。

"话是这么说没错,不过……"小塚嘟起嘴,吐出一口白烟,"岸中身边倒也并非完全没有女人的影子。"

正要低头喝咖啡的慎介听到这话,又抬起了头。

"你的意思是?"

"岸中家隔壁住着一对父子。"小塚故作神秘地说道,"那是个小户型,只有两居室。独生子已经上高二了,是这个年龄段常见的那种特别痴迷摇滚乐和摩托车的男孩。最近,这邻居家的儿子讲了一件怪事。有一天晚上十二点多,他回家时,看到一个女人从岸中的屋子里走出来。"

"哦?"慎介点点头,"那不是挺好的吗?毕竟他太太因车祸去世了,男人偶尔也会有这种需求的吧。"

慎介想着楼下信箱里那些几乎每天都会塞进来的粉色宣传单,上面大都是些套话:"宾馆、公寓,随时随地上门服务。为您介绍最称心如意的女性,可任意多次调换。"岸中玲二为了排解失去妻子的寂寞,拨打了宣传单上的电话号码,这种情况完全不难想象。

"当然,如果只是偶尔有女性出入,那倒也不算什么。只要没违法,还挺正常的。问题在于目击的那一天……"

"哪一天?"

"就是岸中尸体被发现的前一天晚上。"

"啊?"慎介不由得瞪大了眼睛,"那个时候,他不是已经……"

"没错,"小塚慢慢点了点头,"岸中那时候应该已经死了。"

"也就是说,那女人看到了岸中的尸体?"

"是啊,可她没有报警。我们发现尸体,还是在调查你遇袭案件前往岸中住所的时候。"

"那女人为什么不报案呢……"慎介自言自语道。

小塚撇了撇嘴，露出一丝笑容。

"看吧，这下你知道我为什么说这案子不是单纯的自杀案了吧。"

"也许，那女人和岸中并不熟，不想被卷入这种麻烦事里，所以才没有报案呢？"

"不可能的。"小塚断言道。

"为什么？"

"你想想嘛，那女人跟岸中会是什么关系？你觉得她是干特殊服务的吗？就算她是，又是谁叫她来的？从死亡时间来看，那晚岸中应该已经死了，尸体总不会打电话叫上门服务吧。既不是干特殊服务的，又没人约她，她半夜三更突然跑到岸中家里去做什么？如果不是跟岸中关系相当亲近的人，做出这种行为不是太反常了吗？"

"确实有道理……"小塚的话合情合理。

"如果那个高中生的证词能早点出来，这案子也就不会那么草率地以自杀的结论结案了。现在才说出来，真不好收场了。"小塚轻轻咂了咂舌。

"警方当时没去邻居家调查吗？"

"去了呀，不可能不去的。可那家的儿子之前一直对这件事闭口不提，而且还是为了个特别荒谬的理由！"小塚气呼呼地说。

"什么特别荒谬的理由？"

"你还是不听为好，听了可能会后悔。"刑警看了看表，站起身来。

"我在这儿待的时间也不短了。最近冒出好几个这种拖泥带水的问题，忍不住发了点牢骚。你要是能忘掉这些事，就尽量忘掉吧！"

慎介快步追上正往玄关走的小塚。

"不好意思，我只想问一个问题。"

"能不能回答，得看你问什么了。"小塚边穿鞋边说。

"岸中没有对木内春彦先生做什么吗？"

"木内？"小塚露出意外的表情。

"木内春彦，就是跟我一起肇事的那个人，也是导致岸中美菜绘死亡的加害者之一。"

刑警自然不可能不知道木内春彦这个人。他们在调查慎介遇袭事件时，肯定也对一年半前的那起事故进行了详细的调查。

"木内先生呀，"小塚仰望着半空，叹了口气，"那可真是个怪人。"

"怪？"

"实际上，我们一直很难见到这个人，有段时间还因此大伤脑筋。据他本人表示，他和岸中玲二从来没有任何接触。所以，我们也不得不认为，他和你遇袭的案件无关。"

小塚的语气中隐隐约约带着一丝欲言又止的意味，也许是从木内身上嗅到了什么不同寻常的事情，但又觉得不能再向慎介透露更多的情况。

小塚丢下一句"那么，告辞了"，便抬脚走出了慎介的屋子。

19

下午三点多,慎介跨上自行车,悠悠地出门觅食去了。他骑行到门前仲町,走进一家他常去的盖浇饭店,享用了一顿迟来的午餐。以往,他总是和成美一同前往这家店,今天还是头一回独自前来。

离开餐馆后,他忽然想起什么,把手伸进布裤两边的口袋,双手同时触碰到了某样东西。掏出一看,左右手各握着一部手机,左手的是黑色的,右手的是银色的。他将银色的那部放回口袋里。

黑色的手机是慎介自己的。他试着拨打成美的手机。其实,在按下拨号键的那一刻,他心里早已有了预期,百分之九十九是打不通的。

果不其然,耳边响起的依旧是不在服务区或已经关机的语音提示。他毫不迟疑地挂断电话,并迅速删除了手机里存储的成美的手机号码。

心中掠过一丝淡淡的惆怅,但也仅此而已。在下定决心要做个了断之后,一种如释重负的畅快感涌上心头。他决定从现在开始,绝不再想成美的事情。

随后,慎介将黑色手机放回口袋,又从右边口袋掏出那部银色手机,这部手机当然不是他的。

　　这是前几天那个自称琉璃子的女人留下的。那天晚上,他带着这部手机回到家,满心期待电话铃声能突然响起,一直等到天亮。他可不觉得这是她不小心落下的,他给自己的解释是:这是她特意留下的联系方式。

　　然而,自那之后,好些日子过去了,电话铃声始终未曾响起。那个女人也未再出现在店里。

　　尽管如此,慎介依然坚信,这部手机是自己与她之间仅存的联系纽带。为此,他昨天还特意在便利店购买了一个充电器,给手机充上了电。如果电池的电量耗尽,他们之间那微弱的缘分也将随之中断。

　　直到此刻,每当他回想起那晚的旖旎情景,他的下身就不由得感到一阵胀痛。他仿佛又置身于那夜如梦如幻的场景之中,琉璃子口对口喂下的酒液带着浓郁的香气在他口中弥漫开来,他的身体也随之泛起阵阵热意。她那柔软的唇瓣和细腻润泽的肌肤带来的美好触感,以及两人鱼水之欢的快乐,如同烙印一般,深深地刻在他的记忆中。

　　他渴望再次见到琉璃子,这种渴望如潮水般汹涌,可他却束手无策。

　　她留下的手机里,仅存有一个电话号码,即便尝试拨打这个号码,也不确定是否真的能联系到她。

　　慎介调出那个号码,按下拨出键,将听筒紧贴在耳朵上。刹那间,一阵难以抑制的激动如电流般传遍他全身。

　　拨号音一声接一声响起,第三声,第四声,响到第五声时,电话那头终于传来了接通的语音提示。

"喂……感谢您的来电,非常抱歉,我现在无法接听。请在提示音之后,留下您的姓名、电话号码和来电事由,我会尽快给您回电。"

在提示音响起之前,慎介挂断了电话。

这已经不是慎介第一次听到这段留言了。刚发现手机里存着电话号码时,他便立刻尝试拨打。之后又陆续尝试了几次,可每次听到的都只有这段一模一样的录音。

实际上,在第二次拨打这个号码时,慎介就留下了自己的信息:"我是'茗荷'酒吧的雨村慎介,请与我联系。"

虽然他不确定那个女人是否知道"雨村"这个名字,不过听到"茗荷",她应该能够明白留言之人是谁。

问题在于,他的留言是否能被琉璃子听到。毕竟,那语音信箱中的声音听起来不像是琉璃子本人的。慎介对自己的听力十分自信,如果是同一个人的声音,他绝对能够分辨得出来。

也许那是其他人的号码。如果是这样,收到一个陌生男人的留言,电话的主人想必会感到不舒服吧。因此,从第三次拨打开始,他就不再留言了。

只是,为什么对方总是不接电话呢……

这件事也确实匪夷所思。在慎介看来,即使接电话的不是琉璃子本人也没关系。既然这个号码被存进了琉璃子的手机,就说明对方必定是琉璃子认识的人。哪怕对方可能会起疑心,他也完全可以编造些理由,向对方打听琉璃子的联系方式。可惜,对方始终不接电话,这让他纵有万般计策,也毫无施展的余地。

慎介将手机揣进裤兜,跨上自行车,朝着自己的公寓方向用力踩下了踏板。

骑行在路上时，慎介思绪纷飞。他的脑海中突然闪过一件事。当到了自家门前时，他并没有像往常那样减速，而是继续向前骑行。没过多久，他便来到了葛西桥大道。此时，信号灯刚好亮起红灯，他这才急忙握住刹车。

趁着等绿灯的间隙，慎介腾出手，掏出钱包。放纸钞的那一层里夹着一张便笺。

木内春彦，中央区日本桥滨町二丁目花园广场505室。

这是前几天江岛告诉他地址时，他匆忙间记下的。

他并没有打算去见木内，纯粹是心中突然涌起一股冲动，想瞧瞧对方究竟住在怎样的地方。之前去岸中的公寓时，也是如此。慎介一旦对某个人产生了兴趣，总会忍不住想去看看对方的住处。这或许已经成为一种怪癖。他觉得，通过观察一个人的居住环境，就能大致了解这个人的性格和生活。当然，这也仅仅是他一厢情愿的主观想法罢了。

自从得知还有第二辆车与那起事故相关，慎介心中始终萦绕着一个疑问：为什么岸中玲二只袭击了自己呢？正常来讲，如果是为妻子复仇，岸中理应也会对木内有所行动。除非岸中认定，作为引发事故的直接责任人，慎介应当承担全部责任。

此外，小塚的那句"怪人"，也让慎介颇为介怀。小塚提到木内时所说的"怪人"，到底是什么意思呢？

绿灯亮起，慎介再次蹬起自行车，横穿葛西桥大道，一路向北。途中经过几个信号灯路口。幸运的是，路上车辆不多，即使遇到红灯，他也照样通过了。

慎介在清洲桥大道左转,向西骑行,穿过清洲桥,再经过与新大桥大道交会的路口,便抵达了日本桥滨町二丁目。

花园广场位于滨町公园附近,是一栋大约七层高的高级公寓,外墙泛着金属质感。隔着滨町公园,可以望见对面的明治座剧场。

慎介把自行车丢在路边,走进大厦。右侧是管理员办公室,左侧是一扇自动玻璃门,门后是一间让人联想到酒店大堂的前厅。

管理员办公室里,一位身穿制服的白发男子正低头忙碌着,像是在写着什么。也许是察觉到慎介的目光,他抬起头看了过来。

慎介装作没看见,若无其事地继续往前走,径直来到里面的信箱区。为了保护住户隐私,信箱区与周围隔离开来,形成一个相对隐蔽、不易被发现的角落。

慎介查看了505室的信箱,上面没有插姓名牌。他伸出手指,轻轻地捅开投信口,发现今天的早报还未取走,其他信件则叠放在上面,只要稍微伸手就能拿到。

确认四周无人注意后,慎介将手指伸进投信口,尽量往里面探得更深一些。指尖触碰到邮件后,他用食指和中指夹住,小心翼翼地将它们抽了出来。

慎介收获了两只白色信封和三张明信片,他迅速浏览了一遍。明信片清一色是邮寄广告,但让他颇感意外的是,它们竟都来自一流的男装店和首饰店。这类广告是绝对不会投递到他的信箱里的。

慎介又看了看两只白色信封的寄信人栏,上面赫然写着银座著名俱乐部的名字,都是在银座工作过的人耳熟能详的顶级名店。

信封里装的大概是账单吧。既然是寄到家里来的,看来并非出于工作应酬。慎介将信封对着光看了看，却什么也看不到。

　　这是怎么回事呢？按照江岛的说法，木内春彦不过是个普通公司职员，在如今这种经济不景气的大环境下，很难想象有哪个普通白领能在顶级名店购物，还频繁出入高级俱乐部。当然，世界之大，无奇不有。仅仅因为对方是白领，就断定人家手头拮据也过于草率了。但是，木内春彦曾在一年半前引发过致死事故，按常理，他在公司里的处境应该会变得艰难才对。

　　慎介意识到如果在这里逗留太久，管理员说不定会起疑心。于是，他把邮件放回原位，返回玄关。巧的是，管理员办公室的门打开了，管理员走了出来。这位白发男人手里拿着扫帚和簸箕，往慎介这边看了一眼，也不知产生了什么误会，居然客客气气地向他打了声招呼："你好。"

　　到了晚上，慎介给"天狼星"的前同事冈部义幸打了个电话。

　　"哟，可真是稀客啊。"听出慎介的声音，冈部用略带惊讶的声音说道。

　　"有件事想麻烦你。"

　　慎介话音刚落，电话里便陷入了片刻的沉默。慎介心里明白，冈部对他有所戒备。冈部这人向来沉默寡言，可观察力极为敏锐，直觉精准。

　　"要是麻烦事，那可对不住了。"冈部毫不掩饰地直言道。他向来如此，喜欢或是讨厌，都会直接表达出来，这也是他为人处世的一大特点。

　　"抱歉，确实有点麻烦。"慎介坦言道。

　　冈部在电话那头轻轻地叹了口气。

"那我先听听看吧。到底什么事？"

"你之前不是提过在'水镜'有认识的人吗？"

"'水镜'啊，没错，是有认识的人……"

"水镜"是木内春彦收到账单的那两家店之一。

"你之前是怎么说的……那人是舞台负责人？"

"对，他是。不过，那又怎么样？"

"能不能把这个人介绍给我认识认识？"

冈部再度陷入沉默，这次的沉默比之前持续的时间更长。

"雨村，"冈部终于压低声音开了口，"你这家伙到底想搞什么事？"

"我不是想搞事。"慎介的声音中带着一丝笑意。

"不对，最近你有点不对劲，不是问由佳小姐稀奇古怪的问题，就是去为难江岛先生。"

看来慎介在"天狼星"四处打听的举动，全被站在吧台后面的冈部看在了眼里——果真是个洞察力超凡的人。

"我这么做事出有因。"慎介说，"江岛先生可能已经告诉你了，自从那次事件之后，我的记忆就出了点问题。我自己特别想把事情弄明白，所以才到处打听。"

"这我明白。你的心情我也能理解，但我也有我的难处。江岛先生叮嘱过我，不要管你的事，说你现在情绪不太稳定，不要轻易刺激你。"

"要是一直这样下去，我的情绪一辈子都稳定不了。哎，求你了，帮个忙吧！"

冈部再次沉默，但也不是完全不吭声。透过话筒，慎介能听到他的低哼声。

"为什么想要我给你介绍'水镜'的服务生？"冈部问道。

"我想了解一个经常去那儿消费的客人的情况。"

冈部重重地呼了一口气。

"雨村，你又不是不清楚咱们这行的规矩，客人的情况哪能随随便便就透露出去？哪怕是同行之间，这也是大忌。"

"所以我才来向你求助啊。你只要帮我引见一下就行，我会跟那个人好好解释的，绝不会给你带来任何麻烦。"

"这怎么可能？看看你最近的表现就知道了。你肯定会把人家给惹毛的，肯定！"

"放心吧，我保证不会。"

"你的保证不靠谱。"冈部果断地反驳道。

这次轮到慎介沉默了。他琢磨着要怎样才能说服冈部。

"喂，求你了。"

"你别强人所难。"

"我也曾经勉为其难地帮过你啊！"

这句话似乎正中要害，冈部一时间竟无言以对。

冈部心里清楚慎介话里所指的事。几年前，冈部借了一笔高利贷，为了还债，他甚至偷偷倒卖"天狼星"进的酒。当时察觉到这件事的只有慎介。为了帮冈部瞒天过海，慎介不仅帮他窜改了单据和账簿，还劝他向江岛坦白欠债的事。多亏了慎介的帮助，冈部才没有背上乱七八糟的债务，倒卖酒的事情也没有暴露。

"你是在威胁我吗？"

"不是。"慎介立刻矢口否认，"我也不想翻这些陈芝麻烂谷子的旧账，只是想让你知道我这次的决心有多大。"

冈部又小声哼哼了几下。

"我知道了。"冈部妥协了,"我想想办法吧。"

"谢了。"

"不过,我不会帮你引见的。我可以帮你打听,这样人家才不会起疑心。这样行了吧?"

"行,也只能这样了。"话说到这份儿上,慎介也不好再得寸进尺了。

他告诉冈部,自己想了解一个名叫木内春彦的客人的情况,包括他在哪家公司工作,从事什么行业,通常和什么人一起来店里,最近的行为举止有没有什么异常……总之,只要是和木内有关的事情,都希望冈部能帮忙打听。

虽然不太情愿,冈部还是答应试试看,说完便挂断了电话。

当天晚上,冈部就来了电话。因为是周六,"水镜"也休息,他很容易就联系上了对方。

"听说那个叫木内的客人确实经常光顾'水镜',多的时候一周能去两三次,一般情况下一周去一次。"

冈部的语气比之前柔和了许多。慎介正觉得奇怪,就听到冈部接着说道:"事实上,我一问对方知不知道木内这个客人,对方就跟竹筒倒豆子似的主动透露了一大堆信息。据说这个客人相当特别,在银座的好多店里都算是小有名气的人物呢。"

"是个怪人吗?"

"不是那个意思,而是说这人来历不明。据我所知,他好像在帝都建设公司工作,但具体职位不清楚。年龄在三十岁上下,可能只是一名普通职员。他去喝酒的时候,一般都是一个人,偶尔也会带个熟人，不过每次结账都是他掏钱。"

"这么说，他去那儿不是为了应酬吧？"

"对。据说他一晚上消费超过二十万日元并不稀奇。"

"他哪儿来那么多钱呢？"

"帝都建设并不是一家大公司，哪怕薪水再高，也扛不住一晚花二十万日元吧？但据说至今为止，他从来没有拖欠过账单，所以对店家来说，他是当之无愧的贵宾。"

那是肯定的，慎介心想，如果"茗荷"有这样一位客人，妈妈桑千都子恐怕要喜极而泣了吧。

"不过，听说店家也没有高兴太久。木内开始光顾没多久，以前常来的那些帝都建设的高层就都不见人影了。对店里来说，反而弊大于利。"

"是不是他们都觉得去一个普通职员也能去的店里喝酒显得掉价呢？"

"作为店家，也只能这样理解了。不过，似乎没有人真正认同这个说法。"

"嗯……"这件事听起来越来越蹊跷，"木内是从什么时候开始光顾那家店的？"

"听说是大约半年前。"

交通事故已经过去一年半了。即便如此，一个曾经造成致死事故的人，真的能如此挥霍吗？

"关于这种一掷千金的玩法，他本人有没有说过什么？"

"好像从来没有提到过。小姐们曾多次半开玩笑地问他，这些挥霍的钱是从哪儿冒出来的，每次他都会不高兴地回答：'这与你们无关。'"

　　慎介不由得哼了一声，他实在无法想象这究竟是怎么回事。

　　"我能打听到的也就只有这些了。先跟你说清楚，因为是他这种比较特殊的客人，所以对方才当成乐子跟我说的。再有类似的事，你可别再找我了。"冈部的语气中透着尖锐。

20

　　第二天是周日，慎介骑上自行车，再次前往木内春彦居住的公寓。

　　他下定决心，这次不仅要调查木内，还要试着和他本人见上一面。

　　昨晚从冈部那里听到的信息，此刻还在他脑海中盘旋。在导致岸中美莱绘死亡的那场事故里，木内与慎介负有同等责任。然而，木内丝毫未受此事影响，依旧过着那种慎介连想都不敢想的优渥生活。慎介迫切地想要弄清楚，为何木内能够如此逍遥自在？对于岸中玲二没有对木内动手报复这一点，慎介心里很不平衡。他能理解岸中为妻子复仇的心情，可他实在无法接受岸中将仇恨全都集中在自己身上。

　　总而言之，他认为必须与木内好好谈一谈那起交通事故。虽然江岛曾嘱咐他不要去骚扰木内，可从心理上来说，他无法接受就这样置之不理。

　　慎介来到滨町公园，轻车熟路地把自行车停在了昨天的位置，而后径直走进了公寓楼。在玄关处，管理员正忙着用绳子捆扎一堆用过的旧纸箱，看样子是准备拿去当废品卖。

慎介站在自动玻璃门前，目光落在安装在墙上的对讲门铃上。按键布局有点像早期的电子计算器。他稍微停顿了一下，伸出手指按下了"505"，液晶屏上随即显示出几个数字。接着，他又伸手按下了呼叫键。

他在心里设想对方应答时的场景，并反复默念着准备好的问候语。如果被当作可疑的骚扰者，那也只能自认倒霉，但至少得设法让对方不对自己抱有敌意。

然而，操作面板上的扩音器没有任何回应。他再次尝试呼叫，结果依旧如此。

"您找木内先生有什么事吗？"

就在这时，身后突然传来一个声音。慎介赶忙回头，原来是管理员站在那里。

"是的。"慎介回答道。

"他可能不在家。那家伙大部分时间都不在家。"

"是吗？"

"这里经常有他的邮件什么的送来，即使是周末，也多半要先帮他保管着。他平日里看着倒是挺悠闲自在的，真不知道他到底是做什么工作的。"

这个管理员挺健谈的，估计平日里工作太无聊，好不容易逮着个说话的机会，就忍不住多说了几句。

"木内先生在这间公寓住很久了吗？"

"那倒没有，大概住了一年多点吧。"

一年多前住进来的，也就是说，交通事故发生后没多久，他就搬到这儿来了。

"他一个人住吗？"

"应该是吧。起初听说是一对新婚的小夫妻要搬进来，结果搬进来的只有他一个人。到现在还是单身一人住着呢。"

"新婚小夫妻？他本来打算结婚吗？"

"不是吗？我也不太清楚。"说完，管理员纳闷地回自己办公室去了。

慎介骑上自行车，离开了木内的公寓。因为没能见到人，他多少有些意兴阑珊，同时又觉得，也许没有贸然见面反而是好事。木内这人身上有太多令人难以理解的地方，不知道这些和那起事故到底有没有关系。但他无论如何都不相信，一场出了人命的严重事故，竟然没有对木内的生活造成丝毫影响。

他决定设法收集更多关于木内的信息。

骑行在清洲桥大道上时，慎介突然又想起另一件事。他反复琢磨着从小塚刑警那里听到的话，其中有些地方让他感到困惑。

他一口气骑到了木场，前方不远处出现了他曾经见过的那家加油站。而加油站后面，便是岸中玲二生前住过的公寓。

他在那栋灰暗的土黄色建筑前停下自行车。这栋楼无论是位置、外观还是样式，都与木内所住的公寓天差地远。这边肇事者过着优雅舒适的生活，另一边被害人夫妇双双离世。作为另一名肇事者的慎介，心中不禁涌起一股复杂难明的情绪，五味杂陈。

和上次来时一样，今天管理员办公室里依旧空无一人。慎介心想，这一点也与花园广场不同。而且，这里没有电梯。

他沿着楼梯走上二层，202室是岸中的家。他先是站在稍远的地方，仔细打量了一番。看起来不像是有人居住的样子。也不知道屋里的东西后来都如何处置了，不过看样子，这房子应该还没租出去。

慎介来到202室门前，目光在两边邻居的房门上游移。据小塚所说，邻居家的高中生曾目睹有女人从岸中的屋子里走出来。他说的邻居到底是住在哪一边的呢？从楼梯方向看过去，是202室后面的201室呢？还是眼前的203室呢？

他先站在了203室门口。门上没有挂姓名牌。

正打算按门铃，身后传来声响，201室的门打开了。慎介把正要按下门铃的手缩了回来。

201室走出一个身穿丧服的女人，年龄在四十五六岁。

"老公，你再不快点可要迟到了啊！"她冲着屋里喊道。

一个肥胖男人从屋里走了出来，想必就是女人的丈夫了。男人也穿着丧服，领带同样是黑色的，脖子后面长着一圈肥肉。

"喂，纯一，我们走啦，你记得锁门啊。"胖男人说。

房间里隐约传来说话声，虽然听不清内容，但可以确定是个已经过了变声期的少年的嗓音。

穿着丧服的夫妇向慎介轻轻点头致意后，从他身旁走过，朝楼梯方向而去。

待夫妇俩的身影消失后，慎介走到201室门前。门上挂着姓名牌，上面写着"堀田"。

慎介试探性地按下了门铃，同时在心里快速组织语言，构思对方开门时自己该说的话。

不一会儿，门开了。门缝中露出一张少年的脸，那张脸上写满了个性，看年纪应该是个高中二年级学生。慎介确信自己找对了人。

"你是堀田纯一同学吧？"慎介将刚才听到的名字与门牌上的姓氏结合起来，问道。

少年用狐疑的目光打量了他一番，然后微微点了点头，说："是的。"

"还是上次那件事，我想再详细询问一下，就是关于隔壁岸中先生的尸体被发现之前，你所目击到的那位女士的情况。"

听到慎介的话，少年的脸色瞬间变得苍白，神情也僵硬起来。

"那件事我已经说过很多遍了。"少年扭过头去。

"我想再确认一次，这是最后一次，之后不会再打扰你了。"

慎介故意用一种让少年误以为他是刑警的语气说话。万一遇到什么情况，他还可以自称是刑警。不过，考虑到以后可能会暴露身份，他还是希望尽量在模糊真实身份的前提下问出有用的信息。

"你们根本不相信我，为什么还要问？"

"嗯？什么情况？"

少年并没有回答，只是把脸转向一边，脸上挂着十几岁孩子特有的叛逆情绪。

"根据你的陈述，"慎介说，"你在深夜回家时，看到一位女士从岸中的屋子里走了出来，对吧？她确实是从屋子里出来的吗？你看到她是打开房门走出来的吗？"

少年啃着大拇指，一副抗拒交流的样子。

"你忘了吗？那也就是说，你的记忆并不是很清晰，对吧？"慎介故意用激将法问道。

少年盯着自己的拇指尖，极不情愿地说道："门开了，然后……走出来的。"

"是那女人走出来了？"

少年不耐烦地点了下头，看都不看慎介。

"那么说，那个女人应该也看到你了吧？"

"没看见。"

"为什么？"

"隔壁的门打开的时候，我就站在那儿呢！"少年说着，指了指慎介站的位置，"我正在找钥匙，隔壁的门突然开了，然后那女人就走了出来。不过，她压根没往我这边看，而是目不斜视地快步朝楼梯那边走去了。"

慎介瞥了一眼202室，如果从那里出门，径直走向楼梯的话，那女人确实有可能没看到少年。

"她当时是什么样子？是急匆匆的吗？还是看起来有些紧张？"

少年摇了摇头。

"这种事情，我也不清楚。总之，就是一瞬间的事。"

"一瞬间？"

"所以，我不是已经说过很多次了吗？我当时吓了一跳，脑子里一片空白，好长时间都动弹不得……"

直到这时，慎介才注意到，少年正在发抖，脸色苍白，眼神空洞。

"那是怎么回事？"慎介问道，"为什么吓了一跳，脑子里还一片空白？为什么会变成那样？"

少年终于把视线转向慎介，眼睛里布满血丝。

"我的事情，你不是从别人那里听说了吗？"

"不……只听说了一点，但没听过具体细节，所以才这样来跟你确认的啊。"

"是吗？"

"告诉我，为什么你看到那个女人会那么吃惊？"

然而，少年摇了摇头。

"够了！反正你们肯定不会相信我，所以我之前才一直保持沉默……反正到最后我只会被当成白痴嘛！"

少年鞋也不穿地走下玄关，准备关门。慎介连忙伸手挡住。

"把手拿开！"少年说。

"告诉我吧，我相信你！"

"所有人都这么说：我相信你，你讲讲吧。可是，没有一个人真正相信我！我刚说到一半，每个人都开始嘲笑我！"

少年的声音里充满了怒意。看来，他不仅跟刑警说过，也跟其他人说过。他究竟看到了什么？为什么大家都不相信他？

"我要是笑话你，你可以揍我。"慎介说，"你说吧。"

少年的眼中闪过一丝意外，抓着门把手的手随即松弛下来。慎介趁机把门开大了些，将身子挤进门缝里。

"说说吧，你为什么看到那个女人之后会那么吃惊？"

少年垂下眼睛，几秒过后，他再次抬眼将视线投向慎介，双眸中闪烁着绝不能原谅谎言的纯真目光。

"那是我认识的人。"他说。

"那个女人吗？"慎介吃惊地问道。

少年点了点头。

"是谁?"

少年舔了舔嘴唇,犹豫了几秒后,再次开口说道:"他太太。"

"哦?"

"是岸中先生的……太太。我对她非常熟悉……"

21

当慎介察觉到情况不妙时，为时已晚。他的衣袖不小心钩到一只威士忌古典杯，杯子坠落在地。"哐当"一声，细小的玻璃碎片四下迸射。

"抱歉。"

坐在吧台和座席上的客人们被这突如其来的动静惊得回过了头。慎介向他们致歉，随后拿起扫帚和簸箕开始清扫。他眼角的余光瞥见千都子正皱着眉头。

过了一会儿，千都子走到他身边。

"怎么了，小慎？你今天有点不对劲。刚才还弄错了客人点的单，是出什么事了吗？"

"不，没什么。"慎介一边用冰锥捣着冰块，一边摇头道，"对不起，我今天注意力有点不集中。"

"打起精神来呀。"千都子拍了拍他的后背，又回到正在等待她的客人那里。

慎介悄悄叹了口气。精神无法集中的原因，他自己心里再清楚不过了。

昨天去岸中玲二生前居住的公寓打听到的情况，至今仍然在他的脑海中盘旋。

住在岸中家隔壁的高中生声称，他在岸中玲二的尸体被发现的前夜，亲眼看到已经死去的岸中美菜绘。

"这种荒唐的……"

慎介刚一开口，高中生堀田纯一就怒目圆睁。

"看吧，我就知道！你果然也不相信我！你还说什么你要是笑话我，我可以揍你呢！"

少年气势汹汹的模样让慎介不禁有些心虚。瞧这架势，少年并不像是在说谎。

"是不是看错人了？"慎介试探性地问道。

"绝对不可能！虽然我只是瞟了一眼她的脸，但我可以肯定就是那个人！连发型都一模一样，她穿着一条薄薄的蓝色连衣裙，我见她穿过好几次。"

当然，堀田纯一也知道岸中美菜绘已经不在人世了。

"所以我才很害怕啊，不敢告诉别人。就算说了，肯定也没人会相信。不过，你得相信我，我看到的那人真的是邻居家的太太，那位一年半前就已经去世的太太。"

堀田纯一那努力寻求信任的脸，深深地烙印在慎介的脑海中，他所感受到的那份恐惧，似乎也传递到了慎介身上。

这怎么可能呢？岸中美菜绘的离世是铁板钉钉的事实，人死又不能复生。

慎介感到无比困惑。他开始假设，难道岸中美菜绘还有个双胞胎姐妹，是她去了岸中玲二的家？但转念一想，美菜绘应该没有什么双胞胎姐妹吧？如果有，小塚听了堀田纯一的话，必然会去调查那位姐姐或妹妹。而那位刑警听闻堀田纯一说自己看到了美菜绘时，给出的评价仅仅是：荒唐。

难道说……是幽灵吗？

背后仿佛吹过一阵阴冷的风，慎介不禁打了个寒战。他用力甩了甩头，试图将这不祥的念头驱赶出去。就在那一瞬间，他握着冰锥的手微微颤抖，险些没对准冰块，扎向自己的左手。

十二点过后，店里的电话铃声响起，慎介迅速拿起听筒。

"让您久等了，这里是'茗荷'。"

"雨村吗？是我，冈部。"对方压低声音说道。

慎介迅速瞥了一眼千都子，见她正与客人谈笑风生，便微微侧身，挡住电话。

"什么事？难得你会给我打电话。"

"本来我可以不打的，但我想还是先给你打个招呼。"冈部的话里似乎暗藏玄机。

"那我挺好奇的，发生什么事了吗？"

"你不是在打听一个叫木内的人吗？那人马上要到这儿来了。"

"去'天狼星'吗？"

"对。"

"为什么？"

"我那个朋友告诉我，今天晚上木内去'水镜'了。他问我朋友，哪里能喝到比较地道的鸡尾酒，我朋友想起前天我曾打听过木内的事，就给他推荐了'天狼星'。刚才木内打电话来问有没有空席，大概三十分钟后，他就会到这里。"

"原来如此。"

慎介看了看手表,在脑中快速盘算着。"天狼星"的打烊时间是两点,现在赶过去的话,时间绰绰有余。

"那就这样吧。"冈部打算挂断电话。

"啊,等等。今晚江岛先生在吗?"

"今晚他没来,听说要和人谈下次在大阪开店的事。"

"是吗?江岛先生不在啊……"

"雨村,你打算过来吗?"

"估计会吧。"

"来可以,但不许闹出乱子。要是露馅了,我会被江岛先生骂的。"

"我懂,谢谢你特意打电话告诉我。"慎介道谢之后,挂了电话。

千都子仍然在和客人聊天。不过,在慎介目不转睛的注视下,也许是有所感应,她往这边看了过来。慎介轻轻冲她招了招手。

"我先失陪一下。"千都子和客人打了声招呼,走了过来。

"抱歉,妈妈桑。我能出去一下吗?"

"现在?"千都子皱起眉头。

"刑警打电话来,说有些事情要马上问问我。"

"刑警啊?可那个案子不是早就结案了吗?"

"那个……好像还没完全结束。他说如果我不去,他就到这里来。"

听慎介这么说,千都子脸色一变,赶忙摆了摆手。

"那可不行,会引发客人不好的猜测。我知道了,后面我来想办法应付吧。"

"实在不好意思。"慎介低头道歉。

"不过，那个案子还真是拖拖拉拉的。我还以为凶手都死了，案件就该结束了呢。"千都子蹙眉道。

"是啊，我也盼着能早点做个了断。"慎介忙说。

刑警要来问话是假，想早点做个了断，却是他的真心话。

慎介到达"天狼星"的时候，凌晨一点刚过。推开门，他将目光迅速扫向吧台里面，与正摇着调酒器的冈部四目相对。慎介一言不发，在高脚凳上坐了下来。

"一杯朗姆伏特加。"慎介说道。

冈部冲他微微点头，随即不着痕迹地将视线投向店堂里侧，用眼神暗示：就是那个人。

慎介扭过身，装作若无其事的样子往那边望去。店内深处的座席上，围坐着两男两女。女子一看就像陪酒小姐，多半是从"水镜"被带过来的。两个男人年纪都在三十岁上下。坐在靠慎介这一侧的那个，戴着眼镜，发型利落整齐，透着一股业务员的精明劲，正眉飞色舞地与身旁的女子交谈，逗得对方笑逐颜开。而靠里边的那个男人，只是有一搭没一搭地偶尔附和几句。他们声称是来"天狼星"喝地道鸡尾酒的，但在慎介看来，他们的注意力显然不在这美酒上。他猜想，那个看起来情绪低落的男人应该就是木内春彦。

冈部将盛着朗姆伏特加的酒杯放在慎介面前，目光锐利，仿佛在告诫他：别干傻事。

慎介并没有打算贸然走到对面桌旁和木内搭话。他想先好好观察一下这个男人，看看他是什么样的人。

看着看着，慎介心底突然涌起一股莫名的熟悉感，他愈发笃定，自己一定在某个地方见过这个人。仔细一想，在那起交通事故的审判庭上，他们曾分别作为对方的证人出庭做证。也许除此之外，两人还在别的地方见过面。木内或许还能清楚地记得慎介的长相。

正当慎介沉浸在自己的思绪中时，木内突然从座位上站起身，似乎想去洗手间。这家店里没有洗手间，必须到外面去。想必有人告诉过木内这一点，只见他径直朝门口走去。

慎介低下头，木内从他身后经过。

慎介放下手中的朗姆伏特加的杯子，也跟着站起身来。

"雨村！"冈部在吧台里喊了一句。

没事的——慎介对他使了个眼色，随后推开门走了出去。

洗手间位于电梯间的侧面。慎介在走廊里点起一支烟，一边吞云吐雾，一边等着木内出来。他透过敞开的窗户，望向窗外那片黯淡无光的夜空。今晚的天空格外寂静，既不见皎洁的明月，也看不到闪烁的繁星。可只要稍稍低下头，便能看到楼下街道上那绚烂夺目、五彩斑斓的霓虹灯。

不多时，木内春彦从洗手间走了出来。他双手随意地插在裤兜里，嘴角微微抿着，一副百无聊赖的模样，脚步稳健，看上去没有半分醉意。

木内匆匆瞥了慎介一眼，慎介也直直地回视着他。木内很快移开视线，从慎介面前走过，步伐似乎加快了几分。

然而，那脚步突然停了下来。停顿片刻后，木内缓缓转身，再次凝视着慎介的脸。

"你莫非是……"木内试探地开口道。

"我叫雨村。"

"雨村……"木内像念书一般慢慢复诵了一遍，随后点了点头，"对了，就是这个名字。我记得当时我还觉得，这是个挺特别的姓。"

"看来你还记得我。"

"那是当然。"木内耸了耸肩，"你也在'天狼星'喝酒？"

"嗯，我坐在吧台。刚才看到了木内先生，所以特意来这里等你。"

"这样啊，那可太巧了，这个世界真小！"木内叹了口气，"你特意在这里等我，有什么事吗？我想我们可不是那种会互相惦记的朋友。"

"我有几件事情想请教你。"

"都过去那么久了，还有什么好问的？"

"几周前，我被人袭击了。半夜，突然被人从背后用扳手砸了脑袋。袭击我的人是岸中玲二，你一定认识他，对吧？"

"啊——"木内半张着嘴，又点了几下头，"这么说，之前是有刑警找过我，和我说了这事，之后就回去了。"

"我是觉得，我被袭击，可能是岸中的报复，因为我造成了他太太的死亡。如果是这样，有个问题我就难以接受了。"

"为什么另一个肇事者木内春彦没有被袭击，是吧？"木内说完，轻笑了一声。

"嗯。"慎介点了点头。

"刑警也问过我同样的问题，他问我知不知道为什么。我只能如实以告，我确实一无所知，也无能为力。或许在岸中先生看来，你应该承担事故的主要责任，他太太的离世也与你脱不了干系。我也只能这么猜测了。"

"即便如此,他却从未与你有过任何交集,这实在令人费解。"

"这话你跟我说,我也同样为难。袭击你的是岸中,又不是我。"木内转过身,迈步朝店内走去。

慎介慌忙跟上。

"木内先生,你如今工作可还顺利?"

"工作?什么意思?"

"我听说你平日里总是宅在家中,从不外出上班,这难道不会有问题吗?"

木内停下脚步。

"这种谣言,你究竟是听谁说的?"

"是谁说的并不重要,还请回答我的问题。"

木内轻叹一声,脸上露出不耐烦之色。

"如果你是跑到我公寓附近四处打探,甚至暗中盯梢,那我只能感叹你真是个闲得发慌的人。我们公司实行弹性工作制,工作日在家办公也是常有的事。"

"白天窝在家中,夜晚又流连于银座,你究竟何时才能真正工作呢?"

"你知道像你这样刨根问底的行为叫什么吗?我告诉你,这是对他人生活的侵——扰——"木内撂下这话,扭头便走。

"你有没有想起过那起事故?"慎介与木内并肩行走,开口问道。

"有啊,怎么可能没有?不过,我好像没什么负罪感。你不也一样吗?"

"你去过岸中玲二的公寓吗?"

"没有。"木内头也不回,语气生硬冰冷。

来到店门前,木内的手搭上了门把手。

"幽灵呢?"慎介试探着问道。

木内突然停下脚步,转过头来,目光直直地盯着慎介的脸,眼球中似有几分血丝。

"你说什么?"木内追问道。

"幽灵呢?"慎介又重复了一遍,他察觉到对方有所触动,"你见过岸中美菜绘的幽灵吗?"

木内脸上瞬间闪过复杂的神情,惊讶、犹豫、不安交织在一起,面部肌肉微微扭曲。良久,他才缓缓摇了摇头。

"你说什么呢?我完全听不懂。"

"你知道的吧,幽灵的事?"慎介执拗地追问,也是因为存了一丝想从对方口中套出些话来的心思。

"不知道。你是不是脑子有问题?"木内拉开门,径直走了进去。慎介紧随其后。

木内一脸不悦地回到自己的座位上。由于他回来得晚,同伴们似有些诧异,询问他刚才去哪儿了。木内信口胡诌道:"和别的女人打电话呢。"女伴们便佯装出一副嫉妒恼怒的模样。

慎介也回到自己原先的座位上,继续啜饮着朗姆伏特加。酒早已变得温暾,他又点了一杯。

"没干出什么傻事吧?"冈部将一杯新的朗姆伏特加放在慎介面前,同时用眼神探询道。

"没有,一切正常。"慎介也用眼神回应。

一行人似乎打算离开了,木内过来买单。冈部问他要不要开收据,他表示不要。

他们离去后，慎介长长地舒了一口气。

冈部探过身来，问道："那位名叫木内的客人是做什么的？"

"就是那起事故中的另一个肇事者。"慎介答道。

"另一个？"冈部露出困惑不解的神情。

慎介将事故的大致经过，用旁人听不到的音量简要讲述了一遍。

"原来是这么回事啊。我之前倒是听江岛先生提起过，说那是一起复杂的综合事故。"

"同样是肇事者，我被人用扳手砸了脑袋，他却能在银座逍遥快活。你不觉得这差别太大了吗？"

"所以你就死缠烂打地跟着木内，想沾点他的福气？"

"可以这么说吧。"

慎介回答之际，一位年轻的服务生走了过来，在冈部耳边轻声说了几句话。冈部的脸色顿时变得严肃起来。

"雨村，你还是赶紧回去吧。"他压低声音说道。

"怎么了？"

"听说江岛先生打电话来了，说他马上就到。"

"这下可麻烦了。"

慎介急忙起身。若江岛知道自己在这里，肯定又少不了一番斥责。万一他再将此事告知千都子，自己谎称有事从店里溜出来的事也会就此败露。

"那我先走了，酒钱回头再补上。"

冈部沉默地点点头，露出催促他快走的表情。

慎介出了店门，乘坐电梯下楼。他反复回味着方才与木内的那番对话，当自己提及"幽灵"一词时，木内明显露出惊惶失措的神情,似乎知道些什么。看来,堀田纯一所说的证词是真的,那并非只是"看走了眼",幽灵确实存在。当然,准确地说,应该是"类似幽灵的东西"。可那究竟是什么呢?木内又为什么会知道?

此外,慎介还对木内先前话语中的一处地方颇为困惑。当他问木内是否曾想起过那次事故时,木内是这般回答的:"有啊,怎么可能没有?不过,我好像没什么负罪感。你不也一样吗?"

刚听到这句话时,慎介并未太过在意。他以为对方只是想表达,岸中美菜绘之死并非自己一人造成,因此才用"没什么负罪感"来表述。但不管是什么样的事故,能拥有这般强大的神经,实在令人难以理解。

电梯降到一楼,慎介走出建筑。这时还不到半夜两点,街头依然热闹,随处可见醉酒的客人与陪酒小姐。

正往出租车停靠处走时,他突然停下脚步。方才走出的建筑与相邻楼宇之间,有一条狭窄幽深的小巷。慎介不经意间瞥见巷中站着两个男人。两人都背对着他,但从背影依稀可以辨认出,其中一人正是木内;而另一人,却并非刚才与木内同行的那位。

慎介小心翼翼地不让自己被对方察觉,躲在暗处偷窥了一眼。不会吧……

正神情凝重地与木内交谈之人——他不会认错的——正是江岛。

为什么江岛会和木内在一起……

慎介缓步离开小巷,内心充满疑惑。难道江岛和木内早就认识?这实在令人难以置信。上次慎介提及想知道事故中另一个肇事者的名字时,江岛分明表现出一副全然不知其人的模样。

这究竟是怎么回事?慎介正纠结是否要返回小巷一探究竟时,一阵手机铃声突兀地响起。但响的并非他自己的手机,而是那个自称琉璃子的女人留下的那部手机。

慎介退到人行道边上,按下通话键:"喂?"

电话那头一片寂静。但电话确实已经接通,只是对方沉默不语。

"喂,是你吗?请说话。"慎介说道。

过了片刻,对方终于开口道:"你在哪儿?"

正是那个声音,那个略带迷离的、神秘莫测的声音。霎时,慎介全身的血液如沸水般翻涌,与那女子肌肤相亲的触感瞬间在脑海中复苏。

"我在银座。"他答道。

"银座啊。"琉璃子思考了一会儿,"好啊,那你现在过来吧。"

对慎介而言,这是他期盼已久的一句话。正因如此,他才会一直随身携带这部手机。

"我该去哪儿?"

"你叫一辆出租车,告诉司机,你要去日本桥的寰球塔。"

"寰球塔?就是那栋摩天大楼吗?"

"高耸入云,却毫无韵味的建筑。"琉璃子说道,"4015室。"

"4015……"也就是四十层吧,慎介心想。

"那就这样,我等你。"

"啊,等一下……"慎介刚开口,电话已被对方挂断。他本想问问对方的电话号码,因为手机来电显示的是"未知号码"。

慎介招手拦下一辆出租车,报上琉璃子告知的地址。司机对那栋大厦的名字倒是颇为熟悉。

"先生,您是住在那栋豪华大厦里吗?"司机的语气中夹杂着疑

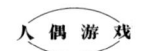

问与惊叹，随即他又上下打量了慎介一番，或许在他看来，慎介这般穿着与那里的住户形象有些不符。

慎介心中不免有些愠怒，随口答道："是啊，在四十楼。"

"哎——"中年司机这才发出了真心的惊叹。

寰球塔是一家大型地产公司在日本桥建造的超高层公寓。五十多层的巍峨建筑内，分布着七百多套住宅，听说房价数千万日元起步，最高的竟超三亿日元，简直令人咋舌。

原来她竟然住在如此奢华之地——想起她身上那超凡脱俗的气质，慎介觉得这倒也合情合理。

不久之后，一栋大厦映入眼帘。果真与"塔"这一称谓极为相称，四角形的塔状建筑笔直地刺向夜空，格外引人注目。周围还有几栋超高层公寓环绕，使得这一带宛如异国。

出租车驶离普通道路，驶入公寓区的内部道路，穿过英国庭园风格绿植环绕的车道，来到高级酒店大门般气派的入口前。

"感觉里面会有服务生呢。"司机说道。

慎介取出两张千元纸币，找零的钱也一分不少地收下了。司机露出遗憾的表情，大概以为慎介会把零钱当作小费给他吧。

穿过自动门，踏入大堂，左侧是一排类似酒店前台的柜台，上面摆放着呼叫铃，只须轻轻一按，管理员便会应声而出。当然，出现的定是用"管理员"一词来形容都显委屈的身着制服、仪态不凡的男士。

正前方是一扇玻璃门。门旁摆放着一张大圆台，圆台表面镶嵌着自动门锁的操作面板。慎介站在圆台前，依次输入"4015"这几个数字，随后按下呼叫键。

本以为喇叭中会传来琉璃子的声音，但没有任何动静，倒是身旁的玻璃门悄然开启了。

慎介踏入其中，映入眼帘的是一间摆着会客沙发的前厅。整个空间弥漫着一种独特的氛围，仿佛一位毕恭毕敬的服务生随时会出现在眼前。一盏巨大的艺术吊灯自天花板垂落而下，为空间增添了几分奢华气息。

继续往里走，便是电梯间。八部电梯分列两侧，每侧各四部。慎介还是头一回在公寓大厦中一次性见到如此之多的电梯。

他踏入电梯，在排列整齐的触屏式数字键中选中了"40"。电梯合拢，悄无声息地开始上升。由于电梯运行得太过安静，有一瞬间甚至让人分不清是在上行还是下行。

电梯停下时，同样悄无声息。门开了，慎介才意识到电梯停稳了。而且，看到外面景物的变换，他才发现电梯确实移动过。

慎介走在铺满厚实的棕色地毯的走廊上。住户的房间呈口字形分布，每家每户都装着看起来极为厚重的房门。

他在4015室门前停下脚步。门边装着一个对讲机，他按下键钮。

这一次，依然没有任何回应。慎介站在门口，只听"咔嚓"一声，门锁弹开了。他以为会有人从里面将门打开，然而，毫无动静。他索性抓住L形的门把手，轻轻一旋，再一拉，门便轻松打开了。

室内光线昏暗，空气中弥漫着一股淡淡的香水味。凝神细看，前方可见一扇双侧开合的门，此刻正敞开着，里面似乎是一间客厅。

慎介关上玄关的大门。紧接着，又听到"咔嚓"一声。他猛地一惊，急忙转身，试图重新将门打开，却发现门已经牢牢锁住，再也无法移动分毫。

莫非被锁在里头了？

正这么想着，不知从何处传来钢琴声。慎介脱下鞋子，踏入房间。琴声是从左侧飘来的。

他循着琴声在走廊里行走。途中，他瞥见墙上装着貌似电灯开关的装置，他随手按了一下，毫无反应。

走廊尽头有一扇门，琴声似乎是从那扇门内传出的。他轻轻推开门。

原来是一间卧室。约莫十五帖榻榻米大小的房间中央，摆放着一张超大尺寸的床。除此之外，屋内几乎再无其他像样的家具，仅有一只小小的床头柜。

床上躺着一位女子，身上穿的衣物不知是晚礼服还是睡袍，看起来没有太大差别。在昏暗的光线中，辨不清颜色，但又让人感觉像是红色的。女子抬起上半身，朝他这边望来，手中握着个类似电视机或录像机遥控器的物件。

"终于抵达终点了呢。"她说。

"这就是你的住处？"慎介向前迈出一步。

琉璃子将遥控器对准床头柜，按下某个按键，钢琴声戛然而止。慎介抬头望去，墙上果然装着音箱。

她在床上扭动身躯，发出细微的衣物摩擦声。裙摆随着她的动作高高卷起，雪白的大腿在幽暗的光影中若隐若现。

"想我了吗？"她问道。

"你呢？"慎介反问道。

"嗯……想不想呢……"她突然将一只手向慎介伸了过来。

慎介走到床边,脚下厚厚的长绒地毯将他的脚步声悄然吞噬。他缓缓伸出手,轻轻触碰她的指尖。

"我想见你,想得快要发疯……"他将自己的手指与她的手指紧紧交缠。

22

琉璃子身上所穿的并非睡袍，而是晚礼服。在褪去它的瞬间，慎介便知道了。而在那之下，她竟未着寸缕。

琉璃子渴望占据主动。她仰起头，尖尖的下巴指向天花板，双唇微启，娇喘声不绝于耳。细密的汗珠沿着她纤细的脖颈滑落，勾勒出一道道优美的弧线，直至胸口。

偶尔，她会将双手撑在慎介胸口，俯视着他。小夜灯微弱的光线，恰到好处地映照出她的脸庞。她犹如一只饥饿的肉食动物，俯瞰着自己的猎物，眼中潜藏着无尽的欲望与算计。微启的樱唇中，粉色的舌尖若隐若现。

慎介沉浸在那令大脑深处都为之麻痹的极致快感之中。他感觉自己的神经异常敏锐，连后背与床单的轻微摩擦，都能成为激发他欲望的助力。

他的思考能力几乎归零。在这份无尽的欢愉中，大脑再也容不下其他思绪。他渴望这一刻能永恒地延续下去。

然而……

在一波又一波汹涌而至的快感间隙，一个念头如流星般从他脑海中掠过。

这个女人到底是谁?

关于琉璃子的真实身份,他也认真思考过,进行过形形色色的推理。然而,此刻他脑海深处掠过的念头,却跟之前的完全不同。

见过,他想。

我见过这个女人。我以前一定在哪里见过她。在"茗荷"?不,是在其他地方。而且时间似乎并不久远,就在最近。

第一次和这个女人肌肤相亲之时,他便萌生过这样的想法。这女人的模样,像极了某个人,可究竟像谁呢?

不,不是像某个人,慎介想,而是他之前一直就认识这个女人,只是想不起来到底是谁。

诡异的是,为什么琉璃子第一次去店里的时候,他并没有这种感觉,偏偏到此时此刻,这念头才如破土的春笋,猛地冒了出来?

不过,这样的思绪也只是在脑海中一闪而过。快感的旋涡瞬间将他彻底吞噬。

慎介陷入了短暂的恍惚,像是打了个盹。当他悠悠回过神来时,他发现自己正一丝不挂地躺在床上。他并不觉得冷,只是感到下身有一丝凉意。

不见琉璃子的身影。慎介坐起身,看到自己脱下后随意丢下的衣服散落在地板上。他强忍着倦怠感,走下床,依次穿好内裤、休闲裤、衬衫,甚至连袜子都一丝不苟地穿上。

"琉璃子。"他轻声呼唤。这是他第一次喊出她的名字,仅仅如此,便仿佛打破了横亘在他们之间的一堵无形厚墙。

然而,没有任何回应。他的呼唤有如石沉大海,没有激起丝毫回响，不知消散在了何处。空气异常干燥。

他听到一阵细微的声响。于是他起身离开卧室，穿过长长的走廊。那声音源自客厅，是他颇为熟悉的声响。

慎介走进客厅，这是一个有着二十帖榻榻米大小的宽敞空间。

客厅尽头设计了一个小型家庭吧台。吧台对面，身穿丝质长睡袍的琉璃子正将摇酒器中的鸡尾酒注入酒杯，慎介刚才听到的便是摇晃摇酒器的声音。

"这鸡尾酒的配方是？"慎介轻声问道。

"白兰地、白朗姆酒、柑桂酒、柠檬汁。"她如数家珍般流畅地回答。

"'床笫之间'吗？"

"和那天晚上的一样呢。"

琉璃子两手各持一只酒杯，将左手的酒杯递给慎介。

慎介接过酒杯，轻轻与她碰杯，清脆的声响在空中回荡。接着，他喝了一大口。

"感觉如何？"她问道。

"和这间房子一样。"慎介回答。

她似是不解，微微偏着头。

"完美，棒极了。"

琉璃子露出妖艳的微笑，轻声说了句"谢谢"。看到她的表情，慎介再次陷入沉思。她到底像谁？这个女人究竟是何方神圣？

喝了半杯鸡尾酒后，他将酒杯放在吧台上。

"我能参观一下吗？"

"请便。"

家庭吧台旁有一扇拉门。慎介拉开门，发现门内是厨房和餐厅。

U形的整体厨房看起来实用又方便，喜欢烹饪的人想必可以在此大展身手。但据慎介观察，不管是水槽还是料理台，至少在一两周内都没有使用过的痕迹。

他穿过餐厅来到走廊上，回到玄关处。靠近玄关有一扇门。慎介心想，那应该是另一个房间吧。于是他伸手去转动门把手，却发现门打不开。仔细一看，明明是内室，却上了锁。

"那里打不开哟。"慎介正在寻找钥匙孔，身后传来琉璃子的声音。她不知何时已站在他身后。

"为什么？"慎介追问道。

"因为锁上了。"

"为什么要锁上？里面有什么重要的东西吗？"

"谁知道呢。"她歪着头，仿佛在说："为什么呢？"

"我总觉得心里痒痒的，不能让我进去看看吗？"慎介的目光紧紧盯着那扇门。

"里面没放什么特别的东西。"琉璃子缓缓向慎介靠近，长睡袍的下摆微微敞开，露出她纤细的双腿，"不管是谁的家，总会有一两样不能给别人看的东西吧。"

"你这么一说，我反倒更想看了。"

"你还真是孩子气。"

她紧贴着慎介站着，纤细的手臂轻轻环绕着他的手臂。"先别管这个了，我们去那边喝鸡尾酒吧，我也想决定一下以后的事。"

"以后的事？"

"对，重要的事。走吧。"

说完，她拉起慎介的手。慎介被她牵引着，再次走进客厅。

人偶游戏

客厅陈设简约,仅摆放着维持生活所需的最低限度的家具,目光所及之处,只有陈列着高级餐具的古董餐橱、窗边的沙发和沙发前的大理石桌。

琉璃子领着慎介在沙发上落座。沙发柔软得恰到好处,身体不会深陷,足见其品质上乘。大理石桌上放着刚才的鸡尾酒。

琉璃子坐在慎介身旁,轻声问道:"你喜欢这房子吗?"

"喜欢,这房子确实非常棒。"慎介轻啜一口鸡尾酒,淡淡的苦涩味在舌尖蔓延。

"是吗?那太好了。我还担心,如果你不喜欢这里,我可就不知该如何是好了。毕竟,你往后可要一直住在这里呢。"

"一直?"慎介回头望向琉璃子,"一直是什么意思?"

"就是永远呀。"她的眼眸中闪烁着奇异的光芒,仿佛藏着某种深邃的秘密,"如果说这世间不存在'永远',那就换成'直到生命尽头'吧。"

"等一下,你的意思是,你希望我住在这里?"慎介的嘴角仍挂着笑意,将她的话当作玩笑。

"不是我希望,而是你本就该住在这里。"琉璃子的笑容中带着一丝不容置疑,"这一切早有定数,是命运的安排,不容更改。"

"命中注定啊,你的意思是我们被命运的红线紧紧相连吗?"

"没错,而且那条线……"她再次将自己的手指与慎介的手指交缠在一起,"它绝不会松开,更不会断裂。"

"我也能感受到这股命运的力量,渴望与你携手共度此生。但在那之前,我希望你能告诉我更多关于你自己的情况。你究竟是谁?为什么会出现在'茗荷'?又为什么要引诱我?"

她抿嘴一笑,端起酒杯站起身来。

"你为什么想知道这些呢?我就是琉璃子呀。除此之外,还需要了解什么呢?"

"你不是也清楚我的情况吗?知道我在哪里工作。"

"从今晚开始,那些都已毫无意义。"

"为什么?"

"难道不是吗?你不会再回那家廉价酒吧侍候客人了。与你相关的一切,都将成为往事。"

"等等,不再侍候客人是什么意思?我并没有打算辞掉酒吧的工作。"

琉璃子轻轻摇了摇头。

"你不会再踏进那家店半步。不只是那家店,你不会再涉足任何地方。你会一直留在这里,与我相伴。"

"琉璃子……"

"你不满意吗?"

琉璃子解开长睡袍的扣子,丝质衣物轻轻滑落,宛如蛇蜕去旧皮,只留下洁白无瑕的身躯。

慎介紧握着酒杯,目光定格在她的躯体上,仿佛被无形的绳索束缚,无法挪动分毫。

他内心深处警铃大作,直觉告诉他危险正悄然逼近,但他却无法确切知晓这危险的真面目。我究竟在害怕什么?为何会有想要逃离的冲动?

突然,一阵强烈的睡意如潮水般涌来,慎介的眼皮变得沉重。

全身赤裸的琉璃子缓缓走到慎介身边,脸上依旧挂着神秘的微笑，然而在慎介的视线中她的面容却渐渐变得模糊。

"永远在一起哟。"她在他耳畔轻声细语。

慎介感觉自己被她纤细的手臂紧紧环抱，眼皮已无法睁开。脸颊四周传来柔软的触感，大概是碰到了她的胸部。

他竭力想要保持清醒，拼命撑开沉重得仿佛灌了铅的眼皮，努力仰望着琉璃子。

琉璃子脸上已经失去了笑容。她俯视着慎介，面部犹如一张毫无表情的能乐面具。那一刻，她的脸庞看起来竟像是人工精心雕琢而成的。

慎介渐渐模糊的意识中，仿佛有什么东西突然迸裂，就像电线短路时火花四溅，强烈的冲击袭向他的大脑。

他突然想起自己曾在哪里见过这个女人。不，确切地说，他只见过这个女人的脸，而且是在一张照片上见到的。

无法言喻的恐惧感如电流般贯穿慎介全身，他后背掠过一阵寒意，浑身起了鸡皮疙瘩。

与此同时，他的意识坠入了无尽的深渊。

23

一阵剧烈的头痛让慎介突然清醒,随之而来的还有强烈的呕吐感。他搓了搓脸,一时之间想不起自己究竟身在何处。

首先映入眼帘的是灰色的天花板,上面布满了他未曾见过的细小花纹。视线下移,看到的是白色的墙壁和深咖啡色的门扉。

他渐渐回忆起来。对了,这里是那个叫琉璃子的女人的家。两人独处时,他忽然感到极度疲倦,不知不觉就睡着了。

慎介瘫躺在床上,身上一丝不挂,只盖着一条棉被。

他感觉左脚的脚踝有些异样的触感,似乎被什么东西套住了。他掀开棉被,仔细查看左脚。这一看,他不由得惊叫出声。

自己的左脚上竟然铐着脚铐,脚铐上还连着一条锁链。

他从床上一跃而下,试图解开脚铐,但用手根本无法解开。他顺着锁链寻找,发现锁链在床边盘成一大圈,另一端固定在旁边的墙上。

这可不是玩笑——

他开始寻找自己的衣服,但床四周没有任何一件属于他的衣物。他打开衣橱,里面空空如也。他心中涌起一股不祥的预感。

他拖着锁链走出房间,来到走廊上。锁链在地板上拖行,发出刺耳的声响,紧随在他身后。锁链似乎很长。

客厅的门紧闭着。慎介伸手推开门,走进去。沙发、桌子和家庭吧台,一切都与他昏睡之前一模一样,只是不见琉璃子的踪影。

"琉璃子!"他试着呼唤她。

"喂!琉璃子!"他的声音再次响起。然而,四周没有任何回应。

客厅里的光线依旧昏暗。他朝窗户方向望去,这才明白原因所在——遮光窗帘全都紧紧地拉上了,那是如电影院幕布般的黑色窗帘,遮光效果极佳,一丝光线也透不进来。慎介无法判断现在究竟是早上还是下午,甚至不知道是否已经到了晚上。

慎介打算走到窗边。不管三七二十一,先看看窗外的景色再说。然而,就在距离窗边大约两米处,他的左脚便无法继续前进了——锁链的长度有限。

他不禁咂了咂舌,只好暂时回到走廊,朝玄关的大门走去。锁链的长度勉强够他走到门边,他急切地把手伸向门锁,试图打开。

然而,门锁纹丝不动。

慎介恍然大悟。虽然不太清楚门锁的具体装置,但这种锁的构造似乎极为特殊,可以远程操作,却无法直接打开。

他走回卧室。途中,他发现洗手间的门敞开着,于是朝里面窥视。洗手间宽敞得可以住人,里面并排开有两扇门,一间是厕所,另一间大概是浴室。

慎介走进洗手间,脚上的锁链发出"当啷当啷"的声响。正如他所料,锁链的长度是经过精心测量的,刚好能让他自由出入厕所与浴室。盥洗台宽敞得如同置身高级酒店,台面上整齐地排列着全新的牙刷、牙膏和剃须刀、剃须膏。

慎介离开洗手间，重新回到卧室。他环视四周，试图找到自己的衣服。当他的目光落在床头柜上时，他发现上面摆放着一盘三明治、一个小巧的咖啡壶和一只咖啡杯。

"什么啊这是！"他喃喃自语，接着大声喊道，"这到底是怎么回事？！"

然而，四周一片寂静，只有他自己的声音在房间里回荡。

慎介急切地奔向窗边。在这个房间内，他可以自由活动。他抓住遮光窗帘，用力拉开。

然而，窗帘后面是一堵白色的墙壁，窗户被严严实实地封住了。

慎介只能站在原地，茫然不知所措。

他脚步蹒跚地回到床边，坐在床上，双手抓乱了自己的头发。

他感到愤怒，自己为什么非得遭遇这种倒霉事？但他的脑海中还盘踞着另一个想法。昏迷前看着那女人的脸时所想到的事，重新浮现在他的脑海里，恐惧感也随之涌起。

慎介想到了某张照片，照片上是岸中玲二制作的人形模特，而那人形模特是以过世的岸中美菜绘为原型制作的。

而琉璃子，竟与那人形模特长得一模一样。

24

慎介躺在床上，不知不觉中，再次被黑暗裹挟着陷入沉睡。室内漆黑一片，他一时分不清自己的眼睛是睁着的还是闭着的。他将右手置于眼前，反复握紧又松开，黑暗中依稀能辨出手掌的轮廓。

他失去了对时间和空间的感知，一时难以记起自己身处何地，为何会在此处。所幸，重新梳理现状并不需要花费太多时间。没想到自己竟会陷入如此境地，他完全难以相信这一切是真的。

然而，遗憾的是，无论是自己赤身裸体的模样，还是脚踝上的锁链，都宣告着这一切绝非梦境——他被那个神秘女人软禁在这房子里了。

慎介摸索着找到床头灯的开关。开灯后，他的目光落在床头柜上的那盘三明治上。他不确定自己是否饥饿，但感觉距离上一次进食已过了很久。

他伸手拿起一个火腿三明治，塞进嘴里。虽然表面略显干燥，但味道尚可。吞下第一个后，强烈的饥饿感袭来，他接连吞下几个。第五个三明治下肚后，他从咖啡壶中倒出一杯咖啡，浓郁的咖啡香气扑鼻而来，他的感官神经终于完全恢复。

慎介坐在床上，喝着第二杯咖啡，陷入了沉思。

琉璃子的面容浮现在脑海中。只要想起她，慎介全身就忍不住泛起密密麻麻的鸡皮疙瘩。

为何她的脸与那个人形模特，即岸中美菜绘长得一模一样？

他回想起堀田纯一的话。纯一在岸中玲二的尸体被发现的前一天，曾看到过美菜绘，并且断言那绝对是她。

纯一看到的女人会不会是琉璃子？不！百分之九十九是琉璃子。这样的推测才合乎常理。

琉璃子究竟是什么人？慎介能想到的唯一可能性，只有她是岸中美菜绘的双胞胎姐妹。如果是的话，一定有某种原因，导致警方在调查过程中始终未能掌握她的相关情况。

慎介心中仍盘踞着一个疑问：假设真有这样一个人存在，为什么事到如今对方才开始对自己实施复仇行动？

不，慎介摇了摇头。

若是因某个契机的触动而产生复仇的念头，倒也合情合理。真正让人百思不得其解的是，她究竟有何图谋？倘若复仇是她的终极目标，那她之前有过多次机会，相较于如今这般锁住他的脚踝，将他软禁于此，直接手起刀落地取他性命，岂不是更为轻而易举？

"真是令人费解。"慎介双手掩面，喃喃自语。

此时，一阵声响自外传来。

是门锁被打开的细微声响，正是玄关的门锁。门被打开、关上，又被锁上的声音。

有人轻步走过走廊，接着，房间的门缓缓开启。

"你醒啦。"琉璃子的声音响起。

暗淡的光线中模糊地浮现出她白皙的脸。没错，正是那张脸。

她身穿一袭浅色连衣裙。昏暗的光线让慎介难以辨清其确切颜色，似乎是蓝色的。

长发被烫成大波浪卷，柔顺地垂落在肩头，增添了几分妩媚。

慎介此刻才恍然大悟，为何之前未曾察觉琉璃子与那人形模特有相似之处。她初到"茗荷"时，与如今的模样简直判若两人，妆容风格迥异，连头发的长度也截然不同。如今，她似乎正一点一点地露出真实面容。

"三明治的味道如何？"琉璃子缓步走进房间，目光落在床头柜的盘子上。

"你玩的究竟是哪一出？"慎介的声音带着一丝颤抖，试图在这诡异的氛围中寻求答案。

琉璃子停下脚步，俯视着他，唇边挂着一抹意味深长的笑容。

"你不喜欢？"

"把锁打开！"

"这个我办不到。"她轻轻摇头。

"你究竟是谁？为什么要做出这种事情？"

"理由根本不重要。总之，你只要待在这里就好。"

琉璃子迅速脱下外衣，随手一抛，衣物在空中划出一道弧线，落在一旁。

紧接着，她褪去所有束缚，向慎介走来。

她走到慎介面前，跪坐在地板上，右手轻柔地触摸着他。起初，慎介如同一尊石像，毫无反应。然而，下一瞬间，他的身体仿佛被一道强烈的电流贯穿。尽管心中对眼前的女人充满了厌恶，渴望尽快逃离这个牢笼,但他发现自己竟毫无抵抗之力。

在琉璃子的触碰下,慎介的身体逐渐变得敏感。他全身微微颤抖,一种难以言喻的感觉从背脊直蹿大脑,让他忍不住发出呻吟。

琉璃子起身,轻轻推了推慎介的双肩,使他躺倒在床上。她爬上床,缓缓贴近……

慎介只觉得头脑深处涌起一阵酥麻感,思维变得模糊,仿佛被一团浓雾笼罩。

琉璃子的动作愈发急促,呼吸变得粗重,每一次动作都带着原始的节奏。慎介双手轻轻环住她的腰,机械地配合着。

他凝望着琉璃子的面容。琉璃子轻启朱唇,微抬下颌,居高临下地望着他。可她的脸上却毫无沉醉于欢愉之中的神情,那双眸子宛如两颗冰冷的玻璃珠子,毫无生气地镶嵌在眼眶之中。

玻璃珠、人偶、人形模特……

一连串不吉利的联想如闪电般在慎介的脑海中划过,撕裂了他所有的感官,周身涌动的快感瞬间消散。欲望飞速退去,头脑逐渐冷静,全身绵软无力。

琉璃子察觉到了他的异样。她停下动作,凝眸注视着他,试图探寻究竟发生了什么。

慎介消退的欲望并未重新燃起。

她默默地看着他,他也没有移开目光。奇异的沉默持续了数秒。

琉璃子舒展面部表情,嘴角漾起笑意。她凝视着他,身体缓缓前移至慎介肚脐上方,将体重压在他身上。为了承受这份重量,慎介不得不绷紧了腹肌。

"原来如此。"她说,"你想起我是谁了吧?"

"你……究竟是谁?"

"你想起来了吧?我是你很熟悉的人哟。"

慎介摇摇头,说:"怎么可能有这么荒唐的事?"

"因为……我本该已经死了吗?"

"告诉我,你到底是谁?"

琉璃子并未作答,脸上笑意更浓,双手来回轻抚慎介的胸膛。

"嗯,"她说,"有一种方法,即使肉体消亡,也能留在这个世上。"

"你在说什么?!"慎介猛地抓住女人的双肩,"你是不是脑子有问题?"

琉璃子如蛇一般灵活地扭动身体,从他手中挣脱。她走下床,站在那里俯视慎介。

慎介也想立即起身,但一看到她的眼睛,便动弹不得,仿佛被施了定身咒。

"人的眼神是有力量的。"她圆睁双眸,与方才玻璃珠般的眼瞳迥然不同,此刻她的眼神深邃无垠,眼底绽放出摄人心魄的光芒。慎介只觉得喉咙像是被什么东西卡住了,发不出一丝声音,身体也仿佛不再受自己控制。

"总有一天你会明白,我会让你明白的。"

琉璃子朝玄关方向走去。慎介无力追赶,连一根手指都无法动弹。

琉璃子离开了房间,走廊传来她的脚步声。听声音应该是进了客厅。她在做什么?不一会儿,远处传来餐具相互碰撞的声响。

过了一会儿,她似乎走到了玄关。紧接着,传来她穿鞋的声音。

"晚安，亲爱的。"女人的声音响起。

那股无形枷锁般禁锢着慎介全身的力量倏然消散，他轻巧地转动双臂，坐直了上身。

"且慢！"他高声呼喊，"等等！"

他朝玄关的方向飞奔而去。

然而，当他抵达玄关时，门"砰"地合上，紧接着传来"咣当"一声，门被牢牢锁住。

"琉璃子！"他声嘶力竭地大喊。

没有回应，门外一片死寂。

慎介低头看向自己的左脚，只见脚铐已深深嵌入肉中，渗出少许鲜血。

他拖着沉重的步伐走向客厅。餐桌上早已摆满了食物，前菜、汤、沙拉和牛排一应俱全，甚至连红酒都已开好，杯中盛了半杯。

他走近餐桌，直接对着汤盘喝汤。正如他所料，汤已冷却。这些食物显然是她从别处拿来摆盘装好的。

慎介将红酒一饮而尽。虽是顶级佳酿，他却无心细细品味。他又倒了第二杯，一饮而尽。

食物旁摆放着塑料汤匙与叉子，却不见刀子的踪影。慎介心想，或许她担心自己会用刀子自残。他既未动用汤匙，也未使用叉子，而是直接用手抓起前菜塞入嘴里，并大口啃着牛排。食物毫无滋味。不仅因为食物已冷，更因为他的味觉似乎已失灵。

突然，焦躁与愤怒的情绪如潮水般汹涌袭来。

他猛地站起身，放声嘶吼："喂——"

这是一栋多层建筑，上下左右理应有其他住户，他期盼自己的呼喊声能被其他人听见。

"不好意思——有人吗?"

他用力踩踏地板,猛烈敲打墙壁。若是在他自己所居住的门前仲町公寓这般闹腾,不仅上下左右的邻居有意见,附近所有居民估计都会跑来抗议。

然而,这栋大厦与慎介所住的公寓在诸多方面都迥然不同。或许应该说,这栋楼同样被冠以"公寓"之名实属荒谬。无论慎介如何大喊大闹,都无人前来抱怨。

事情为什么会演变到这个地步?为什么?

慎介在客厅的地板上躺下,四肢伸展成"大"字形。

此时,某个角落传来了电话铃声。

25

听到那声响的刹那，慎介的第一反应便是那是手机铃声。但他又无法完全确定，毕竟声音太过缥缈，几乎难以捕捉。再者，他笃定那女人绝不会犯下忘带手机这种低级的错误。

然而，电话铃声接连响了四五次。这分明就是自己熟悉的手机铃声，声音似乎是从玄关方向传来的。

慎介拖着脚踝上沉重的锁链，步履蹒跚地挪向玄关。手机铃声仍持续作响。

换鞋区侧旁摆放着一只鞋柜，那铃声正是从鞋柜深处传出的。他试图伸手去拉鞋柜的门，却被脚上的锁链绊住。鞋柜明明近在咫尺，仅相隔几十厘米，却如同遥不可及的存在，怎么也够不着。

无奈之下，慎介只得退回客厅搜寻，试图找到能助他一臂之力的工具。他仔细环视客厅，却一无所获，未见任何有用的物件。于是，他又沿着走廊走进卧室，结果依旧令他失望至极。

电话铃声已经停止。慎介又走进洗手间，在厕所里翻找，依旧空手而归。

他满心沮丧地捶了一下墙壁，一屁股跌坐在洗手间的地板上。

自己竟然沦落到如此悲惨的境地，连一根能派上用场的棒子都找不到。

当慎介再次起身，苦思冥想其他方法时，他的目光不经意间落在毛巾架上。那架子的长度应该超过五十厘米，塑料材质，两端以十字螺丝钉固定在墙上。

慎介走向客厅，拿起塑料汤匙，又返回洗手间。

他将汤匙的前端小心翼翼地插入螺丝钉的沟槽中，虽然二者无法完美契合，但只要能勉强卡住沟槽，便可以借力旋转。他用指尖发力，朝着松开螺丝钉的方向缓缓旋转汤匙。螺丝钉原本就拧得不紧，很快便开始转动。起初，每转动一下都需要费些力气，但转着转着便轻松起来。突然，一种奇异的感觉如潮水般涌向慎介，那是他之前在洗手间照镜子时多次体验过的似曾相识之感，而这次比之前几次更加鲜明。

对了，我就是这样把螺丝钉松开的……

慎介住的公寓浴室里设有一个简陋的盥洗台。他想起自己曾经用螺丝刀拆卸过用来固定镜子的螺丝钉。那并非简单的松动操作，而是将镜子完完整整地取下，随后又重新放置回去，并拧紧螺丝钉。自己为什么要这么做呢？

他回想起自己的目的——将某件东西藏起来。那么，藏的到底是什么呢？印象中是个白色的包裹，可里面究竟装着什么，却怎么也想不起来了。

为什么要这么做呢？是因为里面的东西不能让人看见吗？自己又为什么会有那样危险的东西呢？慎介轻轻摇了摇头，决定将这些疑问暂时搁置，当务之急是摆脱眼前的困境。

然而，当他尝试继续旋转螺丝钉时，脑海中又浮现出另一件事，于是他再次停下了手中的动作。

成美失踪后，他曾在她的梳妆台上看到过一把螺丝刀，是一把十字螺丝刀。他从未在自己家中见过那玩意。难道成美用那把螺丝刀将浴室里的镜子拆了下来，然后取走了藏在镜子后面的东西？

想着想着，慎介忽然灵光一闪。因伤住院的他出院后回到家中，发现家里的布局大变样，仿佛经过了一场大扫除。

莫非成美要掩盖自己在家中寻找那东西的痕迹？她一直在四处搜寻那东西，最终在镜子后面发现了它的踪迹，于是带着那东西悄然离去……

慎介下定决心，等自己脱离眼前的险境，一定要回家将浴室的镜子拆下来仔细查看。而当务之急，是从这个诡异的地方逃脱。

虽然费了些周折，但慎介还是成功地将毛巾架从墙上拆了下来。慎介手持毛巾架来到玄关，鞋柜的门上并无把手，他试着用毛巾架按压柜门，似乎触碰到了里面的弹簧，随后他松开手。弹簧的反弹力将鞋柜门缓缓顶开。他的衣物被胡乱地塞在鞋柜里，鞋子也混在其中。

他拼命伸长手，借助毛巾架将衣服和鞋子一点点钩向自己。那一刻，他仿佛在黑暗的迷宫中终于找到了通往自由的出口。

他展开裤子，仔细搜寻裤兜，终于掏出了手机。那是他自己的手机，而女人留在店里的那部手机已被她带走。

或许她从未想过，慎介居然会在两个裤兜里都放了手机，所以她只取走了其中一部，没有翻查另一边的裤兜，便直接将裤子塞进了鞋柜。

这简直是救命稻草啊，慎介心中暗想。

他思索着该向谁求助。

还是报警吧。他按下两个"1"按键，却又迅速挂断了电话。他心中惦记着藏在镜子后面的东西，在弄清楚那究竟是何物之前，他不愿将事情闹得沸沸扬扬。

慎介的目光落在玄关处的大门上。若想打开这把从里面无法开启的门锁，必定需要一把专用的钥匙。

钥匙……

这个词仿佛一把钥匙，悄然开启了他大脑中某个沉睡的区域，刺激着他的记忆。

他再次摸索着自己的裤子，这次是另一个裤兜，里面放着钱包。他从钱包中掏出一张名片，那是小塚刑警给他的，上面写着小塚的手机号码。

慎介毫不犹豫地按下那串手机号码，静静地等待电话接通。铃声响了三声后，电话那头传来低沉而有力的男性嗓音。

"喂，你好。"

"是小塚先生吧？"

"是我。"

"我是雨村。"

"啊，"声调微微上扬，"是你啊？都这个时候了，找我有什么急事吗？"

"我有急事，小塚先生可以马上出门吗？"

"马上？"从声音中能听出小塚颇感惊讶，"倒也不是不能出去。你说的急事是什么？"

"前阵子,你不是给我看过一把钥匙吗?岸中玲二身上带着的那把钥匙?"

"嗯。"

"我好像找到跟那把钥匙匹配的房间了。"

"什么?!你说的是真的?"

"我没有百分之百的把握,所以想确认一下。你能带着那把钥匙到我这里来吗?"

"你在哪里?"

"你能过来吗?还是你不想过来?"

小塚听了慎介的问题,沉默了半晌,大概在仔细斟酌慎介所言的可信度。

"知道了,我这就过去。"小塚说道,"告诉我地点。"

"你知道日本桥的寰球塔吗?"

"不就是那栋有名的摩天大楼吗?我当然知道。你在哪儿?"

"4015室。"

"4015……你在哪里?在4015室吗?"

"是的。"

"那是谁的房子?"

"我不知道。"

"你不知道?"小塚哑然。慎介能想象出他那满脸诧异的皱眉模样。

"你为什么会在那种地方?在我过去之前,你得先给我解释清楚。"小塚坚持要弄清楚情况。

"其中的原委一言难尽,我自己也一头雾水。总之,你得赶紧过来。这事错综复杂,我如今被困在这里了。"慎介焦急万分地说道。

电话那头传来小塚的咂舌声。

"你这葫芦里卖的什么药?行吧,我先赶过去。不过我得先回警局取那把钥匙,可能会耽搁一会儿,你就在那儿耐心等着。你现在是用手机跟我通话吗?"

"是的。"慎介将自己的手机号码告诉小塚,"另外,希望你能帮我带一样东西过来。"

"什么东西?"

"可以剪断金属的剪刀之类的。如果你能带来,我将感激不尽。"

"铁皮剪?你这是遇上什么麻烦了?怎么需要用到这玩意?"

"你来了就明白了,亲眼所见总比听我空口说白话来得实在。"

"真是神神秘秘的。好吧,我会尽量想想办法。"

"还有件事想请你帮忙确认一下。"

"你这人,催着我过去,问题却没完没了。"

"过世的岸中美菜绘有没有亲姐妹?如果没有亲姐妹,有没有跟她长得非常像的表姐妹?我知道这个问题听起来很荒诞……"

小塚再次陷入沉默,但慎介不认为对方是觉得他的问题很奇怪才有如此反应。

"你也看到了?"小塚问道。

"嗯?看到什么?"慎介困惑地反问道。可话音刚落,他脑海中突然闪过一个念头,瞬间明白了小塚为何会如此反问,于是他连忙接着说道:"你是指岸中美菜绘的幽灵吗?"

电话那头传来小塚的一声叹息。

"你看到了?还是听谁说的?"小塚的声音中带着一丝紧张。

慎介稍做思索，缓缓回答道："我看到了。"

"在哪里看到的？"

"就在这里。"

"我知道了……我马上过去。"

"请等一下，她没有姐妹吧？"

"她没有双胞胎姐妹，也没有长得很像的亲戚。"小塚迅速回答，随后挂断了电话。

慎介低头看着手机屏幕上显示的时间，刚过凌晨四点，怪不得一开始小塚的声音听起来满是困意。

26

时间仿佛凝滞,每一秒的流逝都显得异常缓慢。慎介紧盯着手机屏幕,内心备受煎熬。他很想给谁打个电话,与外面的世界产生些许交集,可又不能白白浪费手机的宝贵电量,况且小塚随时可能会来电话。

与小塚通完电话后,大约过了两小时,慎介才听到门铃声响起。他抱膝坐在玄关处,大声回应道:"是我。"

"是我。"门外传来小塚的声音。

"请开门。"慎介说。

随即传来钥匙插入锁孔的声音。看来这把钥匙与锁孔吻合。当然,正因如此,一楼的自动玻璃门才能被打开吧。

门开了,身穿白色 POLO 衫的小塚走了进来。这位刑警瞠目结舌地看着慎介,问道:"怎么了?你怎么这副模样?"

"所以我才说,听我解释不如你亲眼看到来得直接。"

"这一看,我就更迷糊了。"

"总之,能先帮我处理一下这个吗?"慎介扯着脚上的锁链说道。

"被谁设计了?"小塚追问道。

"一个女人。"慎介简短地回答。

"女人？"小塚讶异地蹙起眉头，"你先说来听听，锯锁链的事待会儿再说。"

慎介无奈，只好将事情的经过简明扼要地讲述了一遍。

小塚一边听着慎介的叙述，一边不住地感叹，眼神中满是疑惑。

"该怎么说呢……"听完慎介的讲述，小塚沉吟片刻，说道，"这事听起来简直像是天方夜谭。"

"但这是如假包换的事实，证据就是我受到了这种对待。"

"看起来确实不像在和你开玩笑。"

小塚带来了一个运动背包。他打开背包，从里面掏出一把锯子。

"我擅自从局里拿来的，这世上可没有别的刑警会帮你到这个份儿上。"

"真是不好意思，我感激不尽。"

小塚用锯子熟练地锯断了锁着慎介脚踝的脚铐。

"总算重获自由了。"慎介穿上从鞋柜里钩出来的衣服，感受着久违的自由。

"不过这房子到底是怎么回事？"小塚环顾室内，满是疑惑，"那女人平时住在这里吗？"

"我也不清楚。门锁加装了特殊装置，窗户全部被封死，而且室内几乎没有家具和摆设。我想这里应该不适合日常居住。"慎介解释道。

"是啊。"

小塚手持锯子在屋内四处巡视，慎介紧随其后。他依次打开衣柜和橱柜，却发现里面全都空空如也。

"感觉不到她住在这里的痕迹。"

"是啊。"

小塚来到玄关旁的某个房间前，试图打开房门，却发现门紧闭着，怎么也打不开。

"锁起来了。"慎介说道。

"你没见过里面有什么？"

"是的。"

"哦。"小塚转了几下门把手，转头面对慎介，"喂，像你这样被人软禁的家伙，为了逃走，应该什么事情都干得出来吧？比如为了拿到手机，把盥洗台的毛巾架给拆了。"

"是……"

"虽然弄坏别人家里的东西不太好，不过我想，你这种特殊情况是可以理解的，没人会怪你。只是破坏一扇门，而且是在迫不得已的情况下……"

慎介瞬间明白了小塚的用意。

"你要我弄坏它？"

"我可没命令你。我只是说，即使你把门弄坏，也没人会怪你。"

慎介看向小塚。刑警脸上浮现出狡黠的笑容。

"真拿你没办法。"慎介无奈地叹息道。他指着小塚手中的锯子，说："那个可以借我用用吗？"

"可以啊。"小塚说着，将锯子递给慎介，"我觉得破坏门把手的正上方应该更合适些，这样事后修复起来相对容易。"

"你先退后些。"

慎介双手紧紧握住锯子，宛如握着一把锋利的斧头，瞄准门把手正上方的位置，用力挥砍下去。坚硬的锯子稳稳地嵌入门板之中。他反复挥动着锯子，不一会儿，门板上便出现一个破洞，大小正够他把手伸进去。

"行了，停。"小塚及时制止了慎介，将左手伸进破洞里，试图从内部将锁打开。

"不是说你不能动手吗？"慎介气喘吁吁地说道。

"哎呀，做人不要那么死板啦。"清脆的金属碰撞声响起后，他说道，"好了，锁开了。"

小塚推开房门，室内一片漆黑。他伸手按下墙壁上的开关，刹那间，日光灯明亮的光线洒满了整个房间。

"啊！"小塚低声哀叫，"搞什么鬼啊……这个房间？"

慎介也从门口往屋里看，一看吓一跳，终于理解了刑警为何会不顾形象地哀叫。

房间里，迎接他们的是一大堆人形模特。

27

房间颇为宽敞,约有八帖榻榻米大小,但可供人走动的空间却不足一半。屋内摆着两张铁桌,桌上整齐地摆放着电脑及相关设备。对面墙边放了一个金属架,上面整齐地陈列着装有液体和粉末的塑料容器,还有一些慎介从未见过的奇特机器,以及疑似装满药品的瓶子。

房间内侧散布着十多个人形模特,形态各异,有裸体的,也有着装的,甚至还有只剩下半身的。

"岸中玲二是人形模特设计师。"小塚环视了室内一周后说道,"他是特地搬到这里来工作的吗?"

"不,大概不是为了工作。"慎介缓缓走向那些人形模特,"他来这里的真正目的,我想……是这个。"

"什么?"小塚好奇地走到慎介身旁。

"这些人形模特都有同一张脸,是岸中美菜绘的脸。"

"咦,是吗?我怎么完全看不出来?"

"是岸中美菜绘。"慎介肯定地回答。

那一排人形模特的脸,无一例外都是岸中美菜绘的脸。没错,也是琉璃子的脸。它们表情各异，有的面带微笑，有的微微含怒，有的似在撒娇，却唯独不见落泪之态。每一种表情之中，似乎都蕴含着一抹淡淡的哀伤。

其中一个人形模特格外引人注目，正是之前照片上那个身着婚纱的模特，一双眼眸静静凝视着慎介，仿佛在诉说着不为人知的秘密。慎介不由得移开了视线。

"你的意思是，岸中玲二是在这个房间里制作酷似他亡妻的人形模特的？"小塚问道。

"看起来是这样。"

"真让人毛骨悚然。算了，他也确实可怜。"小塚戴上手套，打开铁桌的抽屉，只见抽屉里满满当当地塞着文件和笔记。

小塚迅速浏览那些文件。"这些好像都是人偶的制作资料。"

慎介也想拿起来看，小塚见状，轻唤一声："喂！"随即丢了个东西给慎介，原来是手套。

"要是沾上你的指纹，对你可没有任何好处。"

慎介点点头，戴上手套，从抽屉里取出一本相册——那是最厚的一本。

打开一看，里面装满了论文复印资料等文件。慎介迅速浏览了一下标题：《关于使用硅氧树脂聚合物的人工皮肤研究》《液压式义肢》《关于电磁式可动义眼的研究与问题》《以微电脑控制人偶的表情变化·自动控制机器人研究第十三期》……虽然论文内容晦涩难懂，但仅凭标题，慎介便能轻松猜出岸中收集这些资料的用意。换言之，岸中玲二在努力尝试制作酷似人类的人偶。当然，他把人偶做得和他逝去的妻子一模一样，不仅外形酷似，更赋予人偶动作与表情变化的能力。

突然，一阵高调的电子乐声划破了屋内的宁静。慎介循声望去，只见小塚正坐在电脑前，电脑已经启动了。

"你真厉害。"慎介钦佩地说。

"你是不是以为中年刑警不会用电脑？"

"老实说，我确实是这么想的。"

"可别小瞧人。别看我这样，我还在互联网上搞了个人网页呢。"

"是吗？"

"不过没什么人浏览，我觉得自己很蠢，就放弃了。"

屏幕上出现了苹果电脑特有的开机画面。

"我没怎么用过苹果电脑，不过总会有办法的。"小塚自言自语道。

慎介又拉开另一个抽屉，里面放着文具，还有一本B5大小的笔记本。他拿出笔记本，漫不经心地翻阅着，忽然发出一声惊叹。原来，笔记本上写满了密密麻麻的蝇头小字。

七月十日

制作了脸部的试制品。修正已经做好的头部并上色。已经接近美菜绘的模样了。但终究只是接近而已，与美菜绘的脸仍不可同日而语。需要重新铸模，制作一个专用头部。

七月十二日

用黏土塑造美菜绘的头部。鼻子的形状很棘手，只能借助照片进行图像处理，以精准测算尺寸。意外发现她鼻梁的形态比东方人的普遍形态更为挺拔纤细。让黏土自然干燥至深夜，再以石膏塑形。

七月十三日
将硅胶倒入模型中，同步展开涂料调色工作。调不出美菜绘的肌肤颜色，也找不到适合的头发材料。

七月十四日
完成头部着色，美菜绘的脸终于复活。但总觉得有些不对劲，果然还是眼睛部位的问题吧。

这些记录显然是岸中玲二的制作日志，他每隔一两天便会详细记录制作进程。

慎介从头开始翻阅。起初，岸中玲二怀着满腔热情，致力于制作与亡妻神似的人形模特。尽管慎介对其中专业的部分一知半解，但他也能看出，岸中引入了诸多此前从未应用于人形模特制作的技术。譬如，眼球部分选用不同质地的塑料制作，并在制作脸部时预先植入，这般别出心裁的做法，在常规的人形模特制作中实属罕见。

九月中旬，岸中玲二终于实现了他的第一个目标。他做出了一个可以称之为"妻子完美复刻品"的人形模特，取名"美菜绘娃娃"，并为她穿上了洁白的婚纱。

慎介心想，这应该就是之前看到的那个人形模特。

"美菜绘娃娃"1号完成的当晚，岸中玲二将"她"摆在面前，举杯庆祝。当时他喝的正是爱尔兰奶油威士忌，也就是他到"茗荷"时点的那款酒。

人偶游戏

根据日志记录，自那之后，岸中玲二便如着了魔般，不断制作新的"美菜绘娃娃"。或许他渴望拥有一系列表情各异、衣着不同的娃娃。他将这些娃娃摆放在房间的各个角落，想来是希望沉浸在与妻子永远在一起的氛围中。

然而，幸福的时光并没有维持太久。

十月十日

我和美菜绘对话，却发现她的回应并不热情。近来，这种情况屡屡发生，我的心情也随之变得沉重。每当我凝视美菜绘的双眼，我便能读懂她心底的渴望。她渴望重获生命，梦想拥有灵活自如的身躯和能发出声音的喉咙。

然而，我却无能为力，无法让美菜绘再次焕发生机，我甚至比一只微不足道的昆虫还要渺小。

美菜绘的眼神满含哀伤，大概就是这个缘故吧。

之后的一段日子里，岸中玲二并未留下任何记录。日期突然跳到了十二月二十日。

十二月二十日

搬到新的地点后，首要任务是利用计算机绘图技术描绘美菜绘的脸庞。依据"美菜绘娃娃"1号进行立体坐标数据记录。材料也需要重新考虑。除了常见的硅胶，是否还有更符合需求的材质？

骨架就用钛合金或者碳素钢？驱动是否使用马达？

十二月二十一日

研究肌肉系统。还是想尽量不使用马达。马达不仅噪声大，还会使动作显得生硬不自然。我可不想让美菜绘变成一个冰冷的机器人。可能的话，我想用一种称得上人工肌肉的材料。查阅了大量关于义手和义肢的论文，虽然尚未找到完美的解决方案，但还是先将这些资料打印出来，以备后续研究。

十二月二十三日

找到一些关于人工皮肤的有用资料。虽然主要原料依旧是硅胶，但内部构造不同。据资料所述，最大的挑战在于保养。保持皮肤的水嫩状态需要下一番功夫。只要能成功制作出美菜绘的皮肤，我愿意付出任何代价。

肌肉部分优先考虑采用液压系统。一些精细部位可能需要用脉冲马达来达成精准操控。

此外，还搜集了关于假牙的资料。

记录中提到"搬到新的地点"，或许正是在这段时间，岸中玲二将工作场所搬到了这里。他已不满足于单纯制作人形模特，而是开始深入思考如何制作更接近真人的人偶。

新年过后，岸中玲二正式进入制作阶段。到了二月，他终于完成了堪称原型的作品。

二月五日

总算完成了"MINA-1"的头部。但对成品效果并不满意。外观与人形模特阶段的大致相同。虽说眼皮与嘴唇已具备活动功能，但动作还是很僵硬。不过，皮肤的触感不错，闭上双眼时，那感觉竟与活着的美菜绘毫无二致。我尝试轻吻她的双唇。触感略硬，看来还得在材质的选择上多下功夫。

眼部嵌入红外线传感器后，外观上没有不自然的感觉。

二月七日

进入对上半身进行最后加工的阶段。乳房的尺寸借助硅胶袋进行调节，但形状的塑造颇费周折。乳头部分改用树脂材质后，取得了不错的效果。

完美地将手臂与身体的皮肤衔接起来，是一项极具挑战性的任务。虽然更换腋下材质便可轻松达成目标，但我不想增加太多接缝处。

腹肌部位的钢丝过于显眼，是一个亟待解决的难题。前路漫漫，问题堆积如山。

慎介将目光从笔记本上移开，环顾四周，寻找记录中提到的"MINA-1"人偶，却没有找到一个看上去像的。

他的目光又落回笔记本上。随着记录的时间推进至三月，"MINA-1"的组装工作逐步展开，下半身与上半身开始结合，各个部件进行了精细调整。

三月三日

本想在女儿节前给"MINA-1"穿上衣服，可时间实在是来不及了。手臂的动作依旧不够流畅，固然有手臂的动作比脚部复杂得多的原因，但主要原因还是体重远超最初的预期。话虽如此，如今想要减轻重量已颇为困难。虽说放弃手指的动作就能解决这个问题，但还是舍不得。美菜绘的钢琴弹得那么好，不会弹钢琴的美菜绘就不是美菜绘了。

三月五日

美菜绘的头部终于大功告成，表情也能自由变换了。先在计算机中输入了十二种模式，测试结果良好。

手臂部分的话，思来想去，还是决定减少一些动作模式。如此一来，至少外观上不会出现问题，动作变得流畅，看起来很自然。

明日进行毛发植入。

三月六日

全身毛发植入完毕。明日计划将头部与身体结合，希望能在一天之内完工。

虽然笔记本上写的是"希望能在一天之内完工"，但从三月七日开始的收尾工作进行得并不顺利。并不是所有部件机械性地连接上去就行，皮肤的接合也必须毫无破绽。而且如果测试后无法活动自如，就得再次拆开。岸中玲二在接下来的两周内，将头部安装上去又拆下来，前前后后共返工了十次。

三月十九日

今日进行头部安装，耗费了大量时间来修复皮肤接合处的瑕疵。

人偶游戏

安装完成后，让人偶坐在椅子上，通过红外线控制器发出指令。手脚的动作虽有改善，但身体的转动方式仍十分僵硬。似乎是头部的重量对腰部的旋转机制产生了不良影响。犹豫再三，还是决定再次将头部拆下。不过，今晚实在太累了，还是决定先休息，明天再继续。

三月二十日

取下头部，仔细检查腰部的旋转机制。不出所料，出现了歪斜的情况，这显然是个低级的计算失误。难道要重新制作转轴部分？但现在已经无法改变形状与尺寸了。究竟该如何是好？

不知为何，笔记本中有一页被撕掉了，日期直接跳到了三月三十日。看到那天的笔记，慎介不禁大吃一惊。"MINA-1"已经完成了。

三月三十日

今日是美菜绘的第二个生日。美菜绘以一种华丽的方式"复活"了，这真是个值得纪念的日子。

试着给"MINA-1"穿上了衣服。之前就已决定好，完成后要给她穿上那条白色连衣裙。尽管那件衣服与当下的时节并不相符，但那是我为她购买的第一条连衣裙，意义非凡。

当然，那件衣服完美合身。美菜绘"复活"了，她又回到了我身边。

"欢迎回家。"我说。

"我回来了。"她回答。我听到了她的声音。

"别再离开我了。"我说。

"我不会离开的。"她说。

这是最后一篇记录,往后的页面全是空白的。慎介缓缓合上笔记本。

经过一番艰苦的努力,岸中玲二终于制作出与妻子一模一样的人偶。可慎介心中始终有个解不开的疙瘩,这人偶并不在这间屋子里。从记录推测,那应该是个大块头物件。此外,现场也看不出人偶被分解后收藏起来的迹象。

难道岸中玲二把它运到什么地方去了?可这又是为什么呢?

慎介还沉浸在自己的思绪中,小塚突然问道:"上面写了什么有意思的事吗?"他此前一直在摆弄电脑。

"是否有意思,我想应该因人而异吧。"

"那你觉得呢?"

"很有趣,"慎介把笔记本摆在桌子上,"虽然有点可怕。"

"哦。"

"你那边进展如何?"

"正在一一确认。岸中玲二应该是个电脑高手,老实说,我望尘莫及。"

"没有任何与人偶有关的记录吗?"

"有看起来像是数据的东西。"小塚边说边看着屏幕,"喏,这个!"他操作着鼠标说:"这上面写的'DOLL'是指人偶吧?"

"对。"

"有这种名称的文件夹。哈哈,看样子里面还有照片。"

慎介站在小塚身后看着屏幕。

屏幕上出现的全是"美菜绘娃娃"的照片。

"哎呀,他是把自己的作品拍下来保存了吗?"小塚说道。

文件夹分别以"DOLL.1""DOLL.2"的格式命名,似乎储存了不同版本的"美菜绘娃娃"的照片。其中有一个名为"MINA-1"的文件夹。慎介指着那个文件夹。

"请打开这个看看。"

"好。"小塚将鼠标指针移到文件夹上,双击鼠标。

当电脑屏幕上出现照片的那一刻,慎介哑然失声。

小塚也倒吸了一口凉气,他把脸贴近屏幕,许久才开口。

"喂……这是人偶吗?"

屏幕上,一位女子面朝他们坐着,身上穿着白色连衣裙。

"是琉璃子。"慎介呢喃道。

28

一走出大楼,毒辣辣的艳阳便毫不留情地炙烤着慎介。他抬起手,试图用手掌遮挡刺眼的光线,迈步朝地铁站走去。早高峰的浪潮已汹涌来袭,柏油路上被车轮卷起的尘埃黏附在他微微渗出汗珠的皮肤上。

小塚还留在那间屋子里,说是要继续深入调查。慎介却一刻也不想多逗留,逃也似的先行离开了。小塚问他接下来的去向,他简短地回答:"回家。"毕竟,他也没有别的地方可去。

"你可别到处乱跑!稍后我会再跟你联系。"小塚对正弯腰穿鞋准备离开的慎介叮嘱道。

慎介边走边思索。岸中玲二在那诡异的房间里究竟做了什么?虽然已经确认他是在制作以亡妻为原型的人偶,但"MINA-1"究竟是什么?根据笔记本上的记录,岸中打算制作出与人类极为相似,甚至可以称之为"人造人"的作品,而且似乎成功了。然而,这种事真的可能发生吗?

保存在电脑里的照片再次浮现在慎介脑海中。"MINA-1"的照片和"DOLL.1"或"DOLL.2"的不同,不管怎么看,前者的照片都宛如真人，只是面容过于完美，与人形模特有几分相似。

那女人正是琉璃子。难道她是岸中玲二制作出来的人偶？慎介心中涌起这个念头，却又立刻觉得荒谬至极。她分明就是个活生生的人啊！又不是在拍什么科幻电影，这世界上怎么可能会有和人类一样行动自如、谈笑风生，甚至还能与人云雨的人偶呢？

可如果不是人偶，那她的真正身份又是什么呢？小塚说过，岸中美菜绘没有双胞胎姐妹，也没有长得与她极为相似的亲戚。

慎介的脑海中浮现出岸中玲二笔记本上的内容，最后的话在他脑海里挥之不去。

"别再离开我了。"我说。
"我不会离开的。"她说。

岸中玲二到底是在和谁说话？

慎介觉得上次回家已经是许久以前的事了。推开门，一股霉味扑鼻而来。他伸手拉开窗帘，将窗户全部打开，阳光透过窗户洒进屋内，反射在廉价的玻璃桌面上，只见满屋灰尘在光线下飞舞。

慎介走到成美的梳妆台前，拉开抽屉，里面放着一把塑料把手的十字螺丝刀。他拿起螺丝刀，走向浴室。浴室的墙上安装着一面简陋的镜子，四个角以螺丝钉固定。

他将螺丝刀插入螺丝钉的沟槽，朝逆时针方向旋转，轻而易举地旋松了螺丝钉。显然，这些螺丝钉曾多次被拧上又松开过。

慎介取下四颗螺丝钉，小心翼翼地拆下镜子。镜子后方露出一个大洞，墙壁被挖空，形成了一个边长约三十厘米的正方形空间。

记忆如潮水般涌来。

这里曾藏着一笔钱。一笔数额巨大的钱，应该有三千万日元，用报纸包着藏在这里。藏钱的事，慎介从未告诉过任何人，包括成美……

突然，一阵眩晕感袭来，慎介手扶着镜子，双膝跪地，紧接着感到一阵剧烈的头痛，甚至有想要呕吐的感觉。

海量的记忆碎片在慎介脑海中一片片拼凑起来，逐渐成形。原本模糊不清的记忆逐渐有了清晰的轮廓，杂乱的记忆开始重新排序，欠缺的部分被逐渐填补。而遗憾的是，他的记忆依然不够完整，最关键的那部分依旧缺失。

眩晕感与恶心感渐渐消退，慎介感到稍微轻松了一些，于是缓缓站起身，把镜子放回原处，重新旋上螺丝钉。

慎介深知，必须找到成美，她极有可能已经带着那三千万日元逃之夭夭了。他不太确定今天的具体日期，只依稀记得是周四。午后，慎介拨通了千都子的电话。

"你跑哪里去了？昨天和前天都不见你来上班，连个假也没请，我可担心坏了！"千都子的语气中带着明显的不满，显然不仅仅是因为被打扰了清梦。

"真抱歉，我遇到了急事。"

总不能告诉她自己被一个神秘女人软禁了吧？即便说了，她也一定不会相信的。

"到底是什么急事？至少打个电话通知我一声啊！"

"一个朋友出了意外，去世了。他没有亲人，从守灵到筹备葬礼，所有的事都得我来操办，忙得我晕头转向，一时竟忘了请假。"慎介编了个理由。

千都子在电话另一端轻轻叹了口气。

"你这么一说，我也不好再多说什么了。下次可得提前联系我！"

"嗯，我明白，这次真的很抱歉。"

"那你今晚能来上班吗？"

"这个……我不太确定，可能去不了。能先让我歇歇吗？"

"这样啊？"千都子嘟囔道，"那可就麻烦了。"

"抱歉，这几天事情太多，忙得我都没法好好休息。"

"好吧，那也没办法。"

慎介向千都子保证，他明天会去店里上班，然后挂断了电话。

直到傍晚，小塚都没有联系慎介。慎介试着拨打他的手机，却始终无法接通。

慎介忽然心生一计，出了门。他拦下一辆出租车，对司机说："请送我去日本桥的寰球塔。"

出租车稳稳地停在摩天大楼前，慎介走进大堂，看到左侧柜台旁站着一位身穿灰色制服的男人。慎介一走近，男人便抬起头，目光与他相接。

"有什么事吗？"男人问道，头发上有整齐的梳痕。

"我是送快递的，4015室住的是冈部先生吧？"

"冈部？不，不是哟。"男人的目光落到自己手上，"四十层整层归上原先生所有，没听说租给过姓冈部的人。"

"上原先生？"

"帝都建设的社长。"男人刚说到一半，脸上便浮现出一丝懊悔之色,大概意识到自己说得太多了。

"说到帝都建设……"

"总之,4015室没有姓冈部的住户。"男人冷漠地说。

慎介意识到继续追问可能会引起怀疑,于是匆匆道谢后便迅速离开了。他担心待太久会被琉璃子发现。

离开大楼之后,他重新琢磨起来。提起帝都建设,他便联想到一件事——木内春彦就在那家公司任职。

为什么琉璃子能自由使用那间房子?为什么岸中会在那里制作人偶?

慎介在前往地铁站的途中停下脚步,拿出手机,站在原地拨通了冈部义幸的电话。他预料到冈部可能会有些不耐烦,但没想到对方的语气比他预想的还要尖刻。

"又是你?这次又有什么事?"

"想请你把在'水镜'工作的那个朋友介绍给我认识。"

"又要打听木内的事?"

"可以这么说吧。"

"他知道的事,之前不是都告诉你了?再见面也没有意义。"

"有没有意义,不去问问是不会知道的。"

"真是拿你没办法。"冈部无奈地叹了口气,"既然你这么想知道木内的事,我这里倒是有个人,或许能满足你的要求。你可以去试试从他那里套些话,怎么样?"

"什么样的人?"

"你还记得那次木内来我们店里时,跟他一起来的那个男人吗?"

"那个戴着眼镜、看起来像业务员的男人?"

"是。那男人很喜欢我们店，隔天又带了某家酒吧的陪酒小姐过来。"

"没和木内一起？"

"只有他和陪酒小姐两人。当时他留下了名片，名片就在我手边。"

"他叫什么名字？"

"樫本干男，木字旁的樫，本来的本，树干的干，男人的男。就职于一家叫脑银的软件公司。"

"他和木内是什么关系？"

冈部小声笑了出来，说："你自己去问吧。"

"好吧，把他的联系方式告诉我。"

"名片上印了他公司的电话和手机号码，还有电子邮箱。你想知道哪个？"

"手机号码。"

"好！但不能说是我告诉你的哟。"

"我知道。"

慎介从口袋里掏出家里的钥匙，用钥匙的边缘在旁边的铁栏杆上划出冈部刚刚告诉他的那十一个数字。挂断电话后，他迅速将这些数字保存到手机的通讯录中。

接着，他毫不犹豫地拨通了那个号码。铃声响了五次后，对方接起了电话。

"喂。"电话那头，樫本干男的声音略显高亢。

慎介先为自己的冒昧来电表示歉意，礼貌地寒暄了几句，并做了自我介绍。当然，他并没有使用自己的真名，报的是小塚的名字。

"我有些事想请教樫本先生。"慎介直奔主题。

"什么事？"樫本的声音中带着一丝戒备，这是情理之中的反应。

"想请教有关木内先生的事。"慎介说道。

"木内？他的什么事？"樫本只称呼木内的姓氏，表明他们之间相当熟悉，不仅仅是工作伙伴那么简单。

"能在外面碰个面吗？"慎介尽可能有礼貌地询问，"在百忙之中打扰了，实在抱歉。等樫本先生工作结束之后也可以。"

"我不知道什么时候能忙完。"

"那我稍后再打过来。一小时后可以吗？"

"嗯……请等一下。"

樫本也许是去查看自己的工作安排了，慎介等了大约三分钟。

"好，七点左右，我可以抽出时间。那个时候可以吗？"

"可以。我们在哪里碰面呢？"

"我们公司前面有一间叫'和'的咖啡馆。"

"'和'？我知道了，那七点见。"

挂断电话后，慎介随即又拨通了冈部的电话。

"又怎么了？"冈部的语气中带着一丝不悦。

"你刚刚说的是脑银公司吧？告诉我樫本公司的地址。"

29

脑银公司位于神田小川町一栋小型商务楼的三楼和四楼。马路对面有一家叫"和"的专业咖啡馆,店内装潢雅致,氛围温馨。

六点五十分,慎介踏入店内,点了一杯巴西咖啡。

约莫十五分钟后,慎介正啜饮着咖啡,一个眼熟的身影推门而入。正是前几天与木内一同现身"天狼星"的那个男人。那男人今天穿了一身灰色西装。

"樫本先生。"慎介轻声唤道。

樫本带着一脸惊讶的表情走向慎介,迅速地上下打量着他,眼神中带着评判的意味。

慎介本以为他是记得曾在"天狼星"见过自己,但看他的反应,却像是第一次见面。

"小塚先生?"

"是我。在百忙之中打扰了,实在抱歉。"

樫本在慎介对面坐下,向服务员点了一杯哥伦比亚咖啡。

"其实,我的身份是这个。"慎介从口袋里掏出一张名片,递给樫本——那是小塚的名片。樫本接过名片,一脸震惊,一时说不出话来。

"你是刑警……"

"抱歉。"慎介迅速从樫本手中拿回名片,"实在不好意思,我们有规定,不能随便给人留名片。"

"啊,是。"樫本的表情瞬间变得僵硬。

"你和木内春彦先生关系很好吧?二位是什么关系?"慎介趁热打铁,直接开始问话,不给对方任何起疑心的机会。

"我们是同一所大学毕业的,我们都就读于××大学的信息工程系。"

"原来如此。二位经常见面吗?"

"算不上经常……大约一个月一次吧,大多是他突然约我喝酒。"

"听说都是由木内先生买单?"

慎介的话令樫本措手不及,不禁露出诧异的神色。慎介微微一笑,尽量让自己的笑容看上去有威慑力。

樫本点的咖啡已经送到,他没加糖和奶,直接端起来喝了一口。慎介注意到他握着咖啡杯的手微微发颤。

"木内先生在帝都建设任职吧?"见樫本点头,慎介便继续问道,"他在公司具体负责什么工作?"

"我不太清楚,那家伙几乎从不和我谈公司里的事。"

"据我们调查,木内先生没怎么去公司上过班,却过着相当优渥的生活,莫非其中藏着什么不可告人的秘密?"

"我真的不清楚。我跟他……真的只是偶尔见个面喝点小酒的泛泛之交……"一滴汗水自樫本的太阳穴滑落。

"樫本先生,"慎介压低声音说道,"如果对方是用不义之财招待你的,那么接受招待的人也会被追究责任哟。"

慎介觉得自己这话听起来完全没有可信度,没想到竟成功震慑了樫本。只见他面色骤变,脸上一片铁青。

"请相信我,我真的什么都不知道!那家伙……自那起事故之后就性情大变,对我也不愿吐露实情。"

"事故是指之前的那起交通事故?"

"嗯。"

"你刚才说他性情大变,究竟是怎么个变法?"

"该怎么形容呢?他以前是个开朗活泼的男人,可出了交通事故后,他就变得沉默寡言,换句话说,性格变得阴郁了。不过毕竟经历了致人死亡的交通事故,他会这样当然也是在情理之中的。"

樫本话音刚落,许是又想到了什么,便又补充道:"或许也和婚事告吹有关吧。"

"婚事告吹?"听了这话,慎介心弦一颤,"那是怎么回事?"

樫本眨了眨眼,目光投向慎介,那神情仿佛在说:"原来你不知道啊。"随即似乎又因自己一时口快而面露懊悔之色。

慎介脑海中回响起木内居住公寓的管理员说过的话——"起初听说是一对新婚的小夫妻要搬进来,结果搬进来的只有他一个人"。

"这么说来,当时木内先生已有未婚妻了?"

樫本点头道:"是的。"

"是什么样的女性?知道名字吗?"

"我不知道名字,不过,那个,呃……"

不知为什么,樫本欲言又止,似乎有些窘迫。为了平复心绪,他再次啜饮了一口咖啡,然后压低嗓音对慎介说道:"听说她是……

社长家的千金。"

"社长是……"慎介惊诧地追问道。

"帝都建设的社长。"樫本答道,"据说木内在公司举办的网球大赛中拔得头筹,结识了前来观赛的社长千金,两人由此渐生情愫。"

"真是厉害……"

慎介差点脱口而出:"那不就是小白脸攀上了高枝儿吗?"但他硬生生地将这话咽了回去,毕竟作为一名刑警,说出这样的言辞实在不妥。

"不过,他和社长千金的婚事就此黄了?"

"嗯,虽然木内没告诉我详情,但我推测,那起交通事故是关键原因。"

"也就是说,社长不想让女儿嫁给卷入致死事故的男人?"

"应该是吧。恐怕还不只如此,说不定社长千金自己也不想和这种男人结婚。"

"可如果是这样,社长理应不希望木内继续留在公司才对呀?"

"即便如此,社长也无法强迫他辞职,只能给他安排个清闲的差事。不过这都只是我个人的臆测罢了。"樫本说道。

慎介点了点头,其实他并未完全相信这番说辞。

他凝视着自己那空空的咖啡杯许久,而后抬起头来,说道:"樫本先生,你知道寰球塔吗?"

"就是最近建在日本桥的那栋楼……"

"正是。木内先生提过关于那栋大楼的任何事吗?"

"任何事是指?"

"比如,有没有认识的人住在那里?"

"不知道。"樫本歪着脑袋思索了片刻,"他没提过这种事。"

"是吗?"

"不好意思,"樫本看了看手表,"还有其他问题吗?我是在上班时间溜出来的。"

"真的非常抱歉。那么,我问最后一个问题,你和木内先生聊过交通事故的事情吗?"

樫本摇了摇头。

"几乎没有。我不好意思提,他也在刻意回避这个话题。"

"原来如此。"慎介心下暗道,这也在意料之中吧。"那你知道还有谁和木内先生关系比较亲近吗?"

"还有谁呢?自从发生那起交通事故后,他和大家都疏远了,只偶尔和我联系一下。"

樫本摇头晃脑地思索了半响,像是想起什么似的,轻轻拍掌道:"啊!对了!那里的家伙或许还和他有来往。"

"那里是指?"

"木内喜欢出海,他和一帮朋友合伙弄了一艘船,他们好像经常在惠比寿聚会。"

"店名叫什么?"

"叫什么来着?我只去过一次……"樫本轻轻地敲着自己的脑袋,"我想起来了,好像叫'海鸥'。"

"'海鸥'……那是一家什么样的店?"

"嗯,算是鸡尾酒酒吧,看着挺敞亮的。店长也是他们那伙船主之一。"

慎介点了点头,心里暗自高兴,觉得这趟没白来。

30

在日比谷换乘地铁前往惠比寿途中,慎介心中涌起一股豪情,今天的自己简直像是一名真正的刑警。然而,即便从樫本口中套出了些许线索,真相依旧扑朔迷离。线索交织纠缠在一起,宛如一团乱麻,让人无从下手。

还有成美的事……不,确切地说,是那三千万日元消失之谜,那究竟是怎么一回事呢?一想到这里,慎介就头疼不已。

他从惠比寿站出来,往南走去。

此前,他已通过电话确认了"海鸥"酒吧的位置,电话号码是从黄页里查到的。

路过保龄球场,再前行大约二十米,便抵达了目的地。

这家店的大门比路面高出一个台阶,入口处铺设了石阶。店内空间不大,仅有三张小桌子和一个吧台。吧台的座位应该不足十个,此刻已有七个人背对着慎介,并排坐在吧台前,举手投足间都透着熟客的自如与惬意。只有一张桌子旁围满了人。

慎介挑了最靠近吧台的桌子坐下。椅子是高脚椅,坐下时与站立时的高度差不多。他的目光落在墙壁上,只见墙上挂着许多照片,都是游艇在湛蓝的大海中乘风破浪的情景。

吧台后,一名看似老板的男子正忙碌着。他留着胡须,长发随意地束于脑后,脸庞、脖颈以及卷起袖子后露出的手臂,都被阳光晒出了巧克力般的诱人光泽,透出一种野性的魅力。

来为慎介点餐的并非吧台后的那个男人,而是一个身穿蓝色T恤的年轻女孩,年纪在二十岁上下。她的肤色与老板一样,黑得发亮。但慎介一眼便看出,她那完美的肤色带有明显的人工痕迹,想必是用美容院的日晒机精心打造的。

"金比特。"

"好的。"女孩应道。

老板在吧台后装出一副正专心倾听客人聊天的模样,实则在暗中用余光打量着这位初来乍到的客人,留意着他点的是什么。若连这都做不到,也就算不上行家了。

"啊,等等,"慎介叫住正要离开的女孩,高声问道,"这儿有没有一位姓木内的常客?"

"菊地①先生?"

"不,是木内先生。"

"木内先生……我也不清楚呢。"女孩歪着脑袋,一脸困惑。

"没关系,不知道也无妨。"

女孩道了声"抱歉",便转身离开了。慎介并不觉得此行毫无收获,因为在提及"木内"这个名字时,他敏锐地察觉到吧台后的老板

---

① 日语中,"菊地(KIKUCHI)"的发音与"木内(KIUCHI)"相似。——译注

投来了异样的目光。

他的预感得到了验证，老板果然亲自将金比特端了过来。

"挺冰的呢。"

听了慎介的评价，老板回应以浅浅的微笑。

趁着老板笑意未散，慎介轻抿了一口。清冽又爽口的苦味从舌尖缓缓扩散至整个口腔，充盈着他的感官。

"太棒了。"他由衷地赞叹道。

"谢谢。"

"木内先生他……"慎介问道，"平时都喜欢喝些什么呀？"

老板脸上笑意依旧，但眉眼间多了几分探究的意味，想必在揣摩眼前这位客人的身份。

"您是木内先生的朋友？"老板问道。

"与其说是朋友，不如说他是我的客人。"

"客人？"

"我在麻布的酒吧工作。"慎介掏出一张名片递过去，那是他所在的酒吧"茗荷"的名片，"以前他常去那儿。"

"哦，原来是这样。"老板的表情明显放松下来，似乎因为确认了对方只是同行，便放下了一开始的戒备。

"我听木内先生提起过贵店，他还特意推荐我一定要来瞧瞧。"

"那可真是太荣幸了。"老板脸上露出些许羞涩。

"木内先生最近还常来这儿吗？"慎介轻声问道。

"没有呢，"老板摇了摇头，"我已经有段时间没见到他了。"

"这样啊……那他是从什么时候开始不来这儿的呢？"

"嗯，这得想想……"老板陷入沉思。他或许是真在回忆，又或许是在权衡是否该透露这些信息。毕竟这关乎客人的隐私,作为专业的调酒师,不该随意谈论客人的私事。

于是,慎介开始套近乎:"至于我们那家店,自从那起交通事故之后,木内先生就再也没光顾过了。"

得知慎介也知道那起交通事故,老板似乎放下了戒心。

"我们这儿的情况也差不多,大概从那之后,就再没见过他的身影了。"他点了点头,语气中带着一丝遗憾。

"听说你们还合伙拥有一艘游艇?"

"没错,事故发生后不久,他就联系我,说短期内没心情再出海了,让我不必再约他。这也是人之常情,他肯定受了不小的打击。"

"应该是吧。"慎介又抿了一口鸡尾酒,"我还听说他的婚事也黄了。"

"嗯。"老板点了点头,他果然知晓此事。

老板细长的眉毛微微垂下,形成八字形。"那事真是太可惜了,以前他们俩常一起来呢。"

"他和未婚妻两个人吗?"

"对。"

"我记得他的未婚妻是……上原小姐吧。"

"没错!是上原绿小姐,你也觉得她很漂亮吧?"

"不,我没见过她,只是听说她是帝都建设社长的千金。"

"是的,大家都打趣木内说他是攀上了高枝儿呢!她是个特别喜欢花的姑娘,每次来这儿,几乎都会给我带花,因为我们店附近刚好有家花店。"

吧台那边有客人在呼唤老板,于是他向慎介说了句"请慢用",

便转身回到吧台忙碌去了。

慎介轻轻举起盛着金比特的酒杯，任由光线穿透其中。

上原绿吗？

看来，今天在这儿的收获只有这个名字了。而且，还不确定这个"绿"是不是"绿色"的"绿"。自从那起交通事故之后，木内几乎与过去的熟人都断了联系。

慎介在脑海中细细梳理着樫本和酒吧老板说过的每一句话，其中有个现象让他耿耿于怀——那是个根本性的问题。

前些日子，木内曾对慎介斩钉截铁地说自己没什么负罪感。然而，无论是樫本还是酒吧老板，都表示木内因为那起事故受到了相当大的打击。这两种说法截然不同，究竟哪个才是木内的真实想法呢？

鸡尾酒杯已空，慎介本想再续一杯，却又觉得再待下去也无济于事。此时，那位兼职的女店员走了过来，手里拿着一样东西。

"您好，老板说请看看这个。"说着，她将东西放在桌上。那是一本相簿。

慎介望向吧台。

"那是最后一次与木内先生他们出海时拍的照片。"老板解释道。

"哦。"慎介翻开了相簿。

照片中，以湛蓝的大海为背景，男人们在游艇甲板上摆出各种姿势，每个人的肤色都和老板一样黝黑。木内也在其中，他的肤色晒得均匀而黝黑，白色短裤下的双腿虽然纤细，但肌肉线条分明，仿佛天生就是大海的宠儿。

这样的照片有好几张，其中一张是木内搂着一位女性的肩膀。

"和木内先生在一起的女士是？"慎介问道。

"这就是上原绿小姐。"老板答道。

慎介又仔细端详了一眼照片中的女子。上原绿穿着一件浅橙色T恤，圆润的脸庞洋溢着健康的气息。她应该是涂了防晒乳，但一眼看上去妆容淡雅清新，丝毫没有社长千金常有的娇贵之气。

慎介合上相簿，将其送回吧台。

"谢谢。"

"这些照片本来想加印一份给他，如今却无从送起了。"老板露出一丝苦笑。

慎介结完一杯金比特的账，走出店门。他边走边掏出手机，打算联系小塚，可电话依旧无法接通。

"到底发生什么事了？"他嘟囔着，将手机放回口袋。

前往车站的路上，慎介不经意间抬头，突然发现附近有一家花店。花店早已打烊，但招牌吸引了他的目光。

慎介停下脚步。让他驻足的，正是招牌上的店名。

过了数秒，他的脑海中突然闪过一个念头，于是他立刻转身，朝"海鸥"酒吧的方向狂奔而去。

他冲进"海鸥"酒吧时，兼职女店员被吓了一大跳。

"啊，您是不是有什么东西忘记带走了？"

"刚才的那些照片……"慎介对吧台内的老板说道，"刚才的那些照片，请让我再看一次！"

31

当慎介抵达日本桥滨町时,时钟的指针已悄然走过十一点。白天,这里是办公楼林立、车水马龙的繁华之地,此刻只剩下一片黑暗。清洲桥大道宽阔的五车道没有了白天的喧嚣,在夜色中显得冷冷清清。频繁穿梭其间的,只有亮着"空车"标志的出租车。

慎介站在人行道上,仰望着花园广场公寓。在这片黑暗中,唯有这栋建筑依旧灯火通明。他默默祈祷着,那些亮着灯的房间中,有一间属于木内春彦。

好像是505室吧?

慎介向前迈出一步,心想,只能去找木内问个究竟了。木内究竟知道些什么,他无从得知。但可以肯定的是,对方必定知晓一些关键信息。

慎介正打算悄悄溜进公寓,不经意间透过自动玻璃门瞥见电梯门正缓缓开启。从里面走出的人,正是木内。慎介立刻离开公寓,冲到马路对面,躲进路边一辆轿车的阴影里窥视。

只见木内身披一件黑色上衣,一只手随意地插在裤兜里,悠然地朝清洲桥大道的方向走去。

慎介瞬间明白了——木内这是打算搭乘出租车。

他小心翼翼地不让木内发现自己，飞奔到马路上。很快，一辆亮着"空车"标志的出租车驶来，他迅速招手拦下。

"不好意思，请等一下再开车。"

慎介说完，戴着眼镜的中年司机露出讶异的表情。

木内来到清洲桥大道，正如慎介所猜测的那样，举起手轻轻挥动。接着，一辆白色出租车停在他面前。

"请跟在那辆出租车后面。"慎介说道。

"咦？"司机明显露出为难的神情，"前面的人知道你在后面跟着他吗？"

"不，我是偷偷地跟在后面的。"

司机咋舌。

"如果要这么做，麻烦你换一辆车吧。"

前方的车子已起步，慎介这边的司机却固执地不肯跟上。

慎介猛地探出身子，一把攥住司机上衣的前襟。

"别磨蹭了，赶紧开车！该给的小费，我一分都不会少给！"

音量虽不高，却似平地惊雷，直击司机心底。司机不再作声，迅速挂挡，踩下离合，车子如离弦之箭般疾驰而去。

前方的车辆向右变道，驶入了右转专用车道，看来是打算拐入新大桥大道。慎介搭乘的出租车紧随其后，切换到同一条车道。

两车朝着新大桥大道前往茅场町的方向行驶。此刻，慎介脑海中闪过一个大胆的猜测。

"追车果然不容易。"司机满腹牢骚，"除了有红绿灯，别的车还会不断加塞儿。"

"没关系的。"慎介喃喃自语，他已经知道木内的目的地了。

果然如他所料，前方的出租车从新大桥大道往右转去。

"可以了，司机师傅，跟踪游戏到此结束。"

"咦？这就结束了？"

"嗯！开到那边就可以了。"慎介指着前方说道。

高耸入云的寰球塔巍然屹立眼前。

不久，出租车驶入一个充满英国庭园风情的小区，木内搭乘的出租车就行驶在前方。慎介心想，没准对方已经察觉到有人跟踪了。

慎介搭乘的出租车跟着前方的车子，也停在大楼门口的上下车处。慎介还在付车钱，木内已经付完钱先下了车，向这边投来诧异的目光。

慎介也从出租车上下来。木内的脸色瞬间沉了下来，下一秒便迅速背过脸去。

"前几天多谢你了。"慎介一边说着，一边缓缓朝他走近。

"你在跟踪我？"

"从公寓出发时确实是，不过……"慎介点了点头，"半路上我就猜到你的目的地是这里。"

木内眉头紧锁，狐疑地看着慎介，左手依旧插在裤兜里，似乎握着什么重要的东西。

慎介指着他的左手说："你那只手里握着的，是4015室的钥匙吧？"

木内闻言，瞬间瞪大了眼睛，脸颊的肌肉微微抽搐。

"你应该很奇怪我怎么会知道4015室的事吧？她没跟你说？"

"我完全不知道你在说什么！"

"那么我们一起去吧,到 4015 室去。你也正要去那里吧?"

"我来这里是为了工作,没工夫陪你胡闹!你还是到大马路上拦辆出租车回家去吧!没有本大楼住户的同意,你是绝对进不去的。"

木内说完,便径直打开玻璃门,迈步走了进去。

慎介一脸坦然,大摇大摆地紧随其后。木内见状,猛地停下脚步,转过身来,一脸不耐烦地瞪着慎介。

"你别跟着我!再跟我就要叫人了!"木内厉声喝道,语气中带着明显的威胁。

"请便!叫警察也行。不,说不定警方已经开始搜查了。"

"你这话是什么意思?"

"你应该知道西麻布警局有个叫小塚的刑警吧?他应该去过你家好几次了。他已经进 4015 室了。"

"你究竟在说什么?为什么刑警会擅自进入别人家?"

"为了救我。"

"救你?"

"直到昨天深夜,我都被软禁在 4015 室,是小塚刑警把我救出来的。"

"你不会是得了妄想症吧?你倒是说说看,是谁把你软禁在那里的?"

"你希望我说出来?"

"我不想听,也没工夫陪你胡扯。"

木内朝自动玻璃门的操作面板走去。

慎介对着他的背影,说道:"是上原绿小姐,你的前未婚妻。"

木内正要将钥匙插入钥匙孔,手上的动作突然僵住,面色铁青地转身面向慎介。

"你在说什么莫名其妙的鬼话?"

"那你告诉我,上原绿小姐在哪里?"

"你为什么要打听她的事?她和你有什么关系?"

"我不是说了吗?我被她软禁起来了!就软禁在这栋楼的4015室!"

"胡说!她为什么要软禁你?"

"我还想问你呢!不,我有太多的疑问想问你了。你的未婚妻为什么变成那样了?"

可以看出,木内已经咬牙切齿,双目赤红,似乎心中翻腾着万般思绪,却极力压抑着,不说出口。

"你知道岸中玲二都做了些什么,对吧?那个'MINA-1'不是人偶,而是你的未婚妻——上原绿小姐!"

木内恶狠狠地瞪着慎介,轻轻摇头。

"为了你自己好,我友情提醒你,不要轻易提及那个名字,否则你将追悔莫及!"

"她现在人在哪里?在做什么?"

"这些都与你无关。"

"她在4015室,对吧?"慎介紧盯着木内的双眼追问道,"是这样吗?"

"立刻离开这里!"木内怒斥道,"别再和我有任何瓜葛。"

"是她主动招惹我的,我不能坐视不理,还是你希望我把事情闹大?"

木内紧咬下唇,眼中满是怨恨。

"如果那时没有发生那起交通事故就好了……"

"你刚才说什么？"

"没什么……"木内转过头，目光投向远处。片刻后，他又转向慎介。"我知道了。既然你话都说到这份儿上了，那我就给你带路吧。正如你所言，我确实要去4015室。"他向慎介展示手中的钥匙。

两人在电梯内面对面站立。木内毫无顾忌地审视着慎介，慎介则坦然直视回去。

"她自称琉璃子，"慎介开口说，"她用这个名字接近我。还真是个神秘的女人呢。与其说她是人类，不如说更像是人偶……"

木内深吸了一口气，随后眨了眨眼。慎介明白，他是在示意自己继续说下去。

"她为什么自称琉璃子，你心里应该有数吧？"

木内没有回应，只是凝视着电梯的楼层显示屏，沉默不语。电梯已经过了二十层，数字还在不断攀升。

"我去过'海鸥'酒吧了。"慎介接着说，"我在那里看到了你和上原绿小姐的合照。当时看到她的脸，我并未注意，也没有任何联想。在去车站的途中，当我看到花店的招牌时，我才突然明白过来。"

电梯过了三十层。

慎介继续说："琉璃屋……是那家花店的店名，听说绿小姐常去那家花店买花。"

女人固然可以通过妆容改变相貌，但上原绿的变化却是彻头彻尾地变身。

慎介心中暗想，若非偶然瞥见那家花店的招牌，他或许永远无法将上原绿与琉璃子联系起来。为了证实心中的猜测，他仔细端详照片，终于发现了几个可疑之处。

无论是脸型大小还是身材胖瘦，两人都截然不同，慎介推测她一定经历过剧烈的减肥，甚至动过面部手术。上原绿变成了岸中美菜绘，这一点已毋庸置疑，但她的动机究竟是什么？

"为什么？"慎介问，"为什么她要变成岸中美菜绘？"

"我和她一年多前就解除婚约了，"木内说道，"之后我们就再也没见过。所以如今她在哪里、在做什么，我一无所知。"

"木内先生，别再说谎了！"

"信不信由你。"

木内话音刚落，电梯悄然停下。木内按住"开门"按钮，抬了抬下巴，示意慎介先行。

慎介站在熟悉的走廊上，回想起自己今早才从这里仓皇逃离。

走过这一排相邻的住户门前，慎介停在标有"4015"号码的房门前。不一会儿，木内也走了过来。

"我有一个条件，希望你看了房间之后，别再问东问西，直接回去。"

"恕难从命，这个房间里的种种，都让我有非问个清楚不可的理由。"

"那好，我让你问，但只限于这个房间里的物品。除此之外，一概无可奉告。可以吧？"

"可以。"

木内当着慎介的面把门锁打开。

门刚一推开，慎介便探头向屋内望去。这一瞬间，他倒吸一口凉气。

"怎么会这么荒唐?"

屋内空空荡荡。曾经摆放的桌椅、装饰的窗帘,甚至连角落里的摆设都不见了踪影。慎介径直来到岸中玲二用过的房间,推开门,果不其然,里面同样空空如也。

"什么时候清空的?"慎介问道。

"我早就说过,我不会回答这些问题。我只回答与屋内物品有关的问题,但如今屋里什么都没有。"

慎介的目光落在岸中房间的门锁上,那里有明显被破坏的痕迹——那是他和小塚留下的,也是唯一能证明他直到今早都还在这里的痕迹。

"走,出去吧!你已经看过了,应该满意了吧?"

"她在哪儿?"

木内却像没听见一般,冷冰冰地重复道:"出去!"

慎介无奈地叹了口气,离开了房间。木内在他身后锁上了门。

"你不要再到这里来了!"木内压低嗓门说着,径直朝电梯走去。

32

慎介瞥了一眼手表，指针已走到新的一天。他走出寰球塔，站在人行道上，目光在车流中搜寻着空出租车。

木内春彦早已不见踪影。他比慎介早一步离开大楼，时机恰好地拦下了一辆出租车，消失在了车流中。

慎介从口袋里掏出香烟，用一次性打火机点燃，深深吸了一口。尼古丁顺着鼻腔一路蹿到脑髓深处，神经瞬间麻痹后又重新苏醒。他的感官变得愈发敏锐，渴望摄取更多的尼古丁。

接下来该怎么办？

慎介一边吞云吐雾，一边沉思。木内说别再和他有任何瓜葛，自己是不是应该乖乖地听话照做？确实，假装什么都没发生，就这样回归原来的生活，也不是不行。这样也没什么大碍。他什么都没有失去，回家好好休息，从明天开始，又能回归那波澜不惊的日常状态，最多也就是心里留下一堆解不开的疑问罢了。

琉璃子的面容突然浮现在他的脑海里。

慎介完全无法理解她的心思。她为什么要变成岸中美菜绘？软禁他的理由又是什么？她究竟有什么打算？现在又在哪里？

人偶游戏

感觉拥抱琉璃子已经是非常久远的事了，可那种感觉又真切地存在于他的记忆之中。如今回想起来，却又显得那么不真实，甚至让他怀疑一切不过是场噩梦。

还有岸中玲二制作的那些人偶……

慎介光是想到人偶的脸，就感到后背一阵发凉，它们的眼神中分明藏着某种秘密。

终于，一辆出租车出现了，车顶亮着"空车"标志。慎介松了口气，忙扬手招呼。

"您要去哪儿？"戴着眼镜的司机问道。

慎介本想说"门前仲町"，但他的目光不经意间落在驾驶座旁，发现座位与手刹之间夹着一本书——大概是司机用来打发等客时间的读物。

书名《在家享受鸡尾酒》映入眼帘，慎介心中一动：这位司机也许喜欢喝酒吧，说不定睡前品尝自己调的鸡尾酒是他每天的乐趣。

见到"鸡尾酒"几个字，慎介脑海中闪过一个念头，他突然有了主意，改口说道："请去四谷。"

司机冷淡地应了一声"好"，随即转动方向盘。

慎介靠在座椅上，闭目沉思。

四谷是江岛家所在地。

出租车抵达目的地时，时间已接近半夜两点，正是"天狼星"酒吧打烊的时刻。慎介在附近的便利店买了三明治和罐装咖啡，站在店门口匆匆吃了起来。

便利店旁的那条路直通江岛的家——一栋堪称豪宅的西式宅邸，那里住着江岛和他的妻女。听说江岛的妻子是教授茶道的老师，女儿今年刚考上女子大学。

慎介一边啃着三明治,一边盯着眼前来来往往的车辆,心中暗想:江岛应该会开车回家吧?他平时很少绕远路,所以他的奔驰车大概会在两点半出现。

慎介走到江岛家门口,正好看见江岛在倒车入库。他站在稍远处静静观察,江岛的开车技术显然不太娴熟,尽管这应该是用惯了的车库,他还是来回打了两次方向盘。

引擎声停止,车灯熄灭,江岛打开车门下车。慎介等江岛从车库走出来后,才朝他走了过去。

"江岛先生。"

江岛原本抬头挺胸地走着,听到声音后立刻停下脚步,全身肌肉紧绷,充满了戒备。似乎是因为背对着街灯,他没有马上认出叫他的人是谁。

"是慎介吗?"江岛问道,眼神中带着一丝探究。

"是的。"慎介站在街灯下,身影被灯光拉得老长。

江岛脸上那副戒备的表情丝毫未减,他开口问道:"怎么了,都这么晚了还跑到我这儿来?"

"我一直在等您,有件事情,无论如何我都想请教一下。"

"有事想请教?"江岛诧异地皱起眉头,"你居然躲在这里等我,看来事情应该挺急的吧?"

江岛沉默片刻,点了点头,目光依然没有从慎介脸上移开,似乎在窥探慎介的心思。

"那就到我家里说吧。"

"我不想打扰您太太和女儿,在这里说就可以了。"

"是站着就能说完的事吗？"

"这件事正巧和站在路边说话有关。"

"什么？"

"站在路边说话。"慎介重复道，"前几天，您和木内春彦站在路边说过话，就在'天狼星'附近，对吧？"

"木内？你在说什么呀？是不是弄错了？"

"我亲眼所见。"慎介露出一个笑容，可他心里清楚，自己的表情有些僵硬，"那人绝对是木内春彦，跟他说话的人就是您。江岛先生，请不要再骗我了。"

原本一直面带微笑的江岛，表情瞬间变得严肃，眼中闪过一抹冷酷的光芒。

"我之前说，希望江岛先生能告诉我另一个肇事者的名字，当时您说您不认识那个人，对吧？还说要问问汤口律师，后来才告诉我木内的名字。其实您本来就认识木内吧？"

"认识又怎样？对你来说有什么困扰吗？"

"为什么一开始要对我撒谎？"

"这件事我已经说过很多次了，我希望你能尽快从过去的意外中走出来，重新振作，不要永远被困在那些已经结束的事上。原因就这么简单。"

"您和木内春彦以前就认识吗？"

"认识。"

"是怎样认识的？"

"其实也没什么特别的，是因为那起交通事故才认识的。你可能已经忘了，虽然肇事的是你，但车主是我，保险理赔手续都是我来办的。也就是说，我在处理事故的过程中，和另一个肇事者见过面。"

"你们那天晚上聊了什么？"

"只是简单的寒暄罢了。没想到会在那里遇到他，就随便问了问他的近况。仅此而已。就像你刚才说的，只是站在路边随便聊了几句。"

"可是在我看来，你们像是在讲什么不可告人之事。"

"我们又不是老朋友，只是随便寒暄了几句，表情看上去不可能很愉快吧？所以你才会有那样的误解。"

江岛的声音中带着一丝不耐烦，慎介能感觉到他并不想让人看穿他的真实情绪。但听完江岛的解释，慎介依然无法释怀。那晚江岛与木内交谈时的神情，让他无法相信两人只是在简单地寒暄。

"你要说的只有这些？"

"江岛先生，"慎介舔了舔嘴唇，继续说道，"您知道帝都建设公司吗？"

"帝都建设？啊，我听过这个名字。"江岛的神情依旧波澜不惊。

"社长千金呢？"

"社长的女儿？不知道。"江岛露出一丝苦笑，歪了歪脑袋，说道，"我甚至不知道社长的姓名。"

"社长姓上原，他女儿的名字叫绿。"

"从没听说过。"江岛语气笃定，"这和我们有什么关系吗？"

"她是木内春彦的前未婚妻。您真的不知道？"

"木内先生的未婚妻？嗯，不知道。我刚才也说了，我和他是因为那起交通事故才认识的。至于他的私生活，我一无所知。"

慎介沉默不语，江岛脸上又浮现出一个微笑。

"哎，慎介！该放下了！你真的想太多了！你打算被过去束缚多久？比起这些，难道没有更重要的事要做吗？你的鸡尾酒学得怎么样了？"

"我现在要做的，就是让那些无法接受的事变得能接受。"慎介语气坚定地说道。

江岛哑然失笑，无奈地摇了摇头。

"那你倒是说说，我和木内有什么企图？做这种事能有什么好处？你冷静一点，我送你回家。等你冷静下来，我们再见面，好好聊聊。"

"我很冷静。"

"你这话听起来就像醉酒的人说的，他们总说自己没醉……"江岛转身走向车库，拉开奔驰车的车门。

"不用了，我自己回去。"

"哎，你就别客气了。"江岛一边说着，一边钻进车内，发动了引擎。车灯的光线刺眼，慎介不自觉地皱起眉头。

奔驰车从车库缓缓驶出，停在慎介的正前方。慎介无奈地伸手去拉副驾驶座的车门，但江岛隔着车窗伸手指了指后座。慎介打开后车门，坐了进去。

"前几天我太太不小心打翻了果汁，座位弄脏了。"

"您太太也会开车啊？"

"不常开，只有跟朋友去打高尔夫的时候才会碰车。太久没开，她心里直打鼓，生怕自己会出车祸，还好只是弄脏了座位。"江岛闲聊着，恢复了原本自在的模样。

慎介靠在柔软舒适的座椅上，跷起二郎腿，思绪飘得很远。他想，不知有多久没像这样坐江岛的车了。当他还在"天狼星"工作时，他曾多次搭江岛的车回家。

慎介从斜后方望着江岛的背影，一种奇妙的感觉陡然涌上心头——似曾相识的感觉再次出现了。他觉得眼前的场景似曾相识，自己曾经像现在这样从后座看着江岛。然而，这应该是不可能的，虽然以前多次搭过他的车，但自己每次都坐在副驾驶座上。

慎介透过风挡玻璃，凝视着夜幕笼罩下的街道。对面来车的车灯从眼前掠过，留下一道道耀眼的光痕。他的目光牢牢锁定在窗外的景物上，意识逐渐变得模糊，仿佛被某种无形的力量催眠。

催眠术——

这个词突然在脑海中闪过，慎介不禁想起了琉璃子的眼睛。在那栋摩天大楼的房间里，自己被她凝视时，身体竟然无法动弹。难道那就是催眠？

"哎，慎介，我以前跟你说过的，还记得吗？每年因交通事故死亡的人数。"江岛突然打断了慎介的沉思，开口问道。

"什么？"慎介回过神来，有些迷茫地回应道。

"每年大约有一万人因交通事故而失去生命。如果人口基数以一亿人算，就相当于每一万人中就有一人因交通事故丧生。平均每四十秒就会发生一起交通事故，从统计数据来看，每五十分钟就有一人因此死亡。当然，这个数字只是平均值，实际发生率会因人与车辆接触的频率而异。举个极端的例子，每晚慢跑的人遭遇交通事故的概率显然比刚出生的婴儿要高。此外，这个概率也会因居住地区而异。过去，交通事故高发的地区，北海道位居榜首，其次是爱知县，东京也位列前茅。在这些地区，如果大量居民同时外出，可能

人 偶 游 戏

每二十秒或三十秒就会有一人因交通事故而丧生。"

"毕竟车辆太多了！"慎介感叹道。话虽如此，但他心里清楚，自己并没有立场置身事外，只是不知该如何回应。

"事故的受害者自然会感到不满。不过慎介，就像掷骰子一样，偶尔总会掷出不理想的点数。日本现在大概有七千万人持有驾照，加上摩托车，大约有八千万辆车在路上行驶。这么多车在日本各地的道路上行驶，自然会引发意外事故！就像在一个洗脸盆里放入几十颗弹珠，不可避免地会相互碰撞一样。因此，车辆相撞是难以避免的，有人开车撞人，就会有人被车撞。慎介，你的情况，只是你恰好成了撞人的一方。仅此而已。"

"从被害人及其家属的角度来看，这是无法接受的呀！"

"我只是客观陈述事实。如果每年有一万人中得一亿日元的彩票，整个日本将会陷入混乱。而交通事故却没那么罕见。"

慎介无言以对。也许江岛试图通过这番话让他尽快忘记那起交通事故，但他认为这毫无意义，因为他自己对那件事几乎没有记忆了。

江岛突然猛地转动方向盘，慎介的身体因离心力而倒向一侧，他用右手紧紧撑着座椅，试图稳住自己的身体。

这时，他感觉手掌似乎触碰到了某个物体，有种被刺痛的感觉。他本能地缩回手，用手指夹起那个物体。那是一块长一厘米、宽五毫米、厚度不足一毫米的不明物体碎片，材质像是塑料的。

它的颜色引起了慎介的注意，那是一种略紫的银色。慎介觉得自己在哪里见过这种颜色，而且时间并不久远，可一时之间又想不起来到底是在哪里。

当那块碎片在他手中滚动时,他突然意识到了什么。

那是一片指甲……

更准确地说,是甲片。某个女人也戴了同样的装饰物。

是成美,没错!慎介清晰地回忆起成美往甲片上涂抹各种颜色的情景,这种略带紫色的银色是她最爱的颜色。

成美曾经坐过这辆车吗?什么时候?为什么?

江岛和成美虽然认识,但毕竟是通过慎介才认识的,慎介难以想象成美会在他不知情的情况下与江岛私下会面。

你和成美见过面吗?——他正准备提出这个问题,车辆突然再次急转弯,他手中的甲片在这一瞬间滑落了。

慎介慌忙弯下腰,在座椅下摸索起来。光线昏暗,搜寻起来十分困难。

"你在做什么?"江岛察觉到后座有动静,回头一瞥。

"不,没什么。"慎介边回答边继续寻找甲片,身体几乎从座椅上滑落。终于,他发现甲片掉在了前排座位下方。

他小心翼翼地捡起甲片,正打算重新坐好……

这时,一个声音忽然在慎介耳畔响起。

那是女人的惨叫声。

33

慎介产生了一种错觉,仿佛那个声音就是自己刚刚真切听到的一般。记忆的复苏来得如此突然,如此戏剧化,又如此清晰。

慎介想起来了,自己曾经在相同的情境下听到过那个声音。也就是说,那时他坐在后座,姿势并不端正,而是像刚才那样从座椅上滑下。为什么会这样呢?

因为急刹车——

车辆突然紧急刹车,他的身体因此向前猛冲。

轮胎尖锐的摩擦声、撞击物体的声响,重新撞向慎介的鼓膜,紧接着,当时的场景也清晰地浮现在他的脑海中。

没错,那时候也是……

慎介想咽口水,却发现自己口干舌燥。他记起来了,那时自己也是坐在后座,并且目睹了整个事件的发生。

他全身起了鸡皮疙瘩,冷汗缓缓渗出,呼吸变得急促,心跳开始加速。他能感觉到自己的体温正渐渐上升。

周围的景色逐渐变得眼熟,车子行驶在他熟悉的道路上,但他却有种置身异次元的错觉,甚至感觉眼前的一切都并非现实。

江岛减缓了车速。慎介的公寓就在眼前,奔驰车停了下来。

"好了,我们到了!下次我们再慢慢聊吧!如果可以的话,白天比较合适,那样你也会更加冷静。"江岛轻松地说着,后视镜中映出的双眼望着慎介,带着一丝深意。

慎介依然坐在座椅上没动,各种思绪在他脑中奔腾,形成强烈的旋涡。

"你怎么了?"江岛讶异地问道,"不下车吗?"

"江岛先生……"慎介盯着江岛的后脑勺,声音中带着一丝颤抖,"您把成美怎么了?"

从后座望去,江岛对这句话似乎毫无反应。有那么一瞬间,慎介甚至怀疑江岛没有听到自己的话,但这显然是不可能的。

江岛放在右腿上的手指动了起来,像打拍子似的,食指叩击着膝盖。

突然,江岛的动作停了下来,身体略微向后转,但慎介仍无法看到他的表情。

"成美……小姐,是指你的女友成美小姐吗?"

"是的。"

"刚才那句话是什么意思?你问我把她怎么了?"

"成美最近坐过这辆车吧?"

"我听不懂你在说什么。她为什么会坐过我的车?她这么跟你说的?"

"成美不在家,失踪很久了。"

"真的吗?那我还真不知道这件事。"

"江岛先生,"慎介提高了音量,"不要试图欺骗我。成美来找过您吧？你们之间达成了某种交易，对吧？"

"你脑子有病吗？我为什么要……"

江岛的话还没说完，慎介便伸出左手，掌心托着刚才捡到的甲片。

"这是成美的甲片吧？遗落在座椅上了。"

江岛正要伸手去拿甲片，慎介迅速将左手缩了回去。

"这是关键证据，不能交给您。"

"我完全不记得了。"江岛说，"成美小姐从未坐过这辆车。那甲片可能是我妻子或女儿的，她们好像也会去美甲沙龙之类地方。"

"既然如此，那就只能请警方来查验指纹了，很快就会真相大白。"慎介说完，取出一块手帕铺在腿上，小心翼翼地将甲片包好，"明天我会联系警方。我猜刑警很快就会拜访江岛先生，您如果有什么想说的，就留待那时再说吧！"

说完，慎介推开车门，作势离去。

"等一下！"江岛出声阻拦，"你这说法，简直就像我对成美小姐做过什么似的。"

"难道不是吗？"

"我为什么要那么做？"

"我刚才不是已经说了吗？成美来找您谈什么交易了吧？"

"什么交易？"

"自然是封口费！关于之前那起交通事故。"

当慎介吐出这句话时，江岛的耳根微微一动。慎介摆出全身戒备的姿势，二人之间的空气瞬间凝重起来。

"呼——"江岛长叹一口气，微微点头，随后动作逐渐加大。

"原来如此。"江岛停下动作,"你想起交通事故时的情形了?"

"刚刚想起。"

"全部?"

"嗯,全部。"

"这样啊,你想起来了!"江岛从上衣口袋里掏出烟盒,抽出一支烟叼在嘴边,用登喜路打火机点燃。车内的空气中混入了一团白雾。

"成美那女人来找过您吧?"

"不知道。我只能说,我完全没有印象了。还是说,你期待我会在这个时候坦白什么?"江岛一口接一口地吸着烟。

"成美要了多少?一千万还是两千万?那女人离开住所时把之前的三千万拿走了,如果想要凑足五千万,她大概会开出两千万的天价吧!"

江岛没有回答,依旧默默地抽着香烟。也许被慎介猜中了。

"江岛先生,我们重新做个交易吧!一切回归原点,从零开始。不过,只是把成美拿走的三千万还给我可不算完,毕竟还要算上您对成美做了些什么,一并隐瞒下来,封口费怎么说也应该加倍吧?不过您放心,不管怎样,我不会要加倍的封口费,只要五千万就打住,如何?"

江岛仿佛没把慎介的话听进去,仍以同样的节奏吸着香烟,视线落在风挡玻璃前方。

"不满意吗?"慎介问道,"可是我觉得这笔交易很划算啊!对您来说,五千万又不算巨款,况且其中的三千万不是已经付出去过吗?如果谈不拢,那么很遗憾,我明天一早就会和警方联系……不,已经过了零点,准确来说,应该是今天早上才对。"

"如何?"慎介对着江岛的背影又问了一次。

江岛拉出烟灰缸,摁熄手上的烟头。

"行吧!"他说道,"明天,不对,是今天,今天下午我会再跟你联络,这样总行了吧?"

"您的意思是,那个时候会把钱准备好?"

"是。"

"我明白了。我等您电话。"慎介再次打开车门。然而,下车前他又回头问了一句:"江岛先生应该不会骗我吧?"

江岛低声笑道:"我这人的原则是从来不做无用功。"

"听您这么说,我就放心了。"

慎介下了车,关上车门。几乎是同一瞬间,奔驰车的引擎声响起,车子疾驰而去。慎介目送江岛的车开远,直至尾灯消失在视野中。慎介一边凝视,一边回忆起那个夜晚车祸发生的经过。

那天晚上,由佳在"天狼星"喝到店里打烊。慎介从吧台后方默默注视着由佳的一举一动,但他记不清由佳究竟喝了多少杯马天尼。

不久,由佳便趴在了吧台上。"天狼星"的常客们大多深谙饮酒之道,也对自己的酒量有着清晰的认知,但由佳偶尔会失控地大醉一场。

打烊后,大部分员工都已离开,她仍旧纹丝不动。不久,店里仅剩下慎介和江岛两人。

"看来,只能送她回家了。"江岛无奈地叹息道。

"您知道她家在哪里吗?"

"嗯，知道。"

江岛交代慎介去把车开过来。慎介接过车钥匙，将车开到楼下，随后返回店内。然而，江岛被由佳紧紧抱住的画面猝不及防地映入他的眼帘。

由佳一边哭泣，一边反复喊着"你这个骗子！""不要抛弃我！"之类的话。任谁看到这场景，听到这些话语，都能立刻猜出其中的隐情，也明白她为何独自一人来到"天狼星"。

江岛被慎介撞见了这副窘态，露出尴尬的表情。他一时也找不到合适的借口，只好说道："不好意思，帮我扶她上车。"

二人费了好大一番力气才把由佳弄到副驾驶座上。慎介将车钥匙递给江岛，说道："那么，路上小心。"

江岛却开口邀请道："一起走吧！她家和你家是同一个方向，我顺道送你回去。"

"这样合适吗？"言外之意是：这样不会打扰到你们吧？

"没问题。"江岛板着脸点了点头。

"那我就不客气了。"

慎介坐进了奔驰车的后座，此时他认定自己会先下车。

然而，江岛先将车开往由佳的公寓。慎介疑惑地看着江岛开车的背影。由佳已经处于迷迷糊糊的状态，头不停地摇来晃去。当车子抵达由佳家时，她虽然已经清醒了许多，但走起路来还是踉踉跄跄的。

"我送她到房间去，马上回来，你等我一下。"江岛对慎介说道。

"明白。"慎介答道。

说是马上回来，但从离开到返回，江岛花了不止十五分钟。坐进驾驶座的江岛面露不耐烦之色。

"让你久等了。"

"不会。"慎介答道。

"有一些麻烦事要处理。"

"了解。"

江岛下车前还系得好好的领带已经解下,但慎介什么都没多说。

"由佳呢,我只照顾过她一小段时间,后来发生了一些乱七八糟的事,我们就分手了。现在我们之间应该算是好朋友吧。女人就是麻烦啊。看她一脸若无其事的样子,觉得她是开开心心地来喝酒的吧,结果人家忽然回想起往事,就像孩子一样闹起脾气来了。真是不好应付啊!"

慎介总算明白江岛为何开口说要送自己回家,江岛是料到如果只有他跟由佳两人,由佳一定会死缠烂打地要求他留宿。

"这件事情别说出去哟!"江岛竖起食指放在嘴唇上。

"嗯,当然。"慎介答道。

接着,江岛咂了咂舌,从副驾驶座上捡起一个东西。

"那女人……真拿她没办法。"

"什么东西?"

"手机,她把手机落下了。"

"呃,那得还给她。您快去吧!"

江岛叹了一口气。

"不好意思,你能替我跑一趟吗?如果是我去,这事又麻烦了。"

慎介强忍着不让自己露出不悦的神色。虽然觉得这事很麻烦,但江岛说得没错,他可不想再待在车子里苦等。

"我知道了。"说完,他把手机接了过去。

慎介走进公寓楼,按照江岛告诉他的地址,来到由佳的房间门口。虽然觉得她说不定已经睡了,但按响门铃后,屋里立刻有了回应。门锁解开后,他推开门,看见由佳穿着睡袍站在门后。

"果然如此。"她撇了撇嘴。

"什么?"

"你是来送手机的吧?"

"是啊,你发现手机落在车上了?"慎介将手机递给她。

"那倒不是,我是说,我早猜到他会叫你送过来。"

此话一出,慎介顿时明白,由佳是故意把手机留在车上的。

"你告诉他,不会收拾的小孩是没有资格玩玩具的。"

慎介微微一笑,道了声"晚安",便离开了房间。

他一回到车上,江岛就一脸忐忑地问道:"怎么样了?"

"一切顺利,还给她了。"

慎介坐进后座,毕竟这种情况下坐在江岛旁边的话,也太尴尬了。

"这样啊,辛苦你了。"江岛发动引擎。

"她好像是故意的。"

"什么?"

"故意把手机留在车上。"

"哦……"

江岛发动了车子,他的驾驶方式显得相当粗暴。

慎介坐在后座上,漫不经心地望向窗外。江岛一路抄着近道,走的几乎都是没有什么车辆的道路,红绿灯也寥寥无几。车速极快,可见驾驶者的烦躁。前方有一辆自行车。

人偶游戏

天空飘着细雨,潮湿的路面微微反射着路灯的黄色光晕。江岛掏出一支烟叼在嘴边,他没有用车上的点烟器,而是从口袋里掏出店里常用的登喜路打火机点火。

第一次,火苗没有点燃;第二次,依旧没有成功。正当江岛打算进行第三次尝试时,他的视线离开了前方几秒,集中在手中那小巧的打火机上。连后座的慎介都忍不住盯着他的手看。

然而,就在那一瞬间,一个物体悄然闯入慎介的视野,对江岛来说大概也是如此。他发出一声惊叫。

紧接着,是一下撞击。轻微的冲击力传来,甚至比踩到空易拉罐的冲击力还要小。但江岛显然立刻意识到自己撞上了什么东西,几乎是出于本能地迅速踩下刹车。紧急刹车的反作用力让慎介从座椅上滑落,身体不受控制地向前倾。眼前的景象深深地印在他的脑海里。

糟了!慎介心中暗叫不好。如果他没有看错的话,他们的奔驰车撞到了一个骑自行车的女人。

然而,随后发生的事情更具冲击力。不知从哪里又传来了更加剧烈的碰撞声。慎介透过车窗向外望去,不由得瞪大了双眼。

一辆红车猛地撞上了一旁的建筑物。不仅如此,有个人被夹在建筑物的墙壁与车子之间,那人看起来已经毫无生气,一动不动。慎介的第一反应就是:那个人恐怕已经死了。

江岛下了车,朝那辆红车走去。这时,慎介才注意到那是一辆法拉利,不过驾驶座上看不到人。

慎介环顾四周,周围都是些看起来像仓库的建筑物,没有任何民宅。也就是说,除了他们,没有其他人知道这里发生了交通事故。

紧接着，慎介注意到奔驰车当前所处的位置，车子已经冲入对向车道，看来是那辆红色法拉利闪避不及，加上雨天路滑，紧急刹车导致转向失控，撞向了建筑物。

江岛走回来了，但他没有回到驾驶座，而是打开了后座的车门。他眉头紧锁，在慎介身旁坐了下来。

"这下麻烦了。"他喃喃道。

"那个人……没救了吧？"

"大概吧！"

"那辆车的驾驶员呢？"

"他好像没事，还活着。"

"打电话报警比较好吧？不，应该先叫救护车！"慎介从口袋里掏出手机，按完"119"，准备按通话键。

"等等！"江岛出声阻止他。

"怎么了？"慎介问道。

江岛没有立刻回答，陷入了短暂的沉思。十几秒后，他直视着慎介的眼睛。

"慎介，咱们做个交易吧？"

"什么？"这句话出乎慎介的意料，他一时间有些摸不着头脑，"您说的交易是什么意思？"

"没时间了，我就长话短说。就当这辆车是你驾驶的，你从'天狼星'开这辆车送由佳回她住的公寓，而我没有坐这辆车。"

"呃，可是那样，我不就……"

"当然我会酬谢你的。"江岛露出豁出去的眼神，"我给你一千万日元，现金。有了这笔钱，你开一间自己的店就再也不是梦了！"

慎介紧紧地盯着对方的脸,说:"江岛先生,您是认真的吗?"

"希望你快点决定,越晚就越难瞒过去了,等会儿要是有人经过,就完了!"

"等一下,就算身上有再多的钱,被关进监狱,这辈子也就毁了!"

"不会的,你应该很清楚这起交通事故的经过。确实是我们的车先撞了人,但导致惨剧的关键是那辆车,你不会真的被判刑。"

"但那辆车失控的原因是我们开到对向车道上了。"

"话是这么说,但也不能就此认定我们要负全责。你放心吧,我认识一个很厉害的辩护律师,你只要忍受一些烦琐的流程就好了。这样你就能赚一千万,这笔买卖不亏吧!"

江岛双眼布满血丝,仿佛被逼入绝境。看他这样子,慎介反而不可思议地冷静下来。

他心中萌生了一个念头,这不正是千载难逢的好机会吗……

他看着江岛,伸出五根手指头。

"什么意思?"

"五千万,这个价就成交。"

江岛的表情瞬间扭曲起来。"你是认真的吗?"

"当然是认真的,一千万可不划算。"

"我付不起五千万。"

"最多能付多少?"

"这样浪费时间,对我们双方都没好处吧!"

"所以我也很急啊!请尽快回答,最多能出多少?"

江岛怒视着慎介,眼中满是憎恨地说道:"三千万。"

"成交!"慎介点头同意,"如果您事后反悔,我就向警方全盘托出真相！"

"我知道。"

"那由佳小姐那边怎么办？如果我告诉警察，我们今晚来过这里，他们应该会再次向她核实情况吧？"

"我会提前跟她沟通好，警察在清晨之前应该不会采取行动。"

"那就好。"

他们结束对话并达成协议后不久，一辆小货车驶来，缓缓经过慎介他们的车辆，在前方大约二十米处停下，似乎注意到这里发生了交通事故。

"慎介，就交给你了。"

"三千万，别忘了！"慎介提醒道，然后跨过前座靠背，移动到驾驶座上，接着打开车门走了出去。

一个穿着工作服的男人从货车上走了下来，身材不高，看起来是一名中年男子。

"喂，你还好吧？"男人问道。

慎介挥了挥手，示意自己并无大碍。

"需要叫警察或救护车吗？"

"我们自己来吧。"慎介大声回答道。

"有人受伤了吧？还是快点处理好一些。"

男人似乎是个爱管闲事的人，慎介感到很不耐烦。既然打算骗过警察，目击者自然是越少越好。

"真的没事，没什么大问题。"慎介对男人说。他不想让对方靠近事故现场，一旦发现尸体，这种人估计会凑热闹。

"有手机吗？"身穿工作服的男人边问边走了过来。

"嗯,有。"慎介拿出手机给他看。

这时,法拉利的车门开启,一名看起来惊魂未定的男子走了出来,似乎并未受重伤。

小货车的驾驶员看到法拉利的驾驶员,似乎接受了慎介之前的解释。

"看起来确实不算太严重。"说完,他转身回到了小货车上。

慎介缓步走向那辆法拉利,下车的男子年纪似乎与他相仿,上身套着一件深咖啡色的衬衫。男子瞥了慎介一眼,沉默不语地从上衣口袋里掏出手机。

"你受伤了吗?"慎介问道。

男子并未回应,反问慎介道:"你报警了吗?"

"还没有。"

"那就报警吧。"话音刚落,男子便开始拨打电话。

"你在给谁打电话?"

"我有我需要联系的人。"男子粗鲁地回答。

就在这时,被法拉利撞击的那具躯体映入慎介的视线。那人披着长发,面部无法辨识,但可以清晰地看到黏稠的液体从那人口中不断涌出,弄脏了法拉利的引擎盖。慎介强忍着恶心的感觉,拨打了"110"报警电话。

在等待电话接通的间隙,他瞥了一眼奔驰车,后座的江岛已经无影无踪。

这就是车祸的真相——

34

慎介一回到家中,便直接躺到床上,舒展四肢,深深地吸了一口气。

五千万日元……

这数目还不错,他内心暗喜,有了这笔钱,几乎可以做任何想做的事情。尽管最近发生了一系列奇怪的事件,但这些事件也让他的财富从三千万日元增长到了五千万日元。

我还真是幸运,幸运极了——他发自内心地感慨。那起交通事故无疑是人生的转折点,如果当时自己选择了退缩,今天就不会有这般好运。人啊,关键时刻,就应该果断地放手一搏。

负责处理交通事故案件的警官对慎介的供述深信不疑,因为这起事故几乎没有疑点,况且根本没人会想到,居然有人会在致死交通事故中替别人顶罪。

关于事故的赔偿金,江岛的朋友汤口律师已经协商妥当,慎介根本无须操心。令他意外的是,与另一名肇事者的谈判无比顺利,没有出现丝毫争执。由于事故的起因在慎介这一方,他本以为对方会借此机会漫天要价,狠狠地敲上一笔,然而事实却并非如此。据汤口律师透露，对方似乎更希望尽快了结此事。

此外，刑事法庭的审理也顺利结束，正如江岛所料，法官并未判处慎介入狱服刑。

事故一处理完毕，慎介便从江岛那里拿到了三千万日元。他将这笔钱藏在浴室的镜子后面。他向成美透露了事件的全部经过，但对藏钱的具体位置守口如瓶。

"如果现在就动用这笔钱，肯定会引起怀疑。再等上两年，等这件事被人们淡忘后再用这笔钱开店吧！"他对成美说。

成美并未追问慎介将钱藏在了哪里，但她似乎对三千万这个数额并不满意。

"对方可是'天狼星'的老板啊！别说五千万，没准一亿都不在话下。江岛先生肯定有什么秘密，不能和交通事故扯上关系，你错过了一个好机会，太可惜了！"

她时不时建议慎介与江岛重新谈判，每次慎介都劝她说："做人不能太贪心，否则没有好报！"

一段时间后，慎介才发现，成美的推测是正确的。江岛曾有类似的案底，有前科的肇事者很可能不会被判缓刑，甚至可能面临更严厉的刑罚。江岛所担心的正是这一点。

慎介从床上坐起，凝视着成美的梳妆台，脑海中浮现出她的脸庞映在镜子中的情形。慎介经常这样看着她化妆。

成美真是个愚蠢的女人，他心想，老老实实地等着不好吗？时机成熟时，他们俩就能共同享用那三千万日元了。

结果，成美那个女人居然打算独吞那笔钱，难道她想用这笔钱和别的男人开始新生活？因此，当慎介被岸中玲二袭击而失去记忆时，她认为这是天赐良机——既然慎介已经忘记了这三千万日元的存在，那么她偷偷取走钱，也就不用担心慎介会来追讨了。

在慎介住院的那段时间，成美搜遍了整个屋子，想必是坚信那笔钱就藏在这屋子的某个角落吧，后来她肯定也在背地里继续寻找。最终她发现钱就藏在盥洗台镜子的后面。

如果她只是想将那三千万日元据为己有，其实也没什么大不了的，只要找个合适的借口和慎介分手，便不会引起别人的怀疑，从而顺利开始新生活。然而，她贪婪地渴望得到更多，居然还去找江岛，索要更多的封口费。

显然，江岛并未接受这笔交易。

慎介从口袋里掏出手帕，展开，凝视着包裹在其中的甲片，脑海中浮现出成美细心涂抹指甲油的情景。

他感到口中的唾液变得苦涩，便吞了下去。

慎介了解江岛，他并不是一个宽宏大量的男人，否则绝不可能爬到今天的地位。那个男人深不可测的狡猾和冷酷，慎介早就见识过好几回。他可不是那种被一个小姑娘勒索要求增加封口费，就会乖乖掏出来的善良之辈。

"真是个蠢货。"慎介咕哝道。

他对成美的感情或许称不上纯粹的爱情，更像是留恋一条穿过的旧牛仔裤，一旦清晰地意识到已然失去，一股难以名状的怅惘还是会不可抑制地漫上心头。

慎介起身，猛地拉开壁橱门，里面放着一只大旅行袋。那是成美从夏威夷带回来的名牌货。他取出旅行袋，放在地板上。

他迅速扫视室内，然后走向木制衣橱，拉开衣橱门。衣橱内挂满了成美的衣物,而属于他的寥寥几件衣服,可怜巴巴地夹杂其中。他挑选了几件看起来实用且较新的衣物,放入旅行袋中。

江岛是否会爽快地把那五千万日元拿出来,慎介心里没底。稍有不慎,自己可能就会重蹈成美的覆辙。与这些老谋深算的人打交道,出其不意才是制胜的法宝。

慎介计划天一亮就离开这里,反正江岛要联系他,肯定会直接拨打他的手机。只要他行踪隐秘,哪怕江岛心怀恶意地想要算计他,也无从下手。慎介深知,自己必须完成这笔交易。为了顺利拿到钱,他决定暂时躲起来。

五千万日元!

想到这个金额,慎介心中便涌起一股难以抑制的激动。有了这笔资金,实现一两个宏伟计划将不再是天方夜谭。

慎介将一些日常用品塞进旅行袋,思绪却不由自主地飘回自己十八岁初到东京的日子——那时的他,蜗居在一间狭小得如同储物柜的一居室里,每天依靠打工维持生计。梦想就在那样的生活中一点点地消逝。

这是重新获得一切的机遇,就像扑克牌游戏重新洗牌。而这次,他手中握着的是一张王牌。

"全力以赴!"他自言自语道。

就在这时,玄关的门铃突兀地响了起来。慎介正准备将盥洗用具塞进旅行袋,手上的动作瞬间僵住。

会是谁呢?都这个点了。

慎介站起来,尽量不发出任何声响,缓缓靠近玄关。门铃再次响起,似乎有人正站在门外。

是江岛吗？这个念头如闪电般在慎介脑海中闪过。但他很快就否定了这个想法，江岛绝不可能这么快就把钱凑齐。不管江岛究竟打着什么鬼主意，就这么堂而皇之地跑上门来，绝对讨不到什么好处。如果他真的想要慎介的命，肯定会选择出其不意、攻其不备的手段。

慎介靠近门边，将眼睛凑近门上的猫眼往外窥探，连呼吸都刻意放得极轻极缓，生怕发出一丝动静。

透过猫眼，慎介看到了门外站着的人。认出来者时，他的心跳骤然加速，差点忍不住惊叫出声。

是琉璃子！那双勾魂摄魄的眸子正直勾勾地凝视着猫眼的镜片，仿佛早已预料到慎介会躲在门后偷看。

慎介全身僵硬，动弹不得，呆立在原地。为什么？为什么这个女人会出现在这里？

琉璃子再次按下门铃，铃声如同锋利的刀子，一下又一下地剜着慎介的心脏。恐惧如同一股冰冷的电流，从他的背脊迅速蹿过。

慎介下定决心，绝不开门。他全身的每个细胞都在拉响警报，警告他绝不能让这个女人踏入屋内半步。

然而，接下来发生的事惊得他合不拢嘴。他刚察觉到门外的女人有所动作，下一秒就听到钥匙插入锁孔的声音。

"咔嚓"——慎介眼睁睁地看着门锁被打开。

35

慎介一脸茫然，凝视着旋转的门把手，突然意识到自己被困在那栋摩天大楼里时，琉璃子已经复制了他公寓的钥匙。那女人为什么要将自己逼至如此绝境？慎介心中满是疑惑。与此同时，他的大脑飞速运转，拼命思索应对之策。转瞬间，周围的一切似乎都与现实脱节了。

当门缓缓开启时，慎介才回过神来，一股被围堵的危机感瞬间充斥胸膛。

他向后退去，在房间中央摆出防御的姿势。虽然对自己的力气不是特别有信心，但他自认为比寻常人更习惯应对暴力场面。只要严阵以待，哪怕琉璃子携带了武器，自己也应该能轻而易举地把她撂倒。然而，此刻的他对琉璃子充满了恐惧，心跳加速，几乎喘不过气来。

琉璃子走进屋里。

她身着黑色针织衫，搭配一条长及脚踝的裙子，裙子也是黑色的。

"为什么……"慎介说，"为什么你会来这里？"

琉璃子沉默不语，只是凝视着慎介，露出一个意味深长的微笑，而后径直走了过来。在移动过程中，她的身体动作幅度极小，几乎看不出上下摆动。或许因为双腿藏在长长的裙摆下，远远看去，她就像是在以一种诡异的滑行方式朝慎介步步逼近。

"你别过来！"慎介瞪视着她，伸出双手拦在身前。

琉璃子的嘴唇略微动了一下，似乎在说些什么。

"什么？"慎介疑惑地问道。

"……我说过的吧？"她再次说了一遍，声音很小。

"你说什么？"

"我之前说过吧？你无法离开我的身边，这是命运的安排，不容更改。"琉璃子用那低沉如长笛般的声音说道。这声音曾经让慎介着迷，现在却让他感到不寒而栗。

"开什么玩笑？叫你别过来了！"

慎介像是驱赶苍蝇一般猛力挥动手臂，拼命想要往后退，可是双脚无法顺利挪动，一个趔趄，跌坐在地。

他试图迅速爬起，但双脚完全无法使力，全身肌肉也不受控制。

琉璃子站在惊惶失措的慎介面前。慎介仰望着她，和她四目相对。

慎介的下半身瞬间彻底麻痹，他试图挺起上半身，却发现力不从心，只能狼狈地躺倒在地。好不容易手臂可以移动了，但无论他如何用力撑着地板，背部都像被胶水粘在地板上一般无法抬起。

琉璃子双脚跨在慎介大腿两侧，缓缓蹲下身来，徐徐解开他的衬衫纽扣，将嘴唇贴上他裸露的胸腹。

"不要！"慎介大吼。不知从哪里生出一股力量，他抓住琉璃子的双肩，试图挣脱她。

琉璃子停下动作，直勾勾地凝视着慎介的脸，那眼神犹如在审视猎物，弓起的身体仿佛蓄势待发的猫咪。

琉璃子将手轻轻放到慎介的裤子扣环上。然而，慎介毫无反应。琉璃子的眼中闪过一道精光，如毒蛇吐芯般吐出舌头，又如猛兽觊觎猎物一般，抬眼看向慎介。随后，她以极致性感却又充满危险气息的动作不断刺激着他。

她疯了——慎介心想，但身体却完全被一种难以言喻的感觉支配。在宛如被绳索五花大绑、全身无法动弹的状况下，身体仅有一处被给予快感，这种异样反而令快感更加强烈。

琉璃子用力将垂覆在脸上的头发甩到脑后。慎介的身体不住地颤抖，此时此刻，他早已分不清自己心中涌动的究竟是愉悦还是恐惧，两种截然不同的情绪交织在一起，让他的大脑一片混乱。琉璃子慢慢地上下摆动腰部，脸上浮现出一种征服男人后的喜悦，鲜红的舌头在她口中若隐若现，仿佛来自地狱的诱惑。

"停下！"慎介呻吟着大喊，想要摇晃身体挣脱这可怕的束缚，可身体却像被抽去了筋骨，绵软无力，根本使不上劲。

"为什么要停？"女人问道，"我会怀上你的孩子。我要你的孩子。"

"说什么傻话！停下！"

"如果你想让我停下来……"琉璃子抓住慎介的双手，举起来，环在自己的脖子上，"那就杀了我。除此之外，你无路可逃。"

"闭嘴！"

"那就让我们一起下地狱吧！"

琉璃子说完，发出一阵狂笑。那笑声听起来怪异至极，仿佛是猫咪从喉咙深处发出的诡异叫声。

慎介觉得自己被一种前所未有的奇异感彻底包围，仿佛被卷入了澎湃的波涛之中。奇怪的是，他并未因此感到不适，反而感觉体内逐渐涌起一种异样的痛感。

快不行了，慎介心想，他知道自己要坚持不住了。

慎介双手掐住琉璃子的脖子，微微使劲。可让他万万没想到的是，琉璃子的脸上竟然露出了一丝欢喜之色。

"是啊，杀了我，就和那时候一样。"

"那时候……"

"是你杀了我。都是因为你，我才会像黏土制品那样被压扁、挤烂。你那时候杀了我！快想起来啊！"

不对，不是我——慎介正想大叫。

这时，电话铃声突然响起。是手机，手机铃声在慎介的裤兜里响起。

琉璃子的脸上闪过一丝异样的神色，她停止了动作。与此同时，那一直束缚着慎介身体的咒语仿佛被破解，他感到力量重新回到了自己身上。

他用尽全力，猛地推开身上的女人，迅速站起身来，冲向玄关，夺门而出。把门关上后，他用背部顶住门，手忙脚乱地穿好衣服。尽管手机铃声还在不断地响着，他却无暇理会。一离开门板，他便急忙从旁边的楼梯口狂奔下楼。

他冲到一楼，迅速穿过公寓后门，来到外面。琉璃子好像并未追过来。但他还是继续奔跑，直到离开公寓约三个小区的距离，才逐渐放慢脚步。旁边有一间看上去像是木材公司仓库的屋子，前方停放着两辆卡车。他躲进两辆卡车之间的空隙中。

他调整呼吸，警惕地朝公寓方向望去，没有发现琉璃子的身影。

他不自觉地长叹一口气，这时才意识到肺部隐隐作痛。最近他几乎没有锻炼，已经好几年没有这样全力奔跑过了。

他从衬衫口袋中取出烟盒和一次性打火机。香烟只剩最后一支，他叼在嘴上，点燃后深吸一口，却使胸口的疼痛更加剧烈。

手机铃声戛然而止。慎介借着路灯的光线仔细查看屏幕，上面显示的是一个陌生的号码。多半是江岛打来的电话。除了江岛，他想不出还有谁会在这种时刻给他打电话。

他直接按下回拨键，电话在响到第三声时接通了。

"喂！"电话那头传来一个男人的声音，但并非江岛。慎介觉得这声音似曾相识，却一时想不起对方究竟是谁。

"你好，我是……雨村。"慎介试探性地回答。

"啊，你终于接电话了！我刚才打过你的号码。"

一听到这话，慎介马上知道声音的主人是谁了。

"是木内先生……吗？"

"抱歉，这么晚打扰你。你已经休息了吗？"

"没有，我还没睡。有什么事吗？你不是说过希望我不要再和你有任何瓜葛吗？"

"你不是也说不想再和我有任何瓜葛吗？但现在情况有变，我不得不改变初衷。"

木内的语气中透着焦急，慎介凭直觉感到事情与琉璃子有关。

"是关于她的事吗？"慎介询问道。

他猜对了。因为木内沉默片刻后，压低声音反问道："难道你那边出什么事了？"

"没错！"慎介回答，"就在刚才，她进了我的房间。"

木内在电话那头嘟囔着，随后发出不满的啧啧声。

"她现在还在那儿吗？"

"我现在独自一人在外面。"慎介继续说，"我是从家里逃出来的。"

"她在哪儿？"

"不清楚，可能还在我的房间里。"

木内再次陷入沉默，或许是因震惊而无言以对，或许是在思索如何善后。

"你现在在哪里？"木内问道，"在公寓附近吗？"

"距离公寓大约一百米，躲在卡车的缝隙中，怕被她发现。"

"明白了。"木内略做沉思，"你住的公寓是在门前仲町吧？"

"你了解得真详细。"

"我记得葛西桥大道那边有一间家庭餐厅。"

"没错，我就在那附近。"

"那你能在那里等我吗？我马上过去。"

"你准备对我坦白真相了吗？"

"是，有这个打算。"

"好的，那没问题。你大概多久能到？"

"不确定，但我会尽快赶到。"

"我明白了，你尽快过来！"

"知道了。"木内说完，挂断了电话。

慎介将木内的电话号码保存在手机中，然后把手机放回裤兜。

36

　　墙上的时钟悄无声息地指向了凌晨四点四十分。这家店里，除了慎介，还有三位客人。其中一人坐在吧台前，手中翻动着报纸，偶尔抿一口咖啡。另外两人坐在最里面的桌子旁，一边用餐一边低语着什么。店里的这几位客人无一例外，都是男性。

　　慎介点了一份维也纳香肠和薯条，还有一杯啤酒。他慢慢地将这些食物塞入嘴里，目光穿过玻璃窗，落在葛西桥大道来往的车辆上。

　　他的思绪被刚才琉璃子的事情所占据。

　　她大概是在回到寰球塔的住所后才发现他逃走的。不过，琉璃子，或者说上原绿，她的目的究竟是什么？慎介知道她想为岸中美菜绘复仇，但他猜不透她究竟想用什么方式来实现。如果她真的铁了心要取他的性命，之前有太多的机会可以下手。她拥有一种不可思议的力量，能让对方动弹不得，而她也曾多次将慎介置于这种窘境。刚刚也是如此。可她并没有就此夺走他的性命，为什么？

　　话说回来，她为什么非要变成岸中美菜绘？为什么非要变成那个被自己的男友——木内春彦撞死的女人？难道她以为这样就能拯救自己的男友吗？不可能，慎介立刻否定了这个想法。站在木内的角度，如果女友变成了被自己撞死的那个人，这种局面只能用"如堕地狱"来形容。

上原绿与岸中美菜绘，这两人之间究竟有着怎样的关联？

慎介试图在记忆中抽丝剥笋，从最初的点点滴滴开始，连那些微不足道的琐事也不放过，将所有事情逐一重新审视。他坚信，某个细微之处必定隐藏着关键线索。

与琉璃子相遇，和她亲密接触，发现岸中美菜绘的"幽灵"……这些梦幻离奇的经历，如万花筒般在他的脑海中逐一重现。慎介不禁开始怀疑，自己的精神状态是否已经出了问题？或许他早已陷入疯狂，所见所感皆为幻觉。当然，诸多确凿的证据表明他并未失去理智。

杯子里还剩下几厘米高的啤酒，慎介本欲一饮而尽，可在酒杯举至唇边的那一瞬间，他脑海中突然闪过某件重要的事，手上的动作突然停住。

那是他和木内春彦初次在"天狼星"见面时的情景。

木内不经意间吐露的一句话，此刻宛如一道电流，刺激着慎介的神经。当时慎介对他随口说出的那句话并未放在心上，可如今，那句话对慎介而言，有着重如千钧的暗示意义。

"难道……"他自言自语道。

坐在吧台前的客人微微侧过头来。

怎么会有这种事？慎介在心底低语，这绝不可能发生。

然而，心中刚刚萌生的那一丝疑惑，如同被吹进气的气球，迅速膨胀起来。慎介内心愈发笃定,除此之外,别无他解。

他瞥了一眼手表,急切地想要证实自己的猜想。此刻的他,恨不得立刻冲去质问木内。

看到手表的那一瞬间,另一个念头冒了出来——晚了!

从木内所住的日本桥滨町到此处,如果开车开快一点,不过十分钟的路程。木内明明说过会尽快赶来的。算算时间,他应该早就到了才对。

慎介马上想到了另一个可能性。他抓起放在桌上的账单,气势汹汹地站了起来。

结账后,他匆匆走出餐厅,朝自己居住的公寓疾步奔去。

太大意了,慎介一边奔跑,一边在心中懊悔不已。木内给他打电话,肯定另有所图——上原绿失踪了。木内在四处寻觅的过程中,猜到上原绿或许会去找慎介。

木内约慎介在家庭餐厅见面,并非真有要事相商,只是想让慎介离开公寓。说白了,这就是调虎离山之计。

慎介赶到公寓,只见一辆进口车停在门口。车旁站着三个男人,其中一人正是木内春彦。

慎介径直朝木内走去。另外两人先注意到他,随后木内也转过身来。他脸上神情复杂,既带着几分尴尬,又透着一丝局促。

慎介停下脚步,与木内保持着约两米的距离。

"这是怎么回事,木内先生?"慎介问道,"你到底在搞什么名堂?"

木内背过身去,手掌轻轻揉着下巴。另外两人依旧直勾勾地盯着慎介。

"请你好好解释一下！"慎介又道。

"等一下会解释的！"木内没好气地说道，"现在最要紧的是先把人找到。"

果然是来找她的。

"没找到吗？"

"嗯。"

"你们也去过我的房间吧？"

"你又没锁门！"

当然，就算锁了门，估计你们也会破门而入的吧——慎介暗自腹诽。

"天一亮，她就会消失。"慎介微微抬头，天边已泛起鱼肚白，"她总是这样。"

"是吗？"木内说道。

"我有很重要的事情要跟你说。"

木内听到这话，终于与慎介对视。慎介目光坚定地回望木内，他觉得只要自己这样看着木内，木内就能明白自己想说什么。

"木内先生……"旁边的一个男人轻声说道，似乎在等待木内的决定。

木内对那个男人微微点头，说道："你们先回去，向社长汇报一下情况吧。"

男人们向木内鞠了一躬，依次坐进车内。车子缓缓驶离。

慎介目送着车子的尾灯渐渐消失在视野中，这才转头看向木内。

"你说的社长，是指她的父亲吗？"

也许木内觉得这个问题无须回答，他直接选择了无视，只是简单地说了句："先拦辆车吧。"说着，便迈步向前走去。

两人来到马路边，很快一辆空出租车驶来。木内迅速招手拦下，坐进车内，对司机说："去滨町站。"

"去你住的公寓吗？"慎介问道。

"说不定她已经回去了。"

"所以她平时都住在你那里？"

木内没有回答，只是默默地望着窗外。天色大亮，马路上逐渐热闹起来。

出租车在滨町公园旁停下，木内告诉司机到这里就可以了。由于这条路是单行道，车子无法直接开到公寓正前方。

慎介先下了车，木内付完车费也跟着下了车。

木内沉默不语地向前走去，慎介紧随其后。

他们渐渐走近花园广场。木内边走边从裤兜里掏钥匙。

"木内先生，能问你一个问题吗？"慎介在身后轻声问道。

"等一下再问。"

"其实很简单，你只需要回答'是'或'不是'。"慎介语气坚定地说，"你也是替人顶罪吧？"

木内的脚步猛地停了下来，他缓缓转过身，目光如炬地盯着慎介，眼中闪烁着严肃而锐利的光芒，仿佛要将慎介看穿。

"你的记忆恢复了？"

"几小时前恢复的，可是……"慎介摇了摇头，"我原本并不知道你也是替人顶罪，但思来想去，似乎只有这个解释说得通。在'天狼星'见面时，你跟我说：'我好像没什么负罪感。你不也一样吗？'我仔细琢磨这句话，发现除了这个答案，别无他解。"

"原来如此。"木内点点头,搓了搓脸,随后缓缓转动脖子,发出几声清脆的"咔咔"声。

"我的推理没错吧?"慎介问道。

"没错。"木内回答,"你说得对,我也是替人顶罪。"

37

花园广场的银色电梯内,微弱的光线在内壁上反射出淡淡的光晕。慎介凝视着那束光,和木内一同上了五楼。木内住在505室。

木内打开房门,让慎介稍等片刻,随后独自走进屋内。过了两三分钟,房门再度开启,木内从里面探出头来。

"可以了,进来吧!"

"她呢?"

"不在。"

慎介踏入室内。一条狭长的走廊笔直地延伸至尽头,尽头处有一扇半透明的玻璃门,昏暗的光线透过玻璃门模糊了门后的一切。

木内走进玄关,推开了左侧房间的门。

"地方有些小,请见谅。能招待客人的房间只有这一间。"

确实,这个房间收拾得还算整洁,里面有书架和小书桌,角落里摆着音响和电视。

"那里是?"慎介指着走廊尽头的门说道。

木内皱起眉,目不转睛地望着慎介。

"你想看?"

"如果可以的话。"慎介回答道。

木内有些犹豫,最后还是叹了口气,点了点头,说:"真没办法。"

他打开走廊尽头的门,走进去打开灯。

"好了,进来吧!"

慎介闻言,跟着走进去,看到室内的景象,他一时语塞。

这里简直像剧场后台,挂满衣服的移动式衣架杂乱地摆放着,桌上摆满了化妆品,墙上并排挂着好几面全身镜。

"怎么回事?"过了好半晌,慎介才开口道。

"这里是她变身的房间,"木内回答,"变身为岸中美菜绘的房间。"

"在这里……"

慎介伸手触摸挂在衣架上的一条裙子。他记得自己见过这件衣服,那是她第一次出现在"茗荷"时穿的衣服。

他看向木内。

"当时开法拉利的人是她吧?"

"是的。"木内拉过一张餐椅,坐了下去。

"我跑去车边时,没看到她。"

"因为事故一发生,我就让她先跑了。"木内跷起腿,"不过她没跑多远,其实就躲在旁边仓库的阴影里,一直在那里。"

"你替她顶罪,是为了爱情,不希望女友留下案底吗?"

"有这个原因,不过还有更重要的隐情。考虑到当时的状况,如果是我开车,应该能判缓刑,但如果是她,恐怕不可能。"

"她曾是什么重大交通事故的肇事者?"

"不。"木内摇摇头说,"我们那晚是在离开'海鸥'回家的路上出事的。"

"酒驾?"

"算是。"木内挠了挠鼻翼,"在店里的时候,我们本来说好了回去的时候由我开车,所以我一滴酒都没沾。但到了要回家的时候,她却坚持要自己开车。她认为自己不过喝了点小酒,是不可能醉的。实际上她的酒量很好,当时也确实看不出喝醉了。我想应该没关系,就把车钥匙给了她。这个决定大错特错,我当时根本不该让她开车的。"

慎介腹诽:你估计很难强硬起来吧。虽说两人是恋人关系,但上原绿是高高在上的社长千金,想必大多数时候主导权都掌控在她手上。

"她对自己的开车技术充满自信,很反感别人说她喝了点酒就开不了车,因此她开得很快。在这种情况下,一个微小的疏忽都可能导致严重后果,我能做的仅仅是默默地守护在她身边。"木内说道。

"结果还不是出事了?"慎介追问道。

"话得先说清楚,怎么说都是你们负主要责任。"木内说,"那种情况下闯进对向车道,即使我们车速不快,也很难躲开。"

"又不是我开的车。"慎介反驳道。

"我知道。"木内说着,点了点头。

两人陷入了短暂的沉默,沉浸在各自的思绪中。

慎介先开口打破了沉默。

"是你主动提出要替她顶罪的?"

"当然,绿当时完全陷入了恐慌,根本没有思考的能力。"

"你是出于对她的爱才甘愿替她顶罪，还是出于私心？"

"私心？"

"哎呀，当然是借机做个顺水人情嘛！无论是对她本人，还是对她的家庭，这都是个示好的机会。"慎介分析道。

"嗯。"木内耸了耸肩，"坦白讲，我也说不上来。总之，我当时只是觉得不能就这样把她交给警方。说是出于对她的爱，听起来可能会更帅气些，这背后的原因应该更复杂。但我不记得那一刻有什么深思熟虑的计划。如果非得找个解释，大概是我的一种本能反应吧。"

"本能反应？"

"毕竟我只是个打工人。"

"原来如此。"慎介点了点头，觉得心有戚戚。

"唯一幸运的是，另一方的肇事者是你们。"木内接着说。

慎介有些困惑地偏了偏头。

木内继续说道："事故发生后，那个人立刻来到我们的车边，就是那个叫江岛的人。"

"我记得是这样，没错。"

慎介的脑海中再次浮现出当时江岛走向红色法拉利的情景。

"那个人来的时候，绿还坐在驾驶座上。他探头进来询问我们是否安好。就在那一刹那，我做出了决定——为她承担罪责。"木内说道。

"你对江岛说了？"

"我对他说：'希望你把开车的人当成我，因为有一些复杂的原因。'他本来感到很诧异，但只说了一句：'不要对我造成不利影响就可以了。'我所说的幸运之处就在于此。如果对方是个较真的人,这笔交易就做不成了。"

"就是因为你对江岛说了这种话,他才会想找人替他顶罪。"

"好像是这样,我也是后来才知道的。"

慎介现在总算明白,为什么在那么棘手的状况下,事故责任的协商会出奇地顺利。原来是因为双方都有不可告人的隐情。

"事故发生后,我走到你们那边时,你正在打电话。你是在给谁打?"慎介问道。

"打给社长,告诉他事情的经过,请他立刻把绿带走。"

"她父亲应该会为你的忠心感动到流泪吧!"

"谁知道呢?当时他大概觉得那种小事是理所当然的,毕竟他要把心爱的独生女嫁给一个平平无奇的小白领。"

"当时?难道后面出现了变数?"

"算是变数吧!"木内点了点头,"我完全没料到她竟然会被附身。"

"附身?"

"对……"木内凝视着慎介的眼睛,平静地说道,"她被岸中美菜绘附身了。"

38

"你是在开玩笑吗?"慎介的面颊微微抽动了一下。

"当然,我只是打个比方。但随后发生的一系列怪事,只能用这个词来解释。或者说,它们仍在持续发生,用现在进行时来描述似乎更为贴切。"

"我不明白你的意思。"

"是吗?"木内从椅子上起身,走向挂在衣架上的裙子,轻柔地抚摸着袖子,"我想问你,你还记得那起事故的细节吗?"

"要说记得多少的话,倒不如说我全都记得。虽然曾经遗忘过,但现在几乎都回想起来了。"

"事故发生的那一瞬间呢?"

"记得。当时我感觉好像撞到了什么东西,紧接着就听到了巨大的撞击声。当我发现你们的时候,你们的车子已经撞上了墙壁。"

"如果你仔细观察过,应该会发现墙壁和车子之间夹着一个人吧?"

"是的。"

"我就说吧,"木内叹了一口气,"你们看到的顶多是这些。"

"你想说什么？"

"我们……"木内重新看向慎介，"看到的，或许应该说是被迫看到的景象，和你们看到的截然不同！毕竟最后夺走岸中美菜绘性命的是我们的车。"

"你一直记得当时的情形吗？"

"做梦都会梦到。"木内微微一笑，但那抹强挤出来的笑容一闪即逝，"我直到现在都能清晰地回想起当时车子撞上那个女人身体的感觉。明明只是一瞬间发生的事，却像是慢动作回放，感觉她的身体被一点一点地挤碎，一个活生生的人逐渐变成一具尸体。如果可以的话，哪怕早一分一秒也好，我多希望能尽快把这一切都忘得一干二净。可是，我这辈子大概都忘不了！"

慎介感觉到一阵寒意掠过自己的背脊，同时也觉得口干舌燥，好想喝水。

"特别是我还感觉到，好像有什么东西烙印在自己的视网膜上，挥之不去。你知道那是什么吗？"

不知道——慎介用摇头代替回答。

"是眼睛。"木内回答道。

"眼睛？"

"对，就是眼睛。"木内用手指着自己的眼睛，"岸中美菜绘临死前的眼睛……直到断气前，她的瞳孔都一直闪着执拗的光，那是对生命的执着之光，是不得不迎接死亡的遗憾之光，是对将自己置于死地的杀人凶手的憎恨之光。我从没见过那么可怕的眼睛。"

听着木内的讲述，慎介的脑海中浮现出自己曾经见过的眼睛。就是那双眼睛——是琉璃子偶尔显露出来的那双深不可测的眼睛，是岸中玲二制作的那些人偶令人毛骨悚然的眼睛。

"你不觉得很不公平吗？在那起事故中，我们双方的量刑几乎一样重，可你们没有那种把人害死的感觉，而我们，却眼睁睁地看着被害人死去。"

慎介无言以对，只是沉默地站着。

"可是我的情况还算好，岸中美菜绘的眼睛并没有直接看向我。她瞪着的人是绿。绿一边感受着自己驾驶的车辆撞碎了女人的身体，一边又和那个女人四目相对，直到她死前最后一刻。"

慎介用尽全身的力量，死死攥着拳头。如果不这么做，他全身会忍不住颤抖。哪怕只是想象绿当时的心境，他都会觉得惊悚无比。

"那双眼睛夺走了绿的一切，也可以说把她的心杀死了。事故发生后，绿变得像行尸走肉一般，人虽然活着，但也已经死了。或许是被那双眼睛中强烈的憎恶与愤怒的力量控制了吧！"

"医学的力量也束手无策？"

"她的父亲自然尝试了所有办法，但都以失败告终，最后得到的不过是一个老生常谈的答复——让她待在安静的地方疗养。尽管如此，也不能把她丢在照看不到的地方，所以选中的地点就是……"

"寰球塔。"

木内点了点头。

"没错，那栋摩天大楼其中的一间房子就成了她的疗养所。"

"那地方的户型适合用来监禁。"

"确实有监禁的考虑，因为她时不时会有暴力举动。她觉得，不论何时何地,岸中美菜绘都在盯着自己。当她无法忍受内心的恐惧和压力时,她就会发作。"

慎介回想起那房子里的各种构造:自动门锁系统、封闭的窗户……原来全是为了她而设计的。

"可是,不管时间过去了多久,绿的状况始终不见好转。这时,有人提议说,绿大概是因为害死了别人,一直饱受良心的谴责,不妨试试以某种形式悼念死者。绿的父亲接受了这个提议,让我去安排祭奠。"

"怎么祭奠?"

"一开始是很普通的那种。我联系上岸中玲二,跟他交涉,问他是否能让我去佛龛前给死者上炷香。对他来说,我是可恨的杀人犯,所以他态度很强硬,一口回绝了。于是我换了一种方式求他,说如果不同意我去的话,能否让我的未婚妻代我去上香。"

"岸中是怎么回答的?"

"当然没有马上同意。他认为和我们接触这件事本身就让他极其不愉快。不过,那也是无可厚非的。经过多次软磨硬泡,他终于让步了,愿意让绿去上一次香。"

"所以你就让她去上香了?她独自一人去了岸中那里?"

"不安是有的,无法言喻的不安……我担心她见到岸中美菜绘的照片会陷入恐慌,会对岸中玲二说出不该说的话。可既然找不到其他拯救她的方法,光担心也无济于事。但凡是看起来有可能解决问题的方法,不管是什么,我们都会死马当活马医,去试一试。"

"那结果呢?"

"应该说超乎想象吧！"

木内走进厨房，打开大冰箱，拿出一个看起来像是装着咖啡粉的罐子。慎介心想，这台大冰箱应该是为了他与绿的新婚生活而买的吧。

"喝咖啡吗？"木内问道。

"嗯，好的。"

木内把水倒进咖啡机，装上滤纸，倒入咖啡粉。

"绿原本很喜欢喝咖啡，我们也打算买一台可以煮正宗咖啡的咖啡机。可是，从某个时期开始，她就再也不喝咖啡了。所以，咖啡机我也就买这种简陋的款式凑合用了。"

"某个时期是指？"

"从她变身为岸中美菜绘开始。"

木内把额前的刘海往上拨，一只手揉捏着后脖颈，脸上露出疲惫的神色。"听说岸中美菜绘不喜欢喝咖啡，只喝红茶，尤其喜欢加入大量鲜奶的肉桂茶，所以绿也变得喜欢喝那个。"

"话题好像跑得有些远了。"

"啊，对了，刚才我们说到哪儿了？"

"她独自一人去上香，效果似乎很好？"

"甚至可以说好得有些过头了。我看到从岸中住所回来的绿，几乎不敢相信自己的眼睛。因为她脸上竟然带着微笑，不是那种疯狂的笑，而是看起来真正幸福的微笑。我已经很久没见她露出过那样的表情了。我很好奇究竟发生了什么，于是试探性地问了问。她只是轻描淡写地说：'没什么，能遇到美菜绘小姐真是太好了。'我当然不相信她真的见到了岸中美菜绘，可能是因为在佛龛前虔诚地上了香,她才会有那种感觉,我也只能这样解释。"木内随后望向慎介,"这样的想法是理所当然的,不是吗?"

"是理所当然的。"慎介回答道。

"然而,那是一个严重的错误。"木内道。

39

"自那以后，绿开始频繁出入岸中家。于是我开始在意，她去岸中家究竟做了什么。可如果真的要阻止，我又下不了决心，因为在旁人看来，绿正在逐渐恢复活力与生机。因此，她的父亲指示我暂时不要干涉，我也只能遵从他的命令。"

木内的目光转向咖啡机，凝视着咖啡壶内渐渐蓄积的黑色液体，慎介也跟着他一起盯着瞧。咖啡机里冒出蒸腾的热气。

"直到绿连续两个月出入岸中家后，我才得知他们之间的秘密。某天，搬家公司突然送来大量行李，直接送到了绿的房间。当然，那是绿委托的。后来，我进她房间时，发现那些东西都已经整整齐齐地摆在了各自的位置上。但是，我看到那些东西的时候有多么震惊，你应该可以想象得到。"

一开始，慎介并没有理解木内的意思，不过，当他联想到那栋摩天大楼中的某个房间时，他脑海中立刻有了答案。

"是人偶吗……"慎介呢喃道。

木内缓缓点头。

"正如你之前看到的，屋子里摆满了与岸中美菜绘神似的人形模特。为了让岸中能继续制作人偶,她还搬来了各种设备和工具。"

"她这么做到底想干什么?"

"我也问过绿她到底打算做什么。她居然回答我:'让美菜绘小姐复活啊。'听到这个答案的瞬间,我就明白了真相。绿真的在岸中家见到了岸中美菜绘,她看到的是岸中制作的'美菜绘娃娃',她觉得自己的灵魂得到了救赎。"

"你没有制止她吗?"

"我曾经试图让她放弃,打算把所有人偶全收走,结果她像疯了似的发脾气,让我束手无策。即使知道是我,她也毫不在意地挥着刀子就砍过来。"

"刀子?"

木内卷起右手的袖子给慎介看。"这就是她弄出来的。"

他的手臂上有一条大约五厘米长的缝合伤疤,疤痕看起来还很新。

"她的父亲……上原社长是怎么决定的?"

"他并没有做出决定,还是那句话:先观察一阵子。社长认为,过一阵子,绿就会对这些人偶游戏感到厌倦。"

"可是她没有厌倦。"

"没有厌倦。其实对我们来说,真正的问题就是从那个时候开始的。"

木内从墙上的橱柜里拿出两只马克杯,仔细地把咖啡壶中的咖啡分成两等份。

"要不要牛奶或砂糖?"

慎介表示都不要。

"换句话说,"木内将其中一只马克杯递给慎介,"她变身了。"

"变身为岸中美菜绘？"

"不，一开始只是缓慢的变化，所以我们并没有察觉，以为顶多是改变了妆容而已。不久，她的体形也发生了明显的变化。绿的身材原来是有点圆润的，可不到一个月，她的体重就掉了十多公斤。"

"可是，光靠化妆和减肥没办法那么像吧？"

"你说得没错。有一天，她突然失踪了，完全失去联络。过了好几周又突然回来了，完全变了一张脸。"

"MINA-1"完成了吧？慎介在心中自言自语。

"老实说，我在那个时候就决定放弃了。"

"放弃？放弃什么？"

"放弃让绿恢复原状。我决定当她已经死了，她父亲也决定撒手不管了。上原家不可能把脑子出了问题，连容貌都彻底改变了的女儿带回家。不过，还是必须有个人监视她，并照顾她的生活起居。"

"于是你就继续承担起了这个重任吗？她父亲给了你上班族根本比不了的优渥条件。"

"如果你羡慕，我随时可以跟你交换。"木内喝了一口咖啡，长叹一声。

"每天都不得不面对身心大变样的前未婚妻，我觉得这世上不会有比这更让人煎熬的工作了吧？"

"她为什么会想变成岸中美菜绘？因为岸中玲二无法制作出完美的人偶？"慎介回想起岸中玲二留下的笔记内容。

"我起初也这么想。可直到最近我才发现，也许不是这个原因。"

"那又是为什么？"

听到慎介的提问，木内先不紧不慢地啜饮了一口咖啡，似乎在整理思绪。

过了一会儿,他才开口问道:"当你看到她的眼睛时,你有什么感觉?"

"我每次看到她的眼睛都很有感觉。"慎介老老实实地回答,"从第一次见面开始就是如此。我一看到她的眼睛,就觉得三魂六魄都要被吸进去了。"

"我也是。而且我觉得那双眼睛似曾相识。"木内将马克杯放在厨房的水槽旁,"那分明是岸中美菜绘的眼睛,她临死前的眼睛。我认为,无论绿多么想完美地变身成岸中美菜绘,那双眼睛都是绝不可能重现的。"

"你的意思是,岸中美菜绘的灵魂寄居在上原绿的身体里,所以你用了'附身'这个比喻?"慎介想要挤出一丝笑容,但只是微微动了下脸颊。

"我并不想把这件事说得神乎其神,搞成什么灵异现象,但我觉得用这种说法来解释比较恰当。虽然灵魂未必真的附体了,但岸中美菜绘的意念转移到了绿的身上。"

"意念?"

"是催眠术。"木内说,"我在想,绿是不是中了某种催眠术。"

"是谁催眠了她?"慎介在提问的同时,内心涌起一阵忐忑。其实,问题刚出口,他心里就已有了答案。

"当然是岸中美菜绘催眠了她。她临死前的那道目光,蕴含着一种可怕的力量。"

40

"怎么可能?!"慎介低声道。会有这种事吗?

听到催眠术这个说法,慎介也并非完全没有感触。他曾经多次体验,在琉璃子那双眼睛的注视下,自己的身体无法自由动弹。被岸中美菜绘催眠的上原绿,也未必不具备将这种力量施加到他人身上的能力。

"因为催眠术,绿认定自己就是岸中美菜绘。或许,通过这种自我暗示,她的内心获得了救赎。她不仅获得了有关岸中美菜绘的信息,连行为举止也越来越像对方。"

"对这样的她,岸中玲二有什么反应?"慎介提出疑问。

木内叹了一口气。

"刚刚你不是也说过吗?岸中试图制作出神似妻子的完美人偶,却遇到了瓶颈。如果她在这种情况下出现,情况会怎样?"

慎介回想起岸中玲二笔记的最后一页,确实写着这样的内容:

"欢迎回家。"我说。

"我回来了。"她回答。我听到了她的声音。

"别再离开我了。"我说。

"我不会离开的。"她说。

木内再次拿起马克杯,啜了一口咖啡,嘴角泛起一丝笑意。那是空洞虚无的冷笑。

"我不知道人偶设计师与人偶之间会萌生怎样的爱,也不愿去想象。但可以肯定的是,他们有好一段时间处于蜜月状态。因为我一直暗中监视着她,所以很确定。"

"他们的蜜月为什么没有持续下去?"

"虽然我不清楚细节,不过大致说来,应该是人偶设计师先清醒了吧。"

"清醒?"

"他发觉自己眼前的人既不是妻子,也不是和妻子相似的人偶,而是杀死妻子的外人。当然,在那之前他未必不知道那就是事实,只是故意不让自己去思考罢了。绿和岸中美菜绘容貌几乎一模一样,对岸中玲二本人来说,她依然是幻想出来的人偶'MINA-1'。但幻想终究是幻想,梦就是梦,总有一天会清醒的。"

"清醒后怎样了?"

"就如你所知道的,他再次意识到已经失去妻子的事实,发现自己居然爱上了杀死自己妻子的人,并因此深受打击,深陷悲伤和自我厌恶中无法自拔。没过多久,他下定决心要随自己的妻子而去,但是在那之前,他有一件重要的事必须处理。"

"报仇吗?"

"那是肯定的吧。"木内喝光咖啡,放下马克杯。

慎介忽然想起自己手上还一直端着杯子。他的目光落在杯中，黑色的液体微微晃荡。他脑海中浮现出岸中玲二去店里时，脸上那阴郁的表情。

"她应该是继承了岸中玲二的遗志吧？岸中没能成功杀掉我，所以她现在要送我去另一个世界吗？"

"从整件事情的来龙去脉看，是这样的吧。"木内点了点头。

慎介把马克杯送到唇边，喝下微凉的咖啡。咖啡已经没了风味，只剩苦味在口中蔓延。

"可我还是想不通啊。"慎介说道。

"想不通什么？"

"如果她想杀我，应该随时都能得手才对，可是我仍然活得好好的。这又是为什么？为什么她没有杀我？"

关于这个问题，木内思考了片刻，最后只是摇了摇头。

"我不知道，或许她有自己的考虑。"

"考虑是指？"

"复仇的方式，或许她觉得只是了结你的性命还不够。"

听了木内的回答，慎介耸了耸肩。

"还有什么方法比杀了对方更好呢？"

"我能解释的只有这些。当务之急是先找到她。这次找到她之后，得把她彻底隔离起来。"

是打算把她送进精神病院吗？慎介心里嘀咕，但没有继续追问。他把还剩下大半杯的咖啡放到桌子上。

"你还有一件事没有解释。"

"什么事？"

"小塚刑警。你们把他怎么了？"

木内像是在忍受着什么痛楚似的，紧皱眉头，搓了搓下巴。

"你问我这个做什么？我想这件事应该和你无关。"

"我可以稍微推理一下吗？"

"请便，如果能推理出什么的话。"木内一脸意外地说道。

"当初我被软禁在那栋摩天大楼里，是小塚刑警去救我的。我立刻逃了出去，小塚刑警说他想调查一下，所以留在了现场。之后，我打了好几次电话给他都打不通，他也没有再和我联系过。我有理由怀疑他是出事了。"

说到这里，慎介观察着木内的反应。木内背靠着厨房的料理台，双臂环抱在胸前，抬了抬下巴，像是催促慎介继续说下去。

"我在意的是，那间房子被清理得干干净净。为什么那么急着收拾呢？对此我非常不理解。"

"你的推理是什么？"木内问道。

"我从那间房子逃出来之后，她回到那里去了吧？"

"如果是这样，又如何？"

"于是她撞见了小塚刑警。对她而言，那间房子是圣域，我不认为她会轻易放过破坏她圣域的男人。"

"你是在暗示她对那名刑警做了什么吗？"木内摊开双手，"纤细瘦弱的她杀了一名身强力壮的刑警？"

"如果不了解她，我就不会说出这样的话。但我知道，她拥有神秘的力量。刚刚我也说过，她随时能把我杀了。"

慎介死死地盯着木内。木内对上他的视线，脸上的笑容瞬间消失。

然而，木内又摇了摇头。

"这与其说是你的推理，不如说是你的想象吧。我已经认真听你说完了，但关于这一点，我无可奉告。对别人的想象，我不予置评。"

"警方会行动的。"

"应该会行动吧，可是与我们无关。"

"你还真是自信满满。也许会有刑警找到这里来。"

"谁知道呢？"木内歪了歪脑袋，"他们手上有什么线索能找到这里来呢？唯一称得上线索的，只有你这个证人。"

"你的意思是，只要把我除掉就可以？"慎介戒备起来。

"怎么可能？"木内摆摆手，"我相信你。我相信你绝对不会把我们的事情透露出去，包括绿的事。"

"你还真看得起我。"

"就算你说出真相，对你也没有任何好处，反而会让你失去已经到手的东西。你没那么蠢。"

慎介明白了。木内知道慎介向江岛索要顶罪酬劳的事，但他应该还不知道那笔钱被成美那个女人卷走了，最后的数额还因此从三千万变成了五千万吧。

"我想你应该了解了前因后果。"木内说，"现在你和我是一条绳上的蚂蚱。这样一来，你应该很清楚要先做什么了吧？"

"找到琉璃子。"

"是的。"木内点了点头。

41

慎介离开花园广场公寓后，先去了咖啡馆，接着走进电影院，看了场电影打发时间。然而，电影的画面和情节根本无法进入他的大脑，因为木内说的话像一颗重磅炸弹，让他震惊不已。他不断地思索那些令他困惑的事，直到在电影院里累得打起瞌睡。

接下来该怎么办？离开电影院时，这个问题在他的脑海中不断盘旋。

他看了看手表，现在是上午十一点三十分。他其实想回到自己住的公寓继续整理行李，但数小时前的恐惧感仍未消散。

琉璃子到底去哪里了？

他思索着她可能潜伏在自己家里的可能性，没有信心能从她那不可思议的力量下逃脱。尽管如此，也不能一直不回家。他陷入了两难的境地。

就在这时，他的手机突然响起。

"喂。"

"慎介吗？是我。"

"啊！"他立刻听出了声音的主人——江岛。

"关于之前的交易，"江岛在电话另一端说，"钱我已经准备好了。"

"不愧是江岛先生，那么大一笔钱，这么快就准备好了。"

"别说笑了！就算是我，也不能左口袋进右口袋出，何况还是一笔用途不明的钱。"即使到了这时候，江岛的声音仍然从容不迫，"那我该把钱送到哪里？我觉得，最好选个不引人注目的地方。"

"我也这么觉得。"

"那就来我说的这个地方吧。"

江岛说的地方，是位于银座中心的一家咖啡馆。

"不是要去一个不引人注目的地方吗？"

"是不引人注目呀。难道你觉得有人在监视我们？"江岛低声笑了笑，"时间由你定。"

"那就一点吧！"

"一点啊，我知道了。"

挂断电话，慎介做了个深呼吸。胜负在此一举了。

他比约定的时间早了大约十五分钟抵达咖啡馆。这家咖啡馆能俯瞰晴海道，店内坐满了上班族模样的男人。两个男人约在这里见面，确实不引人注目。

大约五分钟后，江岛出现了。他穿着一件低调的夹克，手上什么也没拿。

"你来得真早。"

"因为我闲嘛。"

服务生走过来。慎介已经在喝柠檬茶了，于是江岛点了咖啡。慎介注意到他尽量低着头。

"您是空手来的？"慎介试探地问道。

江岛嘴角微微上扬，把手伸进夹克内袋，掏出一只茶色信封。

"你可以打开看看。"

慎介接过信封，往里面看了看。里面放着一把钥匙。

"这是新桥站的地下储物柜钥匙，东西就在里面。"

"我得确认一下。"

"等会儿可以慢慢数。"江岛叼了一支烟，点上火。他的态度依然从容不迫，没有丝毫慌乱。

咖啡端了上来，江岛往里面加了少许牛奶，喝了一口，微微一笑。

"这个时间在银座喝咖啡，我已经不记得是多久以前的事了。今后也要好好珍惜这样的日子啊。"

"江岛先生，"慎介将储物柜的钥匙塞进口袋，问道，"您之前所说的万分之一概率，是真心话吗？"

"万分之一？"

"就是交通事故致死的概率，不是江岛先生告诉我的吗？"

"哦，那件事啊……"江岛把烟灰弹在烟灰缸里，"有什么问题吗？"

"您之前说，发生车祸和掷骰子一样，被害人只是恰巧掷出了不理想的点数而已。您当时说那些话，是为了安慰自以为是肇事者的我，还是您心里真的那么认为？"

江岛露出不可思议的表情，似乎听不懂慎介发问的意图。

"我当然真的那么认为，不行吗？"

"就没有考虑过被撞死的岸中美菜绘吗？"

"考虑过又能怎样？能拯救谁？"

"可是被害人会一直怨恨肇事者呀。"

哪怕是死了以后，慎介心里想着，但没有说出口。

"所以我付钱了啊，"江岛的口气变得有点粗鲁，"我已经支付了丰厚的赔偿金给被害人家属，也给了替我承担肇事责任的你一大笔钱。老实说，我也算是被害人吧！"

"可是被害人要的未必是钱啊！"

"那我要给对方什么才行？诚意吗？如果对方只要诚意就可以，那么不管要多少，我都愿意展现给对方看！如果对方只想要我低头认错，那么让我鞠躬认错几百次都没问题。可是，被害人家属能因此变得幸福吗？最后要的不还是钱？所以，省去那些没用的麻烦，就事论事不是挺好吗？你难道不觉得吗？"

慎介无言以对，只能沉默。

江岛站起身来。

"交易到此结束。我把话搁在这儿了，你最好不要得寸进尺，我也不是摇钱树。要是再来逼我，对你自己也没有好处！"

"我明白，这件事到此为止。"

江岛点了点头，拿起账单，迈步离去。

慎介离开咖啡馆后，直奔新桥站。他好久不曾行走在白天的银座街头了。他完全感受不到即将拿到五千万日元的真实感，反倒因为听了江岛刚刚说的话，胸口憋着一股郁气，久久不散。

完全恢复记忆的慎介已经能够清晰地回想起自己被审判时的情景。有期徒刑两年，缓刑三年……

听到这个判决结果时，两种截然不同的想法同时涌上他的心头。

第一个想法是：太好了！虽然律师事先说肯定会被判缓刑，但万一不是怎么办？每每想到牢狱生活，慎介就胆战心惊。

第二个想法则完全相反——量刑还真轻啊。

慎介有个女性朋友在涩谷的饰品店打工。听说有一次，她因为缺零花钱，擅自拿走店内价值约十万日元的货品，便宜转卖给了朋友，然后向店长谎称被人偷了。最终她的行为败露，被店方告上了法庭。她被判处一年零两个月有期徒刑，缓刑三年。换句话说，对她的量刑与对慎介的量刑其实没有太大差别。

虽说只是江岛的替罪羊，但慎介是因为害死了一条人命而被问罪的，换句话说，他的罪行竟然仅仅相当于盗窃了十万日元的首饰。

尽管觉得自己获益了，但慎介总觉得，被害人家属必然无法接受这样的判决结果。

然而，也许对所有的交通事故而言，类似的情况只会一而再，再而三地上演。正如江岛所说，肇事者往往只会将自己的行为归结为"运气不好"。日本每年有一万多人因交通事故而死，也就意味着存在相同数目的肇事者。他们在庆幸自己量刑轻微的同时，也在努力忘却自己引发的事故。而这种遗忘，对被害人及其家属来说，无疑是一种二次伤害。

慎介突然想起那天晚上岸中玲二去"茗荷"时的情形。当时，岸中问了一个问题：如果遇到了烦心事，要怎样才能忘记？

"尽力去想些令人愉悦的事，让自己始终保持积极乐观的心境。"慎介如此回答。

"比如说？"

"比如说……嗯，想象拥有一家属于自己的店之类的。"

"哦，原来如此。那就是你的梦想啊。"

"算是吧。"

莫非就是在那一瞬间，岸中玲二下定了报仇的决心？或许他一开始还有些迷茫，所以去肇事者工作的酒吧试探，然而肇事者看起来好像完全忘记了烦心事，还说要尽量保持积极乐观的心境。——听到慎介这句话时，他该是怎样一种心情呢？

岸中玲二一定想说："被害人是一辈子都无法释怀的。"他喃喃自语的模样在慎介的脑海里重现。

"其实，有一件事，我一直渴望能忘记。不，那件事我怎么也忘不了，但我还是想让自己的内心稍微好受一些。我就这么想着，漫无目的地在马路上游荡，注意到这家店的招牌。店名是叫'茗荷'，对吧？"

大概连"茗荷"这个店名都让他恨之入骨吧！

慎介抵达新桥站，走到地下空间，按照号码寻找储物柜，终于在饮料自动贩卖机旁找到。

他把钥匙插进锁孔，轻轻旋转。柜门打开的瞬间，他的心跳不由自主地加快。

储物柜中放着一只黑色手提包。他拿出手提包，四下张望，寻找最近的洗手间。

找到洗手间，他进入隔间，把门锁上，拉开手提包拉链的手微微颤抖。

好多捆钞票散乱地塞在手提包里，散发出纸币特有的气味。慎介掏出一沓钞票，粗略地数了数，他不认为江岛那人会做出放假钞进去的无聊之举。钞票一共有五十捆。慎介心中一阵狂喜，轻轻挥了挥右拳。

下午两点半,慎介回到自己的公寓楼前。他将装钱的手提包再次存入储物柜,钥匙则放在自己的口袋里。

慎介寻思着,最好在天色转暗之前就把行李整理好。他有一种强烈的预感,入夜后,琉璃子又会来到这里。

他搭乘电梯上楼,站在自家门前,战战兢兢地旋转门把手,试着拉了拉门。大门果然没有上锁,和今早离开时一样。

慎介把门打开,探头看了看屋里的情形。光线昏暗,看不太清楚。

当他向前走了一步时,他感觉到身后有动静。

糟了!脑子里冒出这个念头时已经太迟了。

伴随着一记剧烈的撞击,他感觉到脑子疼得火花四溅,意识迅速飘远。

42

慎介的喉咙仿佛被烈火灼烧,有什么液体流入气管,呛得他忍不住咳嗽,却怎么也无法将液体咳出。他感到嘴里被塞进了什么东西,却无法伸手将其取出——他的四肢丝毫不能动弹。

他睁开眼睛,头顶的天花板映入眼帘——这是自己家。

"你果然醒了!不过也该醒了,毕竟我给你喂了提神药。"

声音从身边传来。慎介艰难地将头扭过去,后脑勺传来一阵撕裂般的剧痛,他记得自己被人打晕了。

江岛坐在一旁。慎介发现自己正躺在地板上,手脚被紧紧地束缚着。从触感来判断,捆住他的并不是绳索,而是封箱胶带。

他发不出声音,是因为口中被塞了东西,似乎是一根粗管子。

"你好像还不知道自己嘴里塞的是什么。这可不是什么稀奇玩意,而是家家户户都有的吸尘器管子。"江岛愉悦地说道。

慎介拼命扭动身体,并试图用舌头将管子顶出去。

"哎呀,别挣扎了!如果你一直这样折腾,我可就不得不加快进度了。"江岛说着,从一旁拿起一个东西,那是龙舌兰酒的瓶子。他将瓶口抵在管子的末端,缓缓倾斜瓶身。

龙舌兰酒液顺着管子流入慎介口中。慎介拼命抗拒，可为了继续呼吸，他不得不咽下酒液，因为他的鼻孔也被什么东西堵得严严实实。

"我本不想浪费我最爱的美酒，但实在别无他法。为了不引起警方的怀疑，我只能出此下策。"江岛说着，继续将酒液灌入管子。

慎介又一次被呛得几乎窒息，那刺痛从喉咙蔓延至鼻腔深处，甚至双眼，泪水止不住扑簌簌地落下。

"你越挣扎，就越痛苦，还不如老实点，反正都是一死！"江岛的声音陡然高亢起来。

慎介努力调整呼吸，仰望着江岛，目光中充满了刻骨的憎恶。

"怎么？你好像有话要说？让我猜猜，你大概还不知道自己会怎么死吧？其实很简单，不过是让人以为你喝得酩酊大醉，然后不小心给自己注射了这玩意。"

江岛手上拿着一支一次性针筒，里面装着某种透明液体。"这是一种安眠药。只要酒精摄入量足够，再加上这针药液，用不了多久，你就会休克，然后死去，而且看上去就和酒精中毒引发的休克死亡没什么差别。大家只会认为，一个被女人抛弃的调酒师酗酒而死罢了。不过，你还得再喝点才行。"

江岛继续将龙舌兰酒顺着管子灌入慎介口中。慎介只觉得食道和胃部如同被火焰灼烧，呼吸急促，心跳狂乱。酒精在他体内迅速发挥作用，让他感到一阵阵眩晕。

"我真的搞不懂，你们到底在想什么？三千万还不满足？对你而言，那已经是一笔巨款了。还是说你们觉得，既然我能轻轻松松拿出三千万，那么再多拿出两千万也不算什么？不错，我确实不是拿不出那笔钱，但你们好像都忘了最重要的一点——交易就是交易。你替我背下那起交通事故的罪责，报酬是三千万。这一切都是双方自愿的，没有胁迫，没有恐吓，这就是所谓交易。交易是要讲信用的。跟那种已经以三千万成交，事后又找借口抬价的人，是无法建立信任关系的。你明白吗？"

龙舌兰酒再次流入气管，慎介被呛得剧烈咳嗽，身体痉挛，浑身滚烫。他感到自己的意识开始模糊。

"哦，差不多了！"江岛的双眼闪烁着令人毛骨悚然的光芒。

慎介拼命挣扎，但身体已经无法使出之前的力气，他只觉得天旋地转，恶心欲吐，头痛欲裂，耳鸣阵阵。

江岛开始动手脱慎介的裤子，似乎打算在他下半身的什么部位注射。

"别乱动，没关系，不会很痛苦的。就像做个梦一样，一觉醒来就到另一个世界去了。"

江岛举起针筒时，慎介的视野边缘有某个物体动了一下。

43

活动的是壁橱的门。

壁橱门缓缓滑开,一道黑色的影子爬了出来。慎介一下就明白了那道人影的身份。

琉璃子缓缓起身,头发凌乱如鸟巢,脸色苍白如纸。

"搞什么鬼啊!这女人……刚刚躲在什么地方?"江岛听到动静,猛地转过身去。看到女人站在那里,他的眼睛瞪得浑圆,眼中满是惊愕。

"是……你吗?"琉璃子说。

"什么?"

"是你吧?是你杀了我,是你开车从后面撞上当时骑自行车的我吧?"

"你在说什么?脑子坏掉了?"江岛仿佛驱赶苍蝇一般频频挥手。然而,他的身体不自觉地一点点往后退。显然,他很害怕琉璃子。

"不可饶恕,"琉璃子呢喃着,向江岛靠近,"绝对不可饶恕。"

江岛突然捡起地上的龙舌兰酒瓶,猛地朝琉璃子扔了过去。瓶子击中琉璃子的额头,但她的表情丝毫未变,依旧缓缓地朝江岛逼近。

"不要过来!"江岛高声怒吼道。

鲜血从琉璃子的额头涌出,裂开的酒瓶割破了她的额头,暗红色的血水顺着她的太阳穴流到脸颊,又流到下颌。

"别靠近我!"江岛竭尽全力朝琉璃子冲撞过去,她的身体被撞飞到落地窗边。

房间里只回荡着江岛紊乱的呼吸声。琉璃子好一阵子没有动弹。不久,她又慢慢站起来,仿佛从未受过伤。她像是想起了什么,解开窗锁,缓缓打开窗户。

在江岛和慎介的注视下,琉璃子来到阳台上,面朝房间,背靠栏杆,静静地站立着。

"杀了我!"琉璃子说,"这一次不要再忘记是你杀了我,不要再忘记你杀死的女人的脸和她的眼睛!"

她的眼睛直勾勾地盯着江岛——就是那双曾多次操控慎介心神的眼眸。

江岛一步步朝她走去。慎介不知道,江岛究竟是凭着自己的意志在前进,还是被琉璃子的无形力量所操控。

江岛终于来到阳台上,站在琉璃子面前,双手缓缓地放在她的脖子上。

琉璃子丝毫没有抵抗,依旧用那深邃的目光凝视着他。

突然,江岛发出一声野兽般的咆哮,他双臂猛地发力,将琉璃子高高举起。

慎介清楚地看到,江岛双手的大拇指深深地嵌入了琉璃子纤细的脖子。这一幕只持续了短短数秒,琉璃子的身体便消失在了栏杆的另一侧。下方传来一声沉闷的撞击声。

慎介挣扎着,想去看看琉璃子究竟怎么样了,但他的身体依旧无法动弹,意识也在逐渐涣散。

江岛背对着慎介,呆立在原地。尽管楼下传来人们的惊叫声,随后是一大群人疾奔而至的嘈杂声,他却一动不动。

随着意识逐渐模糊,慎介听到警车的鸣笛声越来越近。

ダイイング・アイ

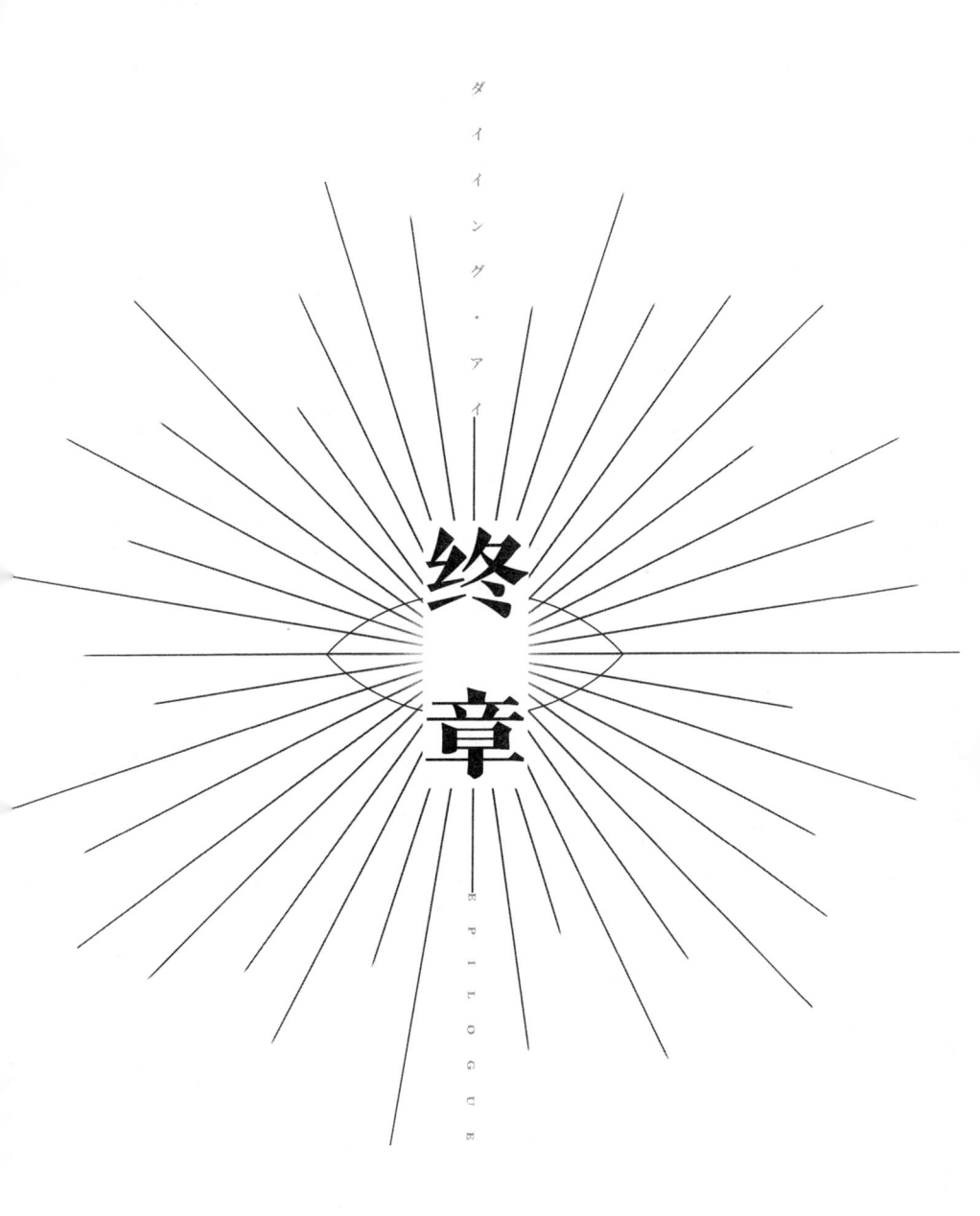

终章

EPILOGUE

小塚刑警的尸体最终在轻井泽帝都建设休闲中心用地里被发现。尸体被放在一个木箱中，灌入水泥后密封。该公司的上原社长因为此事被警方传唤。社长虽然承认曾委托木内春彦监视自己的女儿，但坚称对尸体的事一无所知。

"咚咚！"

手指轻轻叩击桌面的声响在屋内回荡。那叩击声戛然而止的同时，一声沉重的叹息声响起，让这逼仄的空间更添几分沉闷。

审讯官是一名叫坂卷的警部补[①]。他眉间刻着几道深深的皱纹，给人神经质的印象，乌黑的头发往后梳拢，露出额头，上面浮着一层薄薄的油光。

"这怎么听都令人难以置信啊！"坂卷双臂环抱在胸前，盯着慎介，"你的话太不合常理了。随便挑哪一件事情来看，都不可能在现实中发生。"

"我自己也这么觉得。"慎介回答道，"都过去好几天了，我总觉得自己像是在一场无尽的噩梦里徘徊，可那一切都是真的。自从那个事件发生后，死了好几个人，我也住进了医院。"

"你现在身体怎么样了？"

"已经没问题了，只是头痛了两天。"

"那就好。"坂卷语气平淡，显然对此没什么兴趣，也许他现在满脑子都是其他未解之谜吧。

[①] 警部补，日本警察职衔之一，位居警部之下，巡查部长之上，主要负责警察实务的执行与现场监督。——译注

今天是事件发生后的第四天。由于脑部检查比较费时，慎介直到昨天都还躺在医院的病床上。

江岛已经被逮捕了。听说直到警察将他带走时，他一直站在阳台上，一动不动。警方要带走他的时候，他也没有丝毫抵抗，就像一个梦游患者。

在医院接受审讯时，慎介将木内春彦供了出来，并告诉刑警，可以向木内询问详情。

警察照他的话找到了木内。听说木内得知琉璃子，也就是上原绿已经死亡时，大概觉得继续隐瞒下去已经毫无意义，便将一切都和盘托出了。

小塚刑警的尸体最终在轻井泽帝都建设休闲中心用地里被发现。尸体被放在一个木箱中，灌入水泥后密封。该公司的上原社长因为此事被警方传唤。社长虽然承认曾委托木内春彦监视自己的女儿，但坚称对尸体的事一无所知。

木内供称，弃尸是他独自一人所为。他回忆说，某天早上，绿双手沾满鲜血地来到他的公寓。他因为担心，前往寰球塔查看情况，结果发现了胸口被刺而身亡的小塚刑警。

慎介心中暗想，木内或许又是替人顶罪。之前他为上原绿顶下交通事故的罪行，如今又打算帮绿的父亲。慎介实在猜不透，木内这样做，究竟是单纯为了钱，还是出于对绿的爱？

至于自己在交通事故中替江岛顶罪的事，慎介也如实交代了。那个装有五千万日元的手提包已被警方扣押。自己为别人顶罪，到底图个什么呢？好几次想到这个问题，慎介都会自嘲地笑出声来。

至于成美尸体的下落，慎介没有得到任何消息，至少没有听说尸体已经被发现。毕竟，他无从知晓江岛的供述内容。

"我真是搞不懂……"坂卷说，"你为什么对上原绿毫无抵抗力？虽然对她有所戒备，却还是轻易被她软禁，这实在让人难以置信。"

"我不是已经说过好几次了吗？她的眼睛里有一种不可思议的力量。只要被那双眼睛盯着，我的身体就无法随心所欲地活动。小塚刑警之所以会被杀，可能也是因为那股力量吧！"

无论慎介如何解释，坂卷依然是一副难以理解的表情。他手托着腮，歪着脑袋思考。

"你说江岛杀了上原绿，也是被那股力量操纵了？"

"在我看来，确实如此。"慎介如实说出了自己的想法。

"也就是说，那双眼睛继承自岸中美菜绘，里面充满了岸中美菜绘的怨念？"

"不过木内先生说那是催眠术。"

"催眠术啊……"坂卷喃喃自语。

"那可不是普通的眼睛！算了，不管我再怎么说，你都不会相信的。"

坂卷倒也没有对慎介的话置若罔闻，他似乎有所坚持。

"怎么了？"慎介问道。

坂卷沉默不语，像是陷入了迷惘。过了一会儿，他才看向慎介。

"其实就在你出院的时候，江岛也被送进了医院。"

"医院？他身体出什么问题了吗？"

坂卷向后方瞥了一眼。他身后的角落里，坐着一名负责做笔录的刑警。那名刑警与坂卷对视一眼后，迅速低下头。

"江岛被逮捕的时候，精神一直处于恍惚状态。当他突然苏醒过来后，整个人又陷入恐慌，总是说有双女人的眼睛一直盯着他。"

"女人的眼睛？"慎介的声音微微颤抖。

"好像是被他杀死的女人的眼睛。只要一睁开眼，他就会看到那双眼睛。他整个人沉浸在恐惧之中，完全无法接受审讯。于是我们决定先让他到精神科就医，可就在前天半夜里……"坂卷咽了咽口水。

"发生什么事了？"慎介紧张地追问，心脏狂跳不已。

"那家伙把自己的眼睛弄瞎了，两只眼睛都是。他硬生生地用手指戳瞎了自己的双眼。当看守赶过去的时候，那家伙一边惨叫，一边痛苦地在地上翻滚。"

慎介全身冒出冷汗，心跳如擂鼓。

"然后呢？"他艰难地挤出这几个字。

"他双目失明了……"坂卷说道。

慎介觉得全身的体温瞬间被抽走。他四肢麻痹，身体开始不受控制地颤抖，怎么也停不下来。

他的脑海中浮现出那个以岸中美菜绘为原型的人形模特的脸……

（完）

DYING EYE
©Keigo Higashino（2011）
All rights reserved.
Original Japanese edition published by Kobunsha Co., Ltd.
Publishing rights for Simplified Chinese character arranged with Kobunsha Co., Ltd. through KODANSHA BEIJING CULTURE LTD. Beijing, China

© 中南博集天卷文化传媒有限公司。本书版权受法律保护。未经权利人许可，任何人不得以任何方式使用本书包括正文、插图、封面、版式等任何部分内容，违者将受到法律制裁。

著作权合同登记号：字 18-2025-098

图书在版编目（CIP）数据

人偶游戏 /（日）东野圭吾著；汤丽珍译 . -- 长沙：湖南文艺出版社, 2025. 10. -- ISBN 978-7-5726-2550-3

Ⅰ . I313.45

中国国家版本馆 CIP 数据核字第 2025J1Q640 号

上架建议：畅销·悬疑推理

REN'OU YOUXI
人偶游戏

著　　者：	[日]东野圭吾
译　　者：	汤丽珍
出 版 人：	陈新文
责任编辑：	夏必玄
监　　制：	于向勇
策划编辑：	布　狄
版权支持：	金　哲
特约编辑：	郑　荃　罗　钦
营销编辑：	黄璐璐　时宇飞
装帧设计：	沉清Evechan
版式设计：	马睿君
内文排版：	谢　彬
出　　版：	湖南文艺出版社
	（长沙市雨花区东二环一段 508 号　邮编：410014）
网　　址：	www.hnwy.net
印　　刷：	三河市天润建兴印务有限公司
经　　销：	新华书店
开　　本：	855 mm × 1180 mm　1/32
字　　数：	262 千字
印　　张：	10.5
版　　次：	2025 年 10 月第 1 版
印　　次：	2025 年 10 月第 1 次印刷
书　　号：	ISBN 978-7-5726-2550-3
定　　价：	59.80 元

若有质量问题，请致电质量监督电话：010-59096394
团购电话：010-59320018